Sophie Cleverly

Das Geheimnis von Rookwood

Sophie Cleverly wurde 1989 in Bath geboren. Schon seit sie schreiben kann, will sie Geschichten erzählen. Sie hat einen Bachelor in »Creative Writing« und einen Master in »Writing for Young People«. Wenn sie nicht gerade schreibt, schaut sie gerne phantastische Filme, bloggt über Symphonic Metal und kämpft mit ihrem immer größer werdenden Bücherstapel. Ihre großartige Reihe um Scarlet und Ivy wurde in mehrere Sprachen übersetzt.

SOPHIE CLEVERLY

Das Geheimnis von Rookwood

Aus dem Englischen
von Andreas Decker

you & ivi

you & ivi

Bücher für coole Mädchen.
www.piper.de/youandivi

FSC
www.fsc.org
MIX
Papier aus verantwortungsvollen Quellen
FSC® C014496

Deutsche Erstausgabe
ISBN 978-3-492-70464-9

Titel der englischen Originalausgabe: »Scarlet and Ivy. The Lost Twin«,
HarperCollins *Children's Books,* London 2015

Umschlaggestaltung: zero-media.net, München
Umschlagabbildung: FinePic®, München
Satz: Kösel Media GmbH, Krugzell
Gesetzt aus der Adobe Garamond
Druck und Bindung: GGP Media GmbH, Pößneck
Printed in Germany

Für Mom und Dad, die alles erst ermöglicht haben.

Für Ed: Das Beste liegt noch vor uns.

1. KAPITEL

Dies ist die Geschichte, wie ich meine Schwester wurde.

Der Brief kam am ersten September. Das weiß ich so genau, weil das der Tag nach unserem dreizehnten Geburtstag war. *Meinem* dreizehnten Geburtstag. Dem ersten, den ich nicht mit meiner Zwillingsschwester Scarlet teilen konnte.

Ich wachte auf, ging die Wendeltreppe im Haus von Tante Phoebe hinunter und atmete den Duft von Schinken ein, der in der Pfanne schmorte. Die frühe Morgensonne erwärmte bereits die Luft. Es hätte ein schöner Tag werden können.

Als ich aus dem Schatten der Treppe in den sonnendurchfluteten Korridor trat, sah ich ihn. Auf den Steinfliesen lag ein Brief.

Im ersten Moment hielt ich ihn für einen verspäteten Geburtstagsgruß. In diesem Jahr hatte ich nur von meiner Tante eine Karte bekommen, und der Anblick des einsamen, einzelnen Namens oben auf der Seite hatte mehr geschmerzt, als ich in Worte fassen konnte. Aber als ich den Umschlag aufhob, fühlte es sich mehr nach einem richtigen Brief an.

Scarlet hatte es geliebt, mir geheime Botschaften zu schicken. Aber sie hatte ihre Briefe immer so schlampig zugemacht, dass es vermutlich genügt hätte, sie kurz anzuhauchen, um sie zu öffnen. Dieser Umschlag war fest verschlossen und mit Wachs versiegelt. Ich drehte ihn um. Er war an meine

Tante adressiert. *Ich sollte ihn öffnen,* dachte ich. Tante Phoebe hatte nichts dagegen, wenn ich ihre Post las. Tatsächlich musste ich das für gewöhnlich sogar tun; wenn ich mich nicht darum kümmerte, türmten sich die Briefe nur im Korridor auf.

Ich ging in die Küche und setzte mich auf einen der wackeligen Stühle. Dann betrachtete ich das Siegel auf dem Umschlag genauer – es war schwarz und zeigte die reliefartige Darstellung eines Vogels auf einer Eiche. Darunter standen die Worte »Rookwood School« mit dunkler Tinte aufgestempelt.

Rookwood School. Scarlets Schule. Warum schrieben die Tante Phoebe?

Ich holte ein Messer aus der Küchenschublade und schnitt damit den Umschlag auf.

Mrs. Phoebe Gregory
Blackbird Cottage
Bramley Hollow

30. August 1935

Sehr geehrte Mrs. Gregory,
da Sie der Vormund von Ivy Grey sind, informiere ich Sie hiermit, dass auf unserer Schule durch die unglücklichen Umstände der letzten Zeit ein Platz frei geworden ist, den Ihre Nichte einnehmen wird. Die Eltern haben das Schulgeld in voller Höhe bezahlt und sie soll sobald wie möglich anfangen. Eine Lehrerin wird sie abholen, die Einzelheiten wird man ihr bei ihrer Ankunft erklären.
Mit freundlichen Grüßen
Edgar Bartholomew (Direktor)

Ich warf den Brief von mir, als hätte ich mir die Finger daran verbrannt. Bezeichneten sie den Tod meiner Schwester wirklich als »unglückliche Umstände«?

Ich saß da und starrte den Brief an, Fragen über Fragen schossen mir durch den Kopf. Aus irgendeinem Grund wollte die Rookwood School mich haben – den Zwilling, der nicht gut genug gewesen war. Sicherlich hätten sie den Platz Hunderten anderer Mädchen geben können. Warum also gerade mir?

In diesem Augenblick bemerkte ich, dass es nicht mehr nach gebratenem Schinken roch, sondern nach verbranntem Schinken. Ich sprang auf, lief zum Herd und wedelte den Rauch von meinem Gesicht fort. Es war zu spät. Der Schinken war bereits total verkokelt.

Tante Phoebe musste während des Bratens irgendwohin gegangen sein. So etwas kam öfter vor. Ich sah aus dem Küchenfenster und entdeckte sie auf der Bank im Garten, die Hände hatte sie ordentlich im Schoß gefaltet und ihr Gesicht zeigte einen völlig geistesabwesenden Ausdruck. Tante Phoebes Mann war im Großen Krieg gestorben und hatte ihr nur ein Arbeitszimmer voller Bücher und eine winzige Rente hinterlassen. Seitdem war sie nicht mehr ganz dieselbe.

Ich schnappte mir den Brief und ging hinaus. Meine Tante schaute nicht einmal auf, obwohl das Knirschen meiner Schritte auf dem Kies mich ankündigte. Sie schaute den Goldfischen im Teich zu. Die kamen an die Oberfläche, verursachten kleine Wellen und flitzten dann wieder fort. Ihre goldenen Schuppen funkelten im Sonnenschein.

»Tante Phoebe?«

»Ach, Ivy«, erwiderte sie. Blinzelnd schaute sie zu mir hoch, dann richtete sie den Blick wieder aufs Wasser. »Ich habe dich gar nicht bemerkt, Liebes.«

»Du hast einen Brief von …«, setzte ich an, aber sie unterbrach mich. Anscheinend hatte sie meine Worte gar nicht mitbekommen.

»Scarlet hat die Fische geliebt, nicht wahr? Ich weiß noch, wie sie immer am Teich kniete und ihrem Spiegelbild Grimassen schnitt, als ihr noch klein wart. Das sei, als hätte sie eine weitere Zwillingsschwester, nur dass die sogar noch stiller wäre als du, hat sie damals gesagt.«

Ich lächelte dünn. *Typisch Scarlet.* Sie hat sich immer über alle lustig gemacht, am meisten über mich, aber mich hat das nie gestört. Oder ich habe es zumindest nicht gezeigt.

Scarlet und ich waren Spiegelzwillinge. Vor unserer Geburt hat unsere Mutter geglaubt, nur ein Baby zur Welt zu bringen, aber dann kam ich – die etwas kleinere und schwächere Version meiner Schwester, aber das perfekte Spiegelbild. Unsere Muttermale befanden sich an derselben Stelle, nur auf gegenüberliegenden Seiten. Ich war Linkshänderin, während Scarlet Rechtshänderin war. Tante Phoebes Ehemann, Dr. Gregory, hat mir einmal erzählt, dass selbst unsere Herzen möglicherweise auf der jeweils anderen Seite lagen. Ich war wie Scarlets zum Leben erwachtes Spiegelbild.

Ich setzte mich neben Tante Phoebe auf die Bank. Es war keineswegs überraschend, dass sie an Scarlet dachte. Meine mutige, freche und offene Schwester war stets jedermanns Liebling gewesen. Ich war nur Ivy. *Die schüchterne, anhängliche Ivy.* Ich hätte Scarlets Spiegelbild sein können, aber genauso gut hätte ich auch ihr Schatten sein können.

»Du meine Güte, es tut mir leid«, sagte meine Tante. »Ich musste nur gerade an sie denken.«

»Ich verstehe.«

Obwohl ich es nicht tat. Ich verstand nicht, warum Scarlet

gestorben war. Ich verstand nicht, wie jemand plötzlich nicht mehr da sein konnte, der so voller Leben gewesen war. Ich verstand nicht, warum Gott, falls es ihn dort oben gab, mir eine Zwillingsschwester gegeben hatte, nur um sie mir dann wieder wegzunehmen.

Oder wie es sein konnte, dass das Leben trotzdem weiterging.

»Du hast einen Brief bekommen«, wiederholte ich und wedelte damit herum.

Tante Phoebe schaute auf. »Ach? Was steht denn drin?«

»Sie wollen, dass ich nach Rookwood gehe. Um Scarlets Platz einzunehmen.«

Sie riss die Augen weit auf. »Donnerwetter.« Sie hielt inne. »Das ist eine ziemliche Ehre. Es ist eine sehr renommierte Schule, nicht wahr?«

Die Rookwood School. Scarlet war dort gestorben. Erst vor ein paar Monaten, kurz nach Sommerbeginn. Ein plötzliches Fieber, hatte es geheißen, die Grippe oder eine Lungenentzündung: irgendetwas, das sich weder voraussehen noch verhindern ließ. Meine Stiefmutter hatte mir diese Erklärungen beiläufig mitgeteilt, als würden sie nichts bedeuten, während ich nur schluchzen konnte, weil man mir gerade die Hälfte meiner Welt entrissen hatte.

Ich hatte nie dorthin gewollt. Jetzt nicht, *überhaupt nie.*

Ich schaute zu meiner Tante auf. Ihr sanftes Gesicht wurde von nussbraunen Locken eingerahmt, die langsam grau wurden. »Und dein Vater hat bereits zugestimmt?«

Ich seufzte. Das war typisch für ihn, einer solchen Sache zuzustimmen, ohne es mir zu sagen. »So steht es in dem Brief. Das Schulgeld wurde in voller Höhe bezahlt.«

»Nun, dann ist es entschieden, Liebes«, sagte Tante Phoebe.

Ich antwortete nicht.

»Ich lasse dich allein, damit du in Ruhe darüber nachdenken kannst«, sagte sie fröhlich und tätschelte mein Bein. Dann ging sie den Gartenpfad entlang, vorbei am Plumpsklo und dem Gemüsebeet, und fing an, Unkraut zu zupfen. Dabei sang sie leise vor sich hin, schon wieder in einer anderen Welt.

Ich fühlte mich so hilflos, als würde man mich nach Rookwood zerren, an einen Ort, den ich nur in meiner Vorstellung kannte, der mich aber trotzdem mit Entsetzen erfüllte.

Vielleicht ist das ja eine gute Sache, versuchte ich mir einzureden. *Ein neuer Anfang, neue Freunde.* Überhaupt *Freunde.* Schließlich hatte sich Scarlet stets gewünscht, ich wäre mit ihr dort. Irgendwie würde ich ihr an diesem Ort also näher sein, oder nicht?

Plötzlich fing ich an zu weinen und wischte mir hastig die Tränen von den Wangen. Wem wollte ich etwas vormachen? Der letzte Ort auf der Welt, an dem ich sein wollte, war der Ort, an dem Scarlet … Allein schon der Gedanke verursachte mir Kopfschmerzen.

Ich warf den blöden Brief ins Gras.

Tante Phoebe schaute auf, ein Bündel Löwenzahn in der Hand. Ich vergrub den Kopf in den Händen und hörte, wie sie über den Kiespfad zu mir kam.

»Ach, Scarlet«, sagte sie und musterte mich mit leerem Blick. »Dir wird es auf dieser Schule bestimmt gefallen, da bin ich mir sicher. Natürlich werde ich dich schrecklich vermissen, aber du *wirst* gut allein zurechtkommen, oder?«

Sie bemerkte ihren Fehler nicht einmal.

Ich konnte mir nicht vorstellen, *jemals* allein zurechtzukommen.

2. KAPITEL

Der nächste Tag war prächtig, es war einer jener Tage, an denen es so flirrend heiß ist, dass man einfach nicht glauben will, der Sommer könnte irgendwann zu Ende sein. Ich lag auf den Steinplatten am Rand des Teiches auf dem Rücken, las in einem zerfledderten Exemplar von *Jane Eyre* und gab mir alle Mühe, das mir bevorstehende Schicksal auf Rookwood zu vergessen.

Manchmal schaute ich ins Wasser, nur um mein grünlich schimmerndes Spiegelbild zurückblicken zu sehen. Das genügte beinahe, um so zu tun, als wäre Scarlet bei mir.

Beinahe.

»Ivy!« Die Stimme meiner Tante erscholl von der Hintertür. Ich schaute so schnell auf, dass ich fast das Buch in den Teich geworfen hätte.

»Ivy!«, rief sie erneut, obwohl ich sie direkt ansah. In den blassen Händen wrang sie das Ende ihrer Schürze.

»Ja?«, antwortete ich.

»Du hast eine ... Besucherin. Eine Lehrerin von der Schule.«

Jetzt schon? Ich war noch nicht bereit dafür. Aber vermutlich würde ich das nie sein. Langsam ging ich zurück zum Haus, krümmte die Zehen auf den harten Steinen.

»Eine Dame«, fügte sie hinzu, bevor sie mich sanft in die Küche schob.

Die *Dame* war groß und dürr. Sie trug ein langes schwarzes Kleid mit vielen Taschen, das ihr mehrere Nummern zu groß zu sein schien. Ihr Gesicht war scharf und spitz, das braune Haar hatte sie zu einem festen Knoten hochgesteckt. Dadurch sah sie aus, als würde eine Reihe Wäscheklammern an ihrem Hinterkopf ihre Haut straffen. Das Gesicht bot keinen sehr erfreulichen Anblick, vor allem, weil sie mich anstarrte, als wäre ihr gerade eine besonders eklige Wespe in den Mund geflogen.

»Ivy Grey?«

»Ja?«, erwiderte ich wie betäubt.

»Ja, *Miss*. Ich gehe davon aus, dass Sie unseren Brief erhalten haben?«

»Ja, Miss.« Ich nickte langsam und sah zu, wie sie um den Küchentisch herumschlich. Sie strich mit dem Finger über die Oberfläche und musterte ihn dann ausgesprochen undamenhaft.

»Gut. Dann werden Sie mich zur Schule begleiten.«

Ich blinzelte. »Jetzt sofort?«

Die Frau senkte die Brauen und verschränkte die knochigen Arme. »Ja, jetzt sofort. Das Schuljahr fängt an. Dafür müssen Sie in der Schule sein.«

Ich drehte mich zu meiner Tante um, die mich mit großen Augen anblickte.

»Tante Phoebe?« Ich sah sie flehend an.

»Entschuldigen Sie uns einen Moment«, sagte sie zu der Lehrerin und zog mich sanft in den Korridor. »Oh je«, sagte sie leise. »Sie scheint streng zu sein, aber es ist eine sehr gute Schule, darum wird man dort eher, äh …«

»Aber Tante Phoebe«, flüsterte ich, »ich dachte, ich hätte noch mehr Zeit.« Um die Wahrheit zu sagen, machte ich mir auch einige Sorgen um meine Tante, weil sie ganz allein sein würde. »Und was ist mit dir?«

Meine Tante lächelte entrückt. »Ich komme prächtig zurecht.«

Ich spähte durch die Tür zu der schrecklich spitzen Frau, die mit dem Fuß auf den Boden klopfte und mich aus zusammengekniffenen Augen anstarrte.

»Ich habe nicht den ganzen Tag Zeit, Miss Grey«, sagte sie hochnäsig. »Holen Sie Ihre Sachen.« Sie zeigte nach oben, bei dieser Bewegung klirrte der Inhalt ihrer Taschen.

Scarlet hätte ihr auf den klopfenden Fuß getreten. Aber ich – nun, ich tat, was man mir befohlen hatte.

Schaudernd ging ich die Treppe hinauf. Alles an dieser furchtbaren Frau in der Küche machte mich nervös.

Mein Schlafzimmer befand sich hinter einer schmalen Tür direkt neben dem Treppenabsatz und es war für eine beträchtlich kleinere Person als mich gebaut. Die Decke war niedrig, das Fenster hatte kleine, verzogene Scheiben. Bei meinem Einzug in Tante Phoebes Haus war es mir zuerst sehr einsam vorgekommen: Hier war ganz offensichtlich kein Platz für einen Zwilling. Aber mit der Zeit hatte es sich wie ein Zuhause angefühlt, und es wieder verlassen zu müssen, stimmte mich traurig.

Ich griff unter das Bett und zog meine blaue Reisetasche hervor. Ich füllte sie mit meinen wenigen Besitztümern: ein Kamm, Toilettenartikel, Lockenwickler aus Metall, Briefpapier und Tinte, ein paar Bücher, die Kette aus winzigen Perlen, die ich von unserer Mutter Emmeline geerbt hatte. Sie war kurz nach Scarlets und meiner Geburt gestorben, also hatten wir sie nie kennengelernt. Wäre sie dagewesen, um auf uns aufzupassen, wäre Scarlet heute vielleicht noch am Leben gewesen.

Ich warf meine Unterwäsche und mein bestes Kleid hinein – durch das Auslegepapier in Tante Phoebes Schubladen rochen die Sachen alle nach Lavendel –, obwohl ich wusste, dass ich auf Rookwood eine Schuluniform würde tragen müssen. Ich holte meine Ballettsachen, den cremefarbenen Anzug mit dem passenden Rock und auch die schwarze Garnitur. Die weichen rosafarbenen Schuhe wickelte ich in Seidenpapier ein, bevor ich sie verstaute. Sie waren so gut wie neu, und ich betete darum, dass sie zumindest noch ein paar Monate halten würden.

Mein ganzes Leben einzupacken hatte nicht viel Zeit beansprucht. Jetzt sah das kleine Zimmer nackt und traurig aus. Während ich meine Lederschuhe zuschnürte, starrte ich auf die Bodendielen und versuchte mich davon zu überzeugen, dass alles gut werden würde.

Dir wird es gut gehen. Es gibt nichts, wovor du Angst haben müsstest. Es ist nur eine Schule.

Ich schloss die Augen und nahm einen tiefen, zittrigen Atemzug. Dann latschte ich mit meiner Tasche wieder nach unten.

»Bist du fertig zur Abreise?«, fragte Tante Phoebe. »Ich bin sicher, Mrs. … Miss, es tut mir leid, wie sagten Sie noch einmal, ist Ihr Name?«

»Miss Fox«, fauchte die Frau.

»B-bestimmt wird sich Miss Fox gut um dich kümmern«, sagte meine Tante und wich meinem Blick aus. Beruhigend legte sie mir die Hand auf die Schulter. »Ich sehe dich bald wieder, Ivy, Liebes«, fügte sie hinzu und drückte einen Kuss auf meine Stirn.

»Das hoffe ich.« Ich brachte ein Lächeln zustande. »Ich schreibe dir.«

Miss Fox' Fuß klopfte nun schneller. »Wir haben keine Zeit für Sentimentalitäten. Der Chauffeur wartet.«

Ich zuckte zusammen und umklammerte meine Tasche fester, dann folgte ich Miss Fox hinaus auf die Straße, wo mich das helle Sonnenlicht blendete.

»Auf Wiedersehen, mein Schatz«, sagte meine Tante.

»Auf Wiedersehen«, hauchte ich zurück. Und bevor ich wusste, wie mir geschah, wurde ich auf die Rückbank eines teuer aussehenden Automobils gedrängt.

Sofort schlugen mir der Geruch der Ledersitze und der Rauch der Zigarre des Chauffeurs entgegen.

»Sitzen Sie gerade«, schnappte Miss Fox, während sie vorn einstieg.

»Entschuldigung, Miss?«

Sie drehte sich um und starrte mich wie ein krankes Schaf an. »Sitzen Sie gerade, wenn Sie in meinem Fahrzeug sitzen. Und bitte vermeiden Sie es, die Sitze anzufassen.«

Ich faltete die Hände im Schoß. »Wie lange werden wir unter...«

»Ruhe!«, unterbrach sie mich. »Dieses ganze sinnlose Geplapper bereitet mir Kopfschmerzen.«

Der Motor erwachte knatternd zum Leben, während ich mich zurücklehnte und versuchte, ein paar tiefe Atemzüge zu nehmen. Die Abgase brachten mich zum Husten. Miss Fox schnalzte missbilligend mit der Zunge.

Von dem Chauffeur konnte ich nur eine flache Tweedmütze und ein paar graue Haare in seinem Nacken sehen. Er sagte nichts, sondern nickte nur und fuhr los.

Ich starrte aus der Heckscheibe. Tante Phoebe stand auf der Türschwelle. Sie winkte mir traurig nach. Während der Wagen beschleunigte, sah ich, wie sie immer kleiner wurde und langsam im Sonnenlicht verblasste, das durch die Baumwipfel strömte.

Ich drehte mich um und meine Augen blickten mir aus dem Rückspiegel entgegen. Sie glänzten nass vor Tränen.

3. KAPITEL

Der Wagen bahnte sich seinen Weg über die kurvigen Landstraßen. Miss Fox saß stocksteif auf dem Beifahrersitz und verzog kaum ihre Miene, wenn die Räder durch Schlaglöcher holperten. Ich rutschte auf der Rückbank umher und wunderte mich darüber, dass sie sich neben den Chauffeur gesetzt hatte.

Gelegentlich drehte sie sich um und warf mir einen Blick zu, dem ich auswich. Dann richtete sie ihren wütenden Blick von Neuem auf die Landschaft, die an uns vorbeiglitt, was mir gestattete, mich wieder in meine eigene Welt zurückzuziehen.

Das Problem dabei war nur, dass meine Welt mit Scarlet gefüllt war. Alles an der vertrauten Landschaft erinnerte mich an sie. Wie sie über Zäune gesprungen war, während ich das Bein vorsichtig nach unten gestreckt hatte, bis meine Zehen den Boden berührten. Wie sie grüne Blätter von Büschen gerissen und in winzige Stücke gezupft hatte. Wie sie mir lächelnd Wolken am blauen Himmel gezeigt hatte, in denen nur sie Formen erkannt hatte.

Am schlimmsten war es, als ich zwei Mädchen entdeckte, die in einem Garten zusammen spielten und vielleicht Schwestern waren. Ich fühlte die Erinnerung in mir aufsteigen, und so sehr ich mich auch bemühte, ich konnte sie nicht zurückhalten. Der Tag, an dem Scarlet zur Schule abreiste …

Wir standen auf dem Rasen, jede von uns mit einem identischen Koffer. Scarlet in ihrer Schuluniform, ich in einem schlichten rosa Kleid.

Vater wollte uns fortschicken. »Zeit, eine vernünftige Schulbildung zu bekommen«, hatte er gesagt. »Zeit, richtige junge Damen zu werden«, hatte er gesagt. Aber Scarlet hatte einen Schulplatz ergattert und ich nicht. Also schickte man sie nach Rookwood und mich zu Tante Phoebe. Vater winkte zum Abschied mit einemGlas Whisky in der Hand. Unsere Stiefmutter – mit Kittelschürze und Grimasse – schickte uns ohne einen zweiten Blick fort, während sie an ihren Söhnen herumzupfte, unseren Stiefbrüdern.

Vielleicht war Tante Phoebe eine gute Alternative zu unseren Eltern, aber sie war seltsam und zerstreut. Man konnte niemals sagen, was sie gerade dachte.

Allerdings wusste ich, was Scarlet dort auf dem Rasen zwischen unseren Koffern dachte. Sie wünschte sich, wir hätten beide die Schule besuchen können, damit sie nicht allein gehen musste. Ich wusste, dass sie das dachte, weil ich es auch dachte. Ich fing an zu weinen, stieß heftige, würgende, kindische Schluchzer hervor.

Scarlet nahm meine Hand. »Mach dir keine Sorgen, Ivylein«, sagte sie tapfer. »Ich schreibe dir jede Woche einen Brief. Und du schreibst mir zurück. Und wenn ich mit der Schule fertig bin, hole ich dich, dann laufen wir zusammen weg und werden wunderschöne Schauspielerinnen oder Primaballerinas. Nur werden wir noch berühmter werden, weil wir Zwillinge sind. Und wir können nach Amerika gehen und jeder auf der ganzen Welt wird mit uns befreundet sein wollen.«

Das ließ mich nur noch mehr weinen. Weil es lächerlich war, und ich würde die lächerlichen Dinge vermissen, die Scarlet immer einfielen. Außerdem wussten wir beide, dass ich niemals berühmt und bei allen beliebt sein würde.

Das konnte nur Scarlets Schicksal sein.

Ich wischte eine Träne fort, zog leise die Fersen auf den Sitz und riskierte damit das nächste Zungenschnalzen von Miss Fox. Aber sie bemerkte es nicht, also blieb ich zusammengekrümmt dort sitzen und durchstreifte meine Erinnerungen.

Scarlet baut eine Festung aus Decken und beschützt ihre Puppen vor den Wikingerhorden. (Das war dann ich. Ich war aber keine sehr große Horde.)

Scarlet legt Spuren aus bemalten Ostereiern rings um unseren Garten und bringt mich dazu, sie durch Hinweise und Rätsel zu finden. (Unsere Stiefbrüder versuchten immer, sie zu zertreten.)

Scarlet bürstet ihr Haar mit hundert Strichen, bevor sie es mich flechten lässt.

Scarlet sitzt über ihr Tagebuch gebeugt da und schreibt emsig, dabei ragt ihre Zungenspitze aus dem Mundwinkel.

Meine Schwester schrieb ständig in ihr Tagebuch. Jedes noch so kleine Ereignis musste auf die Seite gebannt werden. Damals verstand ich nie, was das eigentlich bringen sollte, aber sie behauptete, wenn sie nicht alles niederschrieb, würde es einfach für alle Zeiten verschwinden. Niemand würde sich mehr daran erinnern.

Ich würde mich immer daran erinnern, sagte ich dann, aber sie lachte nur und ignorierte mich.

Nervös fing ich an, an den Nähten des Sitzes zu zupfen. Scarlet hätte sich in dieser Situation niemals gefürchtet. Sie hätte alles einfach weggesteckt und laut die Fragen gestellt, auf die ich mir Antworten wünschte. Aber Ivy Grey stellte niemals Fragen. Zumindest keine schwierigen. Ich tat immer nur das, was man mir sagte.

»Hören Sie damit auf, Kind«, zischte Miss Fox. »Und setzen Sie sich anständig hin!«

Ich schaute von meinem Schoß auf, aber sie hatte sich bereits wieder abgewandt.

Scarlet hätte widersprochen. Scarlet hätte mit den Fersen gegen die Sitze getrommelt. Scarlet hätte jede einzelne dieser dummen Nähte aufgerissen.

Ich tat, was man mir befohlen hatte.

Bald darauf wurde die Straße breiter, es kamen mehr Häuser in Sicht. Ich sah einen dunkelhaarigen Mann, der in seinem Garten arbeitete und sich mit dem Taschentuch den Schweiß von der Stirn wischte. Sein Bart und seine prägnanten Gesichtszüge erinnerten mich an Vater, und plötzlich verspürte ich Gewissensbisse – ich hatte schon seit Monaten nicht mehr mit ihm gesprochen. Vermutlich arbeitete er in London. Die Wirtschaft hatte sich noch immer nicht von dem Börsenkrach erholt, und er hatte so viele Stunden arbeiten müssen, wie er konnte.

Ich stand meinem Vater allerdings nicht besonders nahe. Als wir jünger gewesen waren, war er ein energischer Mann gewesen und hatte stets herumgebrüllt. Aber nachdem unsere Stiefmutter dazugekommen war, hatte er sich verändert. Scarlet war erleichtert gewesen: Sie war für den Frieden dankbar und vermisste die Temperamentsausbrüche nicht. Sie konnte nicht verstehen, warum ich den Mann, der uns anbrüllte, lieber hatte, als den Mann, der sich so viele Stunden mit ausdrucksloser Miene in sich selbst zurückzog.

Da es drei Jungen zu verwöhnen galt, entschied unsere Stiefmutter schnell, dass es sie überforderte, sich auch noch um uns zu kümmern. Also schlug sie ihm vor, uns in ein Internat zu schicken.

Hätte er uns doch nicht fortgeschickt. Wären wir doch nur zusammengeblieben.

Wären wir doch nur …

Der Wagen fuhr durch ein gewaltiges Tor. Rechts und links von den Gitterstäben erhoben sich Säulen mit steinernen Krähen an der Spitze. Sie breiteten ihre Schwingen im Flug weit aus und ihre Krallen griffen in die Luft.

Eine lange, von Bäumen gesäumte Auffahrt schlängelte sich zur Schule hinauf, vorbei an einem in der Ferne schimmernden See. Wir hielten an, und ich hörte, wie der Chauffeur ausstieg. Seine Schritte knirschten im Kies.

»Passen Sie auf, wo Sie hintreten, Miss«, sagte er, nachdem er mir die Tür geöffnet hatte.

Ich bemühte mich sehr ihn anzulächeln und stieg mit meiner Tasche aus.

Die Rookwood School überragte mich gewaltig und eindrucksvoll. Die hellgrünen Bäume entlang der Auffahrt wirkten im düsteren Schatten des Gebäudes irgendwie verloren. Die Mauern waren aus Stein – der jahrelang Rauch aus den Schornsteinen hatte die höchsten Teile im Lauf der Jahre geschwärzt. Vor mir erstreckten sich schwarze Säulen in den Himmel, das gewaltige Schieferdach wurde von Zinnen gesäumt.

Die Schule sah wie ein Schloss aus. Oder wie ein Gefängnis.

Es kostete mich meine ganze Kraft, mich nicht umzudrehen und über die Auffahrt davonzulaufen. Natürlich hätte man mich dann sicherlich eingefangen und bestraft.

Am Himmel flogen Krähen vorbei. Ihr lautes Krächzen vermengte sich mit dem weit entfernten Kreischen von Mädchen, die Hockey spielten.

»Stehen Sie nicht da rum und hören Sie auf zu gaffen!« Miss Fox sah mich an, als wäre ich eine Schnecke an ihrer Schuhsohle, die sie gerade zufällig zertreten hatte. »Folgen Sie mir, es sei denn, Sie glauben, Sie hätten etwas Besseres zu tun.«

»Ja, Miss … nein, Miss.«

Sie drehte sich um und murmelte etwas, das ich nicht verstehen konnte.

Ich folgte ihr die Stufen hinauf. Ihre spitzen Schuhe klapperten, ihre Taschen klirrten. Die Eingangstür war riesig, doch obwohl ihre Flügel uralt waren, öffneten sie sich ohne das geringste Knarren. Dahinter befand sich ein Raum von doppelter Mannshöhe, der oben von einer Galerie gesäumt wurde. Es roch durchdringend nach Bohnerwachs.

Genau in der Mitte stand ein Eichenschreibtisch mit einer irgendwie verloren wirkenden Sekretärin. Sie hantierte so emsig mit Papieren herum, dass ich den Eindruck hatte, sie wollte beschäftigter aussehen, als sie eigentlich war.

Miss Fox trat an den Tisch und stützte sich mit beiden Händen darauf.

»Guten Tag, Madam«, sagte die Sekretärin leise, als Miss Fox' Schatten auf sie fiel.

»So mancher würde ihn als gut bezeichnen«, erwiderte Miss Fox finster. »Ich habe hier ein Kind. Scarlet Grey.« Ich wollte sie korrigieren, aber sie verhinderte es mit einer beiläufigen Handbewegung und sprach ungerührt weiter. »Sie wird morgen mit dem Unterricht beginnen. Bitte tragen Sie sie im Register ein.«

Miss Fox war wahrscheinlich die einzige Person auf der

ganzen Welt, die das Wort ›Bitte‹ so aussprechen konnte, dass es tatsächlich ›JETZT SOFORT‹ bedeutete.

»S-soll ich sie auf ihr Zimmer bringen, Madam?«, fragte die Sekretärin.

Miss Fox blinzelte. »Nein, ich nehme sie mit in mein Büro, um ihr alles ... zu erklären. Tragen Sie sie nur ein.«

Mit schnellen Schritten hielt sie auf einen Korridor zu und ich eilte hinter ihr her. Dabei riskierte ich einen Blick zurück auf die Sekretärin, die mich mit weit aufgerissenen Augen anstarrte.

Wir gingen an Reihen von Türen vorbei, die alle kleine Fenster hatten, sodass ich einen Blick auf den dahinter stattfindenden Unterricht erhaschen konnte. Die Mädchen saßen stumm und ernst in Reihen. Eine stille Schule war mir nicht fremd, aber das hier fühlte sich irgendwie ... *falsch* an. Als wäre es irgendwie zu still.

Die einzigen Geräusche wurden von unseren Schritten und dem ständigen Geklimper aus Miss Fox' Taschen verursacht. Als wir ihr Büro erreichten, zog sie aus einer davon einen silbernen Schlüssel hervor und schloss die Tür auf.

Der Raum war düster und roch nach alten Büchern. Es gab einen Schreibtisch, ein paar Stühle mit hohen Lehnen und ein paar große Regale. Das war ziemlich normal, aber das war noch nicht alles.

Die Wände waren mit *Hunden* bedeckt.

Große Hunde, kleine Hunde, seltsame fremdländische Hunde – ihre ausdruckslosen Sepiagesichter starrten aus verblichenen Fotos in braunen Rahmen. In einer Ecke stand ein ausgestopfter Beagle in einem Glaskasten; seine Hängeohren und das fleckige Fell ließen ihn noch bedrückter aussehen, als es Beagle schon zu Lebzeiten tun.

Der bizarrste Anblick war ein Dackel, der im hinteren Teil des Büros auf der schmalen Fensterbank lag. Anscheinend sollte er die Zugluft abhalten.

Seltsam, dachte ich, *dass jemand namens Fox Hunde so sehr liebt.*

»Ausgestopfte Hunde, Miss?«, wunderte ich mich laut.

»Ich kann die Viecher nicht ausstehen. Ich sehe sie lieber tot«, erwiderte Miss Fox.

Sie deutete mit dem Mittelfinger auf einen Stuhl, bis ich den Hinweis begriff und mich setzte.

»Also, Scarlet …«

»Ivy«, korrigierte ich automatisch.

Sie beugte sich vor, so dass sie wie eine wütende Gewitterwolke über mir schwebte. »Ich glaube, da haben Sie etwas falsch verstanden, Miss Grey. Haben Sie denn meinen Brief nicht gelesen?«

Ihren Brief? »Ich dachte, der Direktor hätte ihn geschickt.«

Sie schüttelte den Kopf. »Mr. Bartholomew hat Urlaub genommen, und solange er fort ist, trage ich hier die Verantwortung. Also, beantworten Sie meine Frage. Haben Sie ihn gelesen?«

»Ja. Darin stand, ich soll einen Platz an dieser Schule einnehmen … den Platz meiner Schwester.«

Miss Fox ging um mich herum und setzte sich auf den Lederstuhl hinter ihrem Schreibtisch. »Genau. Sie werden sie ersetzen.«

Etwas an ihrer Betonung ließ mich innehalten. »Was meinen Sie damit, ich werde sie *ersetzen,* Miss?«

»Damit meine ich genau das, was ich gesagt habe. Sie werden sie ersetzen. Sie *werden* Ihre Schwester.«

4. KAPITEL

Ich keuchte auf. »Nein«, flüsterte ich. »Was wollen Sie …«

»Ruhe!«, brüllte sie und donnerte ihre Faust auf den Tisch wie ein Auktionator seinen Hammer. »Scarlets Platz muss besetzt werden, und zufällig haben wir jemanden, der ihn besetzen kann. Wir werden den guten Ruf von Rookwood nicht durch unglückliche Umstände beschmutzen lassen. Wir haben die Abwesenheit vor dem Sommer mit einer Grippe begründet, von der Sie, *Scarlet*« – sie blickte mich durchdringend an – »sich gut erholt haben.«

Der Raum um mich drehte sich; ich kam mir völlig verloren vor. Vielleicht war das ja ein Albtraum und in Wirklichkeit wälzte ich mich im Haus meiner Tante im Schlaf.

»Aber …«, protestierte ich. »Sie haben mich nicht für das Stipendium akzeptiert! Nur Scarlet hat die Aufnahmeprüfung bestanden.« Das hatte ich mir nie verziehen. Ich hatte die ganze Nacht davor wach gelegen und mir Sorgen gemacht, denn ich war davon überzeugt gewesen, nicht genug gelernt zu haben.

»Das ist unwichtig, mein Kind. Das Schulgeld ist bereits bezahlt. Sie werden den Platz Ihrer Schwester zum Wohl der Allgemeinheit einnehmen. Von jetzt an *sind Sie Scarlet.* Ivy hat die Aufnahmeprüfung vielleicht nicht bestanden, aber *Sie* schon.«

Ich wollte sie anbrüllen, aber meine Lippen zitterten, und meine Atmung ging flach und panisch. »B-bitte, warum muss ich das tun?«

Sie hob einen Finger, um mich zum Schweigen zu bringen. Der Nagel daran war lang und scharf.

»Das brauchen Sie nicht zu wissen. Das sind Erwachsenenangelegenheiten, die wir so regeln, wie wir es für richtig halten. Sie wollen die anderen Schülerinnen doch nicht damit beunruhigen, oder?« Sie lehnte sich zurück und nahm den Blick von mir.

»Weiß mein Vater davon, Miss?« Wenn auf der Schule niemand eine Ahnung hatte, hoffte ich, dass man auch Vater hintergangen hatte.

Aber ihre Antwort zerstörte meine Hoffnungen. »Natürlich. Wir haben sein volles Einverständnis. *Er* versteht, dass das die beste Lösung ist.« Sie hielt inne. »Wir haben Ihr Zimmer für Sie freigehalten. Frühstück gibt es um halb acht.« Sie fing an, mit ihrem Füllfederhalter auf den Tisch zu klopfen und sprach mit ausdrucksloser Stimme weiter, als würde sie von einer unsichtbaren Tafel ablesen. »Der Unterricht beginnt um neun.« *Tip.* »Das Büro der Hausmutter ist am Ende des Korridors.« *Tip.* »Kein Herumlungern in den Korridoren.« *Tip, Tip.* »Um neun Uhr ist Nachtruhe.«

Ich hätte mich auf die Regeln konzentrieren sollen, aber die Gegenstände auf Miss Fox' Schreibtisch lenkten mich ab: eine Lampe, ein Telefon, ein Tintenfass, ein Briefbeschwerer aus Elfenbein, ein Scheckbuch, ein kleines goldenes Pillendöschen und – oh nein! – ein ausgestopfter Chihuahua mit dem Maul voller Stifte.

»Passen Sie gefälligst auf!«

Mein Blick schoss zu ihr zurück. »Ja, Miss Fox.«

Sie seufzte übertrieben. »Hier, nehmen Sie das.« Sie gab mir einen Gebäudeplan und eine Liste mit den Schulregeln. »Vergessen Sie nicht, Sie sind von nun an Scarlet. Es gibt keine Ivy mehr.«

Sie stand schnell auf und bedeutete mir, ihr zu folgen.

Es ist schon eine große Sache, gesagt zu bekommen, dass man nicht mehr existiert. Meine Beine zitterten so sehr, dass ich einen Moment brauchte, um aufzustehen.

Ich fühlte mich wie einer der traurigen Hunde an Miss Fox' Wänden. Deren glasige Blicke bohrten sich in meinen Rücken, als ich das Büro verließ und versuchte, Ivy Grey hinter mir zu lassen.

Ich folgte Miss Fox durch die Korridore und dann eine dunkle, enge Treppe zur ersten Etage hinauf. Die Wände waren von gleich aussehenden, schmalen grünen Türen mit Nummern gesäumt. Vor der Nummer dreizehn blieben wir stehen. *Natürlich.* Scarlets Lieblingszahl. Sie hatte das Pech herausgefordert.

Miss Fox schloss die Tür auf, versenkte den Schlüssel mit dem beschrifteten Anhänger wieder in den Tiefen ihres Kleides und ließ mich mit der Anweisung »Ziehen Sie sich um, junge Dame« einfach dort stehen. Die Tür schwang in den Angeln hin und her und ich spähte verzagt hinein.

Die Schlafstube hatte eine gewisse Ähnlichkeit mit unserem Zimmer zu Hause, mit zwei Bettgestellen aus Eisen, die einander gegenüberstanden.

In meiner Vorstellung sah ich, wie Scarlet ins Zimmer lief, auf der Matratze umherhüpfte und die eingeschlagenen Decken unter den Rändern hervorzog – sie hat immer behauptet, sie käme sich vor wie in einem Sarkophag, wenn die

Decken zu fest eingesteckt wären. Dann würde sie sich eine dunkle Locke aus den Augen pusten und mir befehlen, nicht mehr so dumm aus der Wäsche zu schauen und unsere Taschen reinzubringen.

Ich starrte auf meine Füße. Dort stand nur eine Tasche, deren Seite auf den harten Holzboden gesackt war. Kopfschüttelnd hob ich sie auf und betrat das Zimmer. Scarlets Geist verschwand aus meinen Gedanken. Ich musste mich beruhigen und zusammenreißen.

Mach dich mit deinem Zimmer vertraut. Pack deine Sachen aus. Vergiss nicht zu atmen!

Aus Gewohnheit ging ich auf das Bett auf der linken Seite zu, bevor mir klar wurde, dass Scarlet das auf der rechten Seite gewählt hätte. Ich hatte keine Ahnung, ob irgendjemandem so etwas auffallen würde, aber ich trat pflichtbewusst an das andere Bett, stellte die Tasche ab und sah mich um.

Der weiß gestrichene Raum enthielt einen großen Kleiderschrank aus Eiche, eine betagt aussehende Kommode mit Schubladen und einen Ankleidetisch mit einem angeschlagenen Spiegel. Ich schaute mich darin an. Scarlet und ich hatten das gleiche dunkle Haar, die gleiche blasse Haut und die gleichen zierlichen Züge, wie von einer Kinderpuppe. Aber bei ihr hatte das immer hübsch gewirkt. Mich ließ es nur verloren und traurig aussehen.

»Scarlet«, flüsterte ich. Ich trat vor und streckte dem Spiegel die Hand entgegen. Als wir jünger gewesen waren, hatten wir uns oft auf beiden Seiten des Erdgeschossfensters aufgestellt und die Bewegungen der anderen kopiert, hatten so getan, als wären wir Spiegelbilder. Ich hatte es immer versehentlich seitenverkehrt gemacht, und sie war dann vor Lachen zusammengebrochen. Aber als ich nun meine Hand vor dem Spiegel bewegte, folgte das Abbild im Glas der Bewegung genau.

Mein Kopf schmerzte.

In einer Zimmerecke stand ein Waschtisch mit einer Schüssel und einer schlichten Porzellankanne, daneben lagen weiße Flanellhandtücher. Obwohl dieses Zimmer das letzte Jahr von Scarlet bewohnt worden war, gab es nichts von ihr zu entdecken.

Ich fragte mich, was man mit ihren Sachen gemacht hatte. Wo waren sie, wenn sie nicht hier waren? Wo waren ihre Kleidung und ihre Bücher? Wo war …

Ihr Tagebuch.

Als wir noch klein waren, hatte sie mir den Inhalt ihres Tagebuchs immer gezeigt. Manchmal ließ sie mich sogar etwas dort eintragen. Jedes Jahr hatte es ein neues gegeben. Sie hatte es mit Zeichnungen von uns gefüllt, identischen Strichmännchen, die mit ihrer bösen Stiefmutter in einem Lebkuchenhaus wohnten. Aber als wir älter wurden, wurde sie geheimniskrämerisch und versteckte es immer. Nicht, dass ich es gelesen hätte. Falls dort Gedanken standen, die sie nicht mit mir, ihrer Zwillingsschwester, teilen konnte, wollte ich sie gar nicht kennen.

Scarlets kostbares Tagebuch konnte zerstört worden oder verloren gegangen sein, möglicherweise hatte es ein Zimmermädchen weggeworfen. Dieser Gedanke ließ mich erschaudern. Aber es bestand die geringe Chance, dass Scarlet es zu gut versteckt hatte, als dass es entdeckt worden wäre.

Und wenn es noch irgendwo hier war – das Einzige, was noch von meiner Schwester übrig war –, wollte ich es unbedingt haben.

Der Kleiderschrank. Das war immer eines ihrer Lieblingsverstecke gewesen. Ich rannte zu ihm und riss beide Türen weit auf. Der dunstige Geruch von Mottenkugeln ließ mich husten.

Der Schrank enthielt nur eine einzige Schuluniform, die sauber auf einem Bügel hing – eine weiße Bluse mit langen Ärmeln, ein schwarzes Kleid mit Faltenrock und eine purpurrot gestreifte Krawatte mit dem Rookwood-Wappen an der Spitze. Darunter lag ein Paar passender Strümpfe. Ich hielt die Uniform an meinen Körper: Sie hatte genau meine Größe.

Scarlets Schuluniform.

Ein paar Augenblicke lang stand ich reglos da. Ich war albern. Das war nur Kleidung. Scarlet und ich hatten unsere Sachen immer geteilt. Aber nun gab es sie nicht mehr und es war auch nicht länger ihre Uniform. Es war meine. Und das machte mir Angst.

Ich legte alles auf das gegenüberliegende Bett und setzte meine Suche fort. Der Schrankboden war mit alten, vergilbten Zeitungsseiten ausgelegt, die ich mit gerümpfter Nase abschälte.

Nichts.

Ich stellte mich auf Zehenspitzen und tastete die obere Ablage ab. Noch mehr Nichts, es sei denn, man hätte den Staub mitgezählt.

Ich zog jede Schublade der Kommode auf. Einige klemmten, und ich hielt den Atem an und versuchte dem Tagebuch durch reine Willenskraft zu befehlen, dort zu liegen. Aber jedes Mal, wenn ich eine aufbekam, blickte mir nur eine leere Schublade entgegen. Für die Schule waren Scarlets Besitztümer vielleicht wertlos gewesen, aber das galt nicht für mich. Scarlet hatte die Haarbürste unserer Mutter mit dem silbernen Rücken besessen, in die ihre Initialen, E.G., eingraviert waren – so wie ich Mutters Perlen besaß. Wo konnte sie sein?

Ich ließ mich auf Hände und Knie fallen und spähte unter die Betten, aber da war nur der fadenscheinige Teppich. Ich versuchte, an ein paar Fäden zu zupfen, in der Hoffnung, dass er sich lösen und ein Geheimfach unter den Bodendielen freigeben würde, aber er klebte dort förmlich. Sinnlos. Am liebsten hätte ich geweint.

Ich stand auf und warf mich auf die harte Matratze. Scarlet hätte ihr Tagebuch überall verstecken können. Vielleicht war es ja auch gefunden und vernichtet worden.

Aber dann fühlte ich etwas. Die Matratze hatte eine seltsame Erhebung: etwas Hartes und Spitzes. In der Hoffnung, dass ich mir nichts einbildete, rutschte ich darauf herum. Nein, dort war definitiv etwas.

Ich sprang auf, lief zur Tür und hielt im Korridor nach Lehrern Ausschau. Er lag still und verlassen da. Ich betete, dass Miss Fox nicht so schnell zurückkehren würde.

Als ich mir sicher war, dass niemand kam, zog ich die grauen Decken und das Bettlaken ab und warf alles auf einen Haufen. Mit der Hand strich ich über die nackte Matratze. Ich konnte immer noch die Erhebung spüren. Aber ranzukommen war unmöglich. Oder doch?

Ich legte mich rücklings auf den Boden und zog mich unter das Bett, bis ich durch den Federrost sehen konnte. Hier war es staubig und ich musste den starken Drang zu niesen unterdrücken.

Und dann sah ich die Öffnung. Einen langen, schmalen Schlitz, der möglicherweise mit einem Messer in das Material geschnitten worden war. *Die perfekte Größe für ein Tagebuch.*

Ich schob die Hand in die Matratze. Flocken der Baumwollfüllung regneten um meinen Kopf und ließen meine Augen jucken, während die geölten Sprungfedern meine Haut abschürften. Dann ertastete ich etwas! Es war hart und abgenutzt, vielleicht aus Leder, und meine Fingerspitzen konnten es gerade so berühren.

Meine Hand sank noch tiefer hinein, und ich ignorierte den Staub und die harten Kanten, bis ich …

Da war es. Ich riss das kleine Buch heraus und drückte es an die Brust. Mein Herz darunter pochte schneller.

Scarlets Tagebuch.

Es war nicht gefunden worden. Es gab doch noch ein Stück meiner Schwester, das auf mich wartete.

Ich quetschte mich unter dem Bett hervor und versuchte hastig und vergeblich, mich zu säubern. Dann setzte ich mich auf, lehnte mich an das kalte Bettgestell und starrte das Buch in meinen Händen an. Es war braun und glänzte, auf den Umschlag waren die Buchstaben ›SG‹ eingeprägt.

Anscheinend war die Hälfte der Seiten herausgerissen worden, aber ein paar waren noch intakt. Ich wagte kaum zu atmen, während ich den Lederriemen öffnete und auf die erste, noch intakt gebliebene Seite blickte:

Ivy, ich bete, dass Du das liest.

Und wenn Du es tust, nun, dann vermute ich mal, dass Du mein neues Ich bist …

5. KAPITEL

Du musst das vor <u>allen</u> geheim halten. Vor allem vor Miss Fox. Sie darf nichts davon erfahren, hast Du verstanden? Ich musste die Seiten verteilen. Sie würde alles tun, um die Beweise zu vernichten.

Solange Du an mich denkst, wird Dir nichts passieren. Du musst einfach nur schauspielern, genau wie wir es immer wollten. Nur dass Du meine Rolle spielst.

Sei im Unterricht nicht zu aufmerksam. Trag Deine Uniform nicht zu ordentlich. Halte Dich von Penny fern. Komm Miss Fox nicht in die Quere … Du hast ja keine Ahnung, wozu diese Füchsin fähig ist. Sei nicht so lahm wie sonst – schau einfach in den <u>Spiegel</u> und erinnere Dich daran, dass Du ich sein musst.

Und, Ivy, ich gebe Dir die uneingeschränkte Erlaubnis, mein Tagebuch zu lesen – das MUSST Du sogar!

Mit rasendem Herzen stopfte ich das Tagebuch in den Kopfkissenbezug. Das war Wahnsinn.

Wie in aller Welt hatte Scarlet nur wissen können, dass genau das passieren würde? Sie schrieb, ich müsste bei der Täuschung mitspielen. Anscheinend blieb mir keine andere Wahl, als zu tun, was sie gesagt hatte. Auch ich erschauderte bei dem Gedanken, Miss Fox nicht zu gehorchen.

Nicht zu glauben, in was für ein Lügengespinst ich da geraten war. Und das alles nur, um der Schule Schande zu ersparen, damit die anderen Schülerinnen nicht wegen der »unglücklichen Umstände« in Panik gerieten.

Wer konnte mir da helfen?

Tante Phoebe.

Natürlich! Ich lief zu meiner Tasche und holte Papier, Federhalter und Tinte hervor. Ich strich das Blatt auf dem Ankleidetisch glatt und kritzelte hastig:

Liebe Tante Phoebe,
Hilfe! Das war alles ein großer Fehler. Ich weiß nicht, was hier vor sich geht, aber ich soll mich für Scarlet ausgeben. Das kann nicht in Ordnung sein. Ich habe ihr Tagebuch gefunden, und irgendwie wusste sie, dass das passieren würde. Hier geht etwas Schreckliches vor.
Könntest Du kommen und mich holen? Oder es Vater sagen? Bitte, das ist wichtig!
Ivy

Ich faltete den Brief zu einem Umschlag zusammen und schrieb Tante Phoebes Adresse darauf, außerdem DRINGEND in Großbuchstaben.

Meine Aufregung legte sich allerdings beinahe sofort wieder. Wie sollte ich den Brief denn absenden? Ich hatte keine Briefmarke. Ich wusste auch nicht, wo hier eine Post war. Falls Schülerinnen Briefe aus der Schule abschicken wollten, mussten sie sie vermutlich den Lehrern geben. Und sollte Miss Fox ihn in die Hände bekommen …

Dieses Risiko durfte ich nicht eingehen. Ich musste Scarlets Worten Glauben schenken. Sie waren alles, was ich noch hatte.

Ich zwang mich, ihre Schuluniform anzuziehen. Der Stoff kratzte und roch überhaupt nicht nach ihr. Ich schaute in den Spiegel, aber etwas stimmte nicht. Ich lockerte die Krawatte, zog am Rocksaum und schob den einen Strumpf ein Stück nach unten – so, nicht zu ordentlich.

Sobald ich angezogen war, packte ich meine paar Habseligkeiten aus, bevor ich Scarlets – mein – Bett wieder bezog und schließlich erschöpft daraufsank. Als mir endlich die Lider zufallen wollten, tauchte ein Schatten im Zimmer auf.

»Hallo«, sagte der Schatten.

Ich schaute auf. Das Mädchen füllte kaum die Tür aus. Sie war so klein und erinnerte so stark an eine Maus, dass ich glaubte, sie könnte jeden Augenblick um ein Stück Käse betteln.

Ich wollte mit einem ebenso schüchternen »Hallo« antworten, doch da fiel es mir wieder ein: Ich musste jetzt Scarlet sein.

»Hallo!« Ich sprang vom Bett und zwang ein fröhliches Lächeln auf mein Gesicht.

Das unscheinbare Mädchen machte einen Schritt zurück. »Äh, ich wünsche einen schönen Tag. Meinnameistariadneichbinneu.«

»Entschuldigung?«

Das Mädchen atmete tief aus. »Mein Name ist Ariadne. Ariadne Elizabeth Gwendolyn Flitworth.«

»Oh … das tut mir leid.« Ich zuckte zusammen.

»Schon in Ordnung, daran bin ich gewöhnt.« Ariadne seufzte. Sie streckte ihre kleine Hand aus. Die Nägel waren komplett abgekaut.

Einen Augenblick lang betrachtete ich diese Hand, dann schüttelte ich sie aufgeregt. »Mein Name ist Iv-Scarlet. Schön, dich kennenzulernen.« *Oh je,* dachte ich, während ich mich von ihr frei machte. *Ich bin nicht sehr gut in so etwas.*

Ariadne bückte sich, um ihr Gepäck aufzusammeln, einen kleinen Konvoi Koffer, der sich hinter ihr anschloss. Ich sah zu, wie sie jedes einzelne Gepäckstück nahm und vorsichtig auf ihre Seite des Raumes brachte. Ich kam gar nicht darauf, ihr meine Hilfe anzubieten. Irgendwie schien es ein seltsames Ritual zu sein.

»Bist du auch neu?«, fragte Ariadne plötzlich.

»Ich? Oh, nein«, erwiderte ich. Meine Gedanken rasten. »Ich war letztes Jahr schon hier.«

Neugierig blickte sich Ariadne in dem kahlen Zimmer um, also plapperte ich weiter.

»Ich war eine Weile ziemlich krank. Irgendeine Grippe, hieß es. Musste alle meine Sachen wieder nach Hause schaffen. Man, äh, wollte nicht, dass sich jemand ansteckt.«

»Ach so, natürlich.« Ariadne schob eine dünne Haarsträhne hinters Ohr, während sie hin und her eilte. »Mein Vater hat mich hergeschickt, weil er in wichtigen Geschäftsangelegenheiten verreisen musste.«

Das sagte sie weder stolz noch prahlerisch – eher, als wiederholte sie etwas, das sie oft gehört hatte. Endlich wurde sie mit ihren Koffern fertig, drehte sich zu mir um und pustete eine Haarsträhne aus dem Gesicht. »Äh, könntest du mir vielleicht zeigen, wo die Toiletten sind?«

Du meine Güte. Ich konnte ja schlecht behaupten, ich hätte vergessen, wo die Toiletten sind. Ich hatte mir den Gebäudeplan aber noch nicht angesehen und konnte mich auch nicht daran erinnern, auf dem Weg durch die Schule irgendein Schild gesehen zu haben, doch sicherlich musste es welche auf dieser Etage geben.

Ariadne starrte mich noch immer an, also sagte ich schnell: »Natürlich, sie sind ... dort.« Ich zeigte auf den Korridor. Während ich ihr folgte, warf ich einen Blick zurück zum Bett und vergewisserte mich, dass der Kissenbezug das Tagebuch auch vollständig verbarg.

Für diesen Tag musste der Unterricht beendet sein, denn im Korridor drängten sich Mädchen in Schuluniformen. Als ich mir mit Ariadne im Schlepptau einen Weg suchte, fing das Getuschel an. Es gab Seitenblicke, ungläubiges Starren und vor den Mund geschlagene Hände.

Oh, Scarlet, dachte ich. *Was hast du nur getan?*

Der Spießrutenlauf schien kein Ende zu nehmen. Ich beschleunigte meinen Schritt und hörte, wie Ariadne hinter mir herlief, um den Anschluss nicht zu verlieren.

Schließlich kam ich zu einer Tür mit der Aufschrift »Toiletten und Badezimmer«. »Hier ist es«, sagte ich und hielt Ariadne die Tür auf. Dann schlüpfte ich hinter ihr hinein und schloss die Welt aus.

Ariadne ging in eine Kabine und zog die Tür hinter sich zu. Der Aufruhr draußen war noch immer zu hören, klang nun aber gedämpft, wie aus weiter Ferne. Ich lehnte mich gegen die Wand und versuchte meine Panik zu verbergen.

Die Toilette war kalt, riesige Fenster mit Milchglasscheiben ließen nur schwachen Lichtschein herein. Die Wände waren in einer furchtbaren mintgrünen Farbe gestrichen, die durch die Feuchtigkeit bereits abblätterte. Verglichen mit

Tante Phoebes Plumpsklo im Garten und der Zinnbadewanne stellte dieses Bad aber einen richtigen Luxus dar.

Ich trat an ein Waschbecken und drehte den Hahn auf, ich wollte mir etwas von meiner Verlegenheit aus dem Gesicht waschen. Zuerst geschah nichts, dann tröpfelte es nur. Ich zerrte stärker an dem Hahn, ein Wasserstrahl spritzte heraus und durchtränkte meine Kleidung.

Großartig.

Einfach nur großartig.

»Scarlet?« Ariadnes Stimme drang durch die Holztür.

Ich konzentrierte mich darauf, meine Uniform auszuwringen, und hätte um ein Haar nicht geantwortet. »Äh, ja?«

»Warum haben diese Mädchen uns so angestarrt?«

Ich versuchte mir vorzustellen, was Scarlet wohl angestellt hatte, um so eine Reaktion herauszufordern, aber es hätte alles Mögliche gewesen sein können. Für diese Schule war vermutlich sogar ihr bestes Benehmen ungeheuerlich.

Bevor ich antworten konnte, wurde abgezogen und der Türriegel geöffnet. Ariadne trat an das Waschbecken neben mir und fing an, sich die Hände zu waschen.

»Glaubst du, sie haben mich angestarrt?« Sie erschien nervös. »Es ist, weil ich neu bin, nicht wahr? Vermutlich halten sie mich für seltsam oder hässlich oder langweilig oder … oder … alles zusammen!« Sie ließ sich einfach zu Boden sacken, sodass ihr Kleid sich aufbauschte und dann ihre Beine einhüllte.

Beinahe hätte ich vor Erleichterung gelacht. »Eigentlich glaube ich, dass sie mich angestarrt haben. Weil … weil ich so lange weg war. Vermutlich haben sie geglaubt, ich wäre weggelaufen und zum Zirkus gegangen.«

»Bist du sicher?« Sie schaute zu mir hoch und blinzelte.

Ich war mir gar nicht sicher. »Auf jeden Fall. Vermutlich haben sie dich nicht einmal bemerkt.«

Plötzlich wurde mir klar, dass meine Worte möglicherweise etwas beleidigend waren. Aber Ariadne stand auf. Ein zögerliches Lächeln breitete sich auf ihrem Gesicht aus.

»Du hast recht. Natürlich hast du recht.« Erwartungsvoll sah sie mich an, fast als wollte sie fragen ›und jetzt?‹.

Ich wollte nicht zurück in diesen Korridor, aber wir konnten nicht für alle Ewigkeit in der Toilette bleiben. Also holte ich tief Luft und ging hinaus. Die Menge hatte sich etwas ausgedünnt, aber noch immer drehten sich Köpfe, um uns anzusehen. Wieder ging ich schneller und hoffte, Ariadne bei dem Gedränge nicht zu verlieren.

Als wir Zimmer dreizehn wieder erreicht hatten, atmete ich erleichtert auf und zog mich auf mein Bett zurück. Ich tastete nach der beruhigenden Erhebung des Tagebuchs im Kissen. Ich würde es sobald wie möglich wieder in der Matratze verstecken müssen.

Methodisch fing Ariadne an, Dinge aus ihren vielen Koffern zu holen. Kleider, Röcke, Blusen. Jedes Kleidungsstück war bereits perfekt gefaltet, aber sie breitete alles aus und faltete es erneut. Ariadne beim Auspacken zuzusehen war auf eine seltsame Weise entspannend. Ich genoss den Augenblick der Ruhe.

»Nun sieh einmal an, was die Füchsin da angeschleppt hat.«

Ich schaute auf.

Ein Mädchen stand in der Tür. Ihre kupferfarbenen Locken wurden von einer hellblauen Schleife zusammengebunden; ihr Gesicht war voller Sommersprossen. Ohne das Stirnrunzeln hätte das Gesicht durchaus hübsch sein können.

So viel zur Stille.

Ariadne trat auf sie zu und streckte die Hand aus. »Hallo! Ich bin Ariadne. Ich bin neu hier.«

Das Mädchen ignorierte sie und starrte mich weiter finster an. »Man hätte dich niemals zurückkommen lassen dürfen. Du hast es nicht verdient, hier zu sein.«

Ich starrte sie ausdruckslos an, dann entschied ich mich für die erste Antwort, die mir in den Sinn kam.

»Warum?«

»Komm mir nicht mit dieser Unschuldstour, Scarlet Grey. Wir wissen alle, was du getan hast.«

»Tun wir das?«

»Pfui. Du machst mich krank«, fauchte sie.

»Wie heißt du?«, meldete sich Ariadne zu Wort.

Das Mädchen blinzelte sie an. »Was? Ach so. Penny, die Kurzform von Penelope.«

»Mein Name ist Ariadne. Das ist keine Abkürzung für nichts. Es ist griechisch. Sie hat Theseus geholfen, den Minotaurus zu besiegen!« Sie fuchtelte mit der Hand herum. »Erfreut, dich kennenzulernen!«

Ariadne bemühte sich offensichtlich, ihre Schüchternheit von eben wieder wettzumachen. Ich war mir nicht sicher, ob das die richtige Methode war.

»Das glaube ich gern.« Penny kniff die von Sommersprossen eingerahmten Augen zusammen. »Egal. Einige von uns haben *Freunde,* mit denen sie sich treffen wollen.« Sie drehte sich auf dem Absatz um und verließ das Zimmer.

»Wenn sie mit dir befreundet sind, dann will ich vermutlich nicht mit ihnen sprechen«, sagte ich ohne nachzudenken.

Ariadne starrte mich mit offenem Mund an.

Das war keine typische Ivy-Antwort. Eher eine Scarlet-

Antwort. Eine seltsame Mischung aus Unbehagen und Stolz überkam mich.

Penny steckte den Kopf zurück ins Zimmer. »Du solltest dich in ihrer Nähe besser vorsehen, Ariadne«, zischte sie. »Du kannst nie wissen, wie du endest …« Unheilvoll fuhr sie sich mit dem Finger über die Kehle und stolzierte davon.

»Was sollte das denn?«, fragte Ariadne.

»Ich wünschte, ich wüsste es.«

Aber um ehrlich zu sein, war ich mir gar nicht so sicher, ob ich es überhaupt wissen wollte.

6. KAPITEL

Um sechs Uhr gab es Abendessen. Ich hatte Ariadne eine Stunde lang zugehört, wie sie von ihrem geliebten Pony Oswald, ihrem Hund und ihren Hühnern erzählte. Die ganze Zeit wurde mir immer deutlicher bewusst, dass ich seit dem Frühstück nichts mehr gegessen hatte. Ich würde nach unten gehen müssen, wenn ich etwas essen wollte, aber das bedeutete, dass ich mich noch mehr Leuten stellen musste, die Scarlet gekannt hatten. Sie würden meine Täuschungsmanöver doch bestimmt durchschauen?

Ich verließ das Zimmer, gefolgt von der plappernden Ariadne. Die Frage, wo der Speisesaal war, erübrigte sich – ich musste nur dem Strom an Mädchen folgen, die die Treppe hinuntereilten. Ich versuchte mich unsichtbar zu machen, nicht an all die Blicke zu denken.

»... und dann haben wir diesen riesigen Ententeich voller Fische, der ist wirklich riesig groß. Da führt sogar eine Brücke drüber.«

»Hast du eigentlich Geschwister?«, fragte ich und drehte mich im Gehen zu ihr um.

Ariadne blinzelte überrascht, als sie in ihrem Redefluss unterbrochen wurde. »Nein. Es gibt nur mich und Mummy. Und manchmal auch Daddy. Aber ich wünschte mir, ich hätte welche. Was ist mit dir?«

»Äh, ja. Ich habe eine Schwester. Aber sie ... geht auf eine andere Schule. Und ein paar Brüder. Stiefbrüder, eigentlich.«

Ariadne seufzte. »Wie schön.«

»Du kennst sie nicht.«

Der Speisesaal war ein gewaltiger, lauter Raum mit vielen Tischreihen, die alle mit Mädchen besetzt waren. In der Wand gab es eine lange Durchreiche zur Küche, durch die Küchenmädchen dampfendes Essen auf Teller schaufelten. Der ganze Raum roch durchdringend nach einem undefinierbaren Eintopf. Ariadne und ich stellten uns hinten an der Ausgabeschlange an. Noch nie zuvor hatte ich so viele Menschen an einem Ort gesehen.

Alle redeten auf einmal, die Luft war erfüllt von dem Klappern der Messer auf dem Porzellan und dem Klirren der Gläser. Am liebsten hätte ich mir die Ohren mit den Händen zugehalten, um den Lärm auszusperren.

Dann entdeckte ich Miss Fox, die aussah, als wollte sie genau dasselbe tun. Sie stand am anderen Ende des Saals und tippte mit einem Rohrstock gegen ihr Bein. Ich schluckte.

Ich nahm mir ein Tablett und einen billig aussehenden Teller von dem Stapel. Eine der Köchinnen, deren Haar unter einer weißen Kappe hervorquoll, hob den Löffel und klatschte eine ordentliche Portion einer klebrigen braunen Masse darauf.

»Entschuldigung, was ist das, bitte?«, fragte ich.

»Eintopf«, erwiderte sie tonlos.

»Was für ein Eintopf denn, Miss?«

Die Köchin starrte mich nur an und wandte sich dann ab, um Ariadne zu bedienen.

Ich ging in die Mitte des Raumes und erstarrte, weil mir

klar wurde, dass ich nicht die geringste Ahnung hatte, wo ich sitzen musste. Aber dann hätte ich schwören können, aus dem Augenwinkel zu sehen, wie Miss Fox mit einer kaum wahrnehmbaren Bewegung des Stocks in eine Richtung zeigte. Leere Stühle.

Ariadne folgte mir zu dem Tisch und wir setzten uns. Sie stocherte mit der Gabel in ihrem Essen herum und versuchte sich anscheinend zu vergewissern, dass es tatsächlich tot war.

»Willkommen zurück, Scarlet!«

Ich schaute auf. Eine Frau mit ergrauendem Haar und dazu passenden grauen Augen stand vor mir.

»Äh, vielen Dank, Miss«, erwiderte ich. Mit der Gabel nahm ich etwas von dem Eintopf auf. Er war gar nicht so schlecht, wie er aussah, aber autsch, er war heiß. Ich schluckte ihn schnell herunter.

»Haben wir uns jetzt also dazu durchgerungen, den Eintopf zu mögen?«, sagte die Lehrerin und setzte sich uns gegenüber hin.

Ich starrte auf meinen Teller. »Äh, ... so schlecht ist er doch gar nicht, oder?«

Sie lächelte schelmisch. »In der Tat. Einen gesunden Appetit sehe ich immer gern.«

Ariadne rettete mich. »Wie heißen Sie, Miss?«, fragte sie.

»Sie müssen die neue Schülerin sein! Ich bin Mrs. Knight. Ich bin die Leiterin von Richmond House.«

»Ich bin Ariadne, Miss. Ich freue mich, Sie kennenzulernen.« Sie streckte die Hand aus. In der sie noch immer die Gabel hielt.

Mrs. Knight ignorierte das, aber überall am Tisch erklang Gekicher. Ich spürte, wie meine Wangen rot wurden.

Sie nahmen schnell wieder ihre normale Farbe an, aber

mir fiel auf, dass eine Person länger lachte als alle anderen. Ich spähte den Tisch entlang und war nicht überrascht, dort unten Penny zu sehen, die meinen Blick erwiderte. Sie schenkte mir ein falsches Lächeln und winkte mit der Gabel in meine Richtung. Dann tat sie so, als würde sie damit auf sich einstechen und machte würgende Geräusche. Ihre Freundinnen johlten.

Ich errötete noch stärker. Scarlet hätte etwas unternommen. Vielleicht hätte sie den Eintopf auf Pennys schwarzes Kleid gekippt. Die Drohung von Miss Fox' Rohrstock wäre ihr egal gewesen.

Aber ich war nicht Scarlet. Ich war noch immer Ivy. Stumm aß ich mein Abendessen.

Es war Bettruhe. Ich lag in meinem Nachthemd da und kam mir in meiner neuen Umgebung seltsam vor. Vergeblich wartete ich darauf, dass Ariadne einschlief. Die letzte halbe Stunde hatte sie aufgeregt geflüstert, während ich gelegentlich, so laut, wie ich es wagte, mit einem »Hmm« antwortete.

Sobald sie eingeschlafen war, konnte ich das Tagebuch hervorholen. Das Licht des Vollmonds, das durch die dünnen Gardinen fiel, würde mir zum Lesen reichen.

»Ist das nicht aufregend?!« Irgendwie schaffte es Ariadne, selbst beim Flüstern zusätzliche Ausrufezeichen zu setzen.

»Sollten wir jetzt nicht schlafen?«

»Aber das ist doch, als würde man anderswo übernachten, nicht wahr? Wir können die ganze Nacht aufbleiben und um Mitternacht ein Festmahl veranstalten!«

»Wir haben nichts zu essen, Ariadne.«

»Ach ja, stimmt ja.«

Ich sah zu, wie sie einen Teddybären vom Boden aufhob. Er war pelzig und hatte helle Augen, offensichtlich war er brandneu.

»Vermutlich sollte ich dann versuchen zu schlafen.« Sie seufzte, legte den Teddy neben sich aufs Kopfkissen und tätschelte ihn sanft. »Aber das wird *völlig unmöglich* sein. Gute Nacht, Scarlet.«

»Nacht«, murmelte ich.

Sie warf den Kopf mit weit aufgerissenen Augen aufs Kissen. »Unmöglich!«, flüsterte sie.

Genau zwei Minuten später schnarchte sie zufrieden.

Endlich! Ich zog das unförmige Kissen unter meinem Kopf hervor. Nach einem schnellen Schütteln fiel das Tagebuch in meinen Schoß und ich wandte Ariadne den Rücken zu.

Ich hoffte auf Antworten, aber als ich das Tagebuch wieder öffnete, wurde mir klar, dass es abgesehen von dem Brief an mich völlig leer war. Da waren nur die zerfledderten Ränder der herausgerissenen Seiten. Wohin war ein Jahr von Scarlets Leben bloß verschwunden?

Erneut betrachtete ich die Worte auf der letzten Seite und las sie immer wieder, bis die Tinte vor meinen Augen verschwamm. Ich schüttelte den Kopf. Sei nicht so lahm wie sonst, Ivy.

Ich wäre mit dem kleinen Lederbuch in den Armen eingeschlafen, aber das konnte ich nicht riskieren. Also versteckte ich es und klammerte mich stattdessen an der Erinnerung an meine Schwester fest.

Der nächste Tag war ein Samstag, ein Segen, der mich davor bewahrte, zum Unterricht gehen und Scarlets Uniform tragen zu müssen. Ariadne und ich kehrten in den Speisesaal zurück und aßen kalten Porridge zum Frühstück. Er war klumpig und musste viel zu lange gekaut werden.

»Was sollen wir heute unternehmen?«, fragte Ariadne.

Ich blinzelte. Was konnte man auf dieser Schule tun?

Glücklicherweise wartete sie nicht auf meine Antwort. »Ich würde gern die Bibliothek besuchen. Sie sollen hier eine wunderbare Sammlung haben.«

Also gingen wir zur Schulbibliothek, nachdem ich in der Toilettenkabine heimlich einen Blick auf meinen Plan geworfen hatte. Sie bot einen beeindruckenden Anblick – zahllose Reihen riesiger Regale ragten in die hohe, gewölbte Decke hinauf. Um an die oberen Bretter zu gelangen, gab es Leitern auf Rollen. Ein paar Mädchen zogen sich darauf lachend an den Reihen vorbei. In der Mitte standen viele Tische, die mit lerneifrigen Schülerinnen besetzt waren. Oder zumindest vermittelten sie geschickt diesen Eindruck.

Und *Bücher*. Es mussten Hunderte, nein, *Tausende* sein. So viele ungelesene Geschichten. So viel zu lernen.

Natürlich musste ich vorgeben, nicht im Mindesten beeindruckt zu sein. Scarlet müsste die Bibliothek schon oft gesehen haben und sie hatte sich nie besonders für Bücher interessiert.

»Ich nehme mir nur … ein paar mit«, sagte ich zu Ariadne und versuchte dabei gelangweilt zu klingen.

»Nur ein paar? Ich nehme das Maximum, was man ausleihen kann!«, rief sie aus.

Und genau so kehrten wir in unser Zimmer zurück. Ich trug schlappe zwei Bücher, während Ariadne unter einem gewaltigen Stapel schwankte. Falls die Mädchen am Vortag noch nicht über sie gelacht hatten, taten sie es nun zweifellos.

Am Sonntag mussten wir zum Gottesdienst in die Schulkapelle. Die Predigt hallte von den Wänden, aber ich passte nicht besonders gut auf. Ich sah überall Scarlet, im Messing der Kerzenhalter, in den Buntglasfenstern und den angelaufenen goldenen Tellern für die Kollekte. Irgendwie hatte ich das Gefühl, dass sie mich beobachtete.

Als wir die Kirche unter dem strengen Blick von Miss Fox verließen, fing es an zu nieseln. Ich wollte mit Ariadne im Schlepptau durchs Gedränge zurücklaufen. Aber dann riss ich mich zusammen. *Du versuchst Scarlet zu sein – sei nicht so lahm.*

Vater hatte stets behauptet, sie würde überall herumstolzieren, als gehöre ihr der Ort, als hätte sie einen Stock hinten in ihrem Kleid. Also musste ich genau das tun.

Und es funktionierte! Der Mädchenstrom machte mir langsam den Weg frei, als ich die Stufen zur Schule hinaufstieg. Ich drehte mich zu Ariadne um und lächelte sie an. Sie blieb stehen und winkte zurück, wobei sie beinahe niedergetrampelt wurde.

Das war schon ein bisschen besser, nicht wahr, Scarlet?

In dieser Nacht holte ich, begleitet von Ariadnes leisem Schnarchen, das Tagebuch hervor, nur um es zu halten. Aber schon bald las ich die wenigen Worte erneut.

Scarlets letzter Satz, diese oft gehörte Beleidigung – »sei nicht so lahm wie sonst – schau einfach in den Spiegel« – war mir nicht mehr aus dem Sinn gegangen. Irgendwie schien er hier nicht zu passen. Und warum sollte sie ein Wort unterstreichen? Es sei denn …

Und wenn das eine ihrer geheimen Botschaften ist, die mich immer in den Wahnsinn getrieben haben? Wenn sie mir damit sagt, dass ich nach etwas suchen soll? Sie hat geschrieben, sie wolle mir ein paar Ratschläge hinterlassen – war das also ein Hinweis?

Ich musterte das unterstrichene Wort. Gab es da eine tiefere Bedeutung? Das erschien mir unwahrscheinlich. Da ging es um einen Spiegel …

Die Badezimmer.

Es sprang mich förmlich an, als hätte Scarlet es mir ins Ohr geflüstert.

Es war Nachtruhe und alle lagen im Bett. Es bestand eine hohe Wahrscheinlichkeit, dass Miss Fox die Korridore auf der Suche nach Regelbrechern patrouillierte. Andererseits war es doch sicher eine gute Entschuldigung, dass man auf die Toilette musste. Ich setzte mich im Bett auf und warf einen Blick auf meine Schuhe. Zu laut: Ich würde barfuß gehen.

Auf Zehenspitzen huschte ich zur Tür – meine Ballettübungen waren tatsächlich nicht umsonst gewesen. Die Klinke musste ich mit einiger Kraft nach unten drücken, und als sich die Tür öffnete, gab sie ein Quietschen von sich, das wie ein Schrei in meinen Ohren hallte. Ich zuckte zusammen, bevor ich den Kopf durch den Spalt steckte und den Korridor überprüfte. Er war leer. Die Tür mit der Aufschrift »Hausmutter«, nur wenige Meter entfernt, war fest verschlossen.

Ich eilte zu den Toiletten. An jeder Tür, an der ich vorbeikam, rechnete ich fast schon damit, dass Miss Fox heraussprang. Plötzlich ertönte am anderen Ende des Korridors ein lautes Krachen. Um ein Haar wäre ich vor Schreck aus meinem Nachthemd gefahren. Es war nur ein offenes Fenster, das sich im Wind bewegte.

In den Toiletten brannte ein schwaches Licht, aber hinter der Tür mit der Aufschrift »Badezimmer« war das etwas anderes. In dem dunklen Korridor konnte ich nur eine kleine Reihe an nummerierten Türen ausmachen.

Mit schneller klopfendem Herzen drückte ich die erste Klinke herunter.

In dem Raum stand eine gewaltige Badewanne aus Gusseisen mit rostigem Rand, an der Wand hing ein flacher Spiegel und die Luft war erfüllt mit einem schwachen Schimmelgeruch.

Ich stellte mir vor, wie Scarlet den Raum betrat und direkt durch mich hindurchging. Ich stellte sie mir vor, als wir fünf gewesen und in die Wanne gestiegen waren, wo sie mich mit Seifenwasser bespritzt hatte. Schließlich stellte ich mir vor, wie sie sich in den letzten Tagen ihres Lebens hier reingeschlichen hatte, um etwas zu verstecken.

»Wonach suche ich überhaupt, Scarlet?«, flüsterte ich. In meinem Hals steckte ein Kloß.

Ich trat an den Spiegel und strich über das kalte Glas. Mein Spiegelbild starrte zurück und ich musste den Blick abwenden. Ich zog an dem Spiegel, weil etwas dahinter versteckt sein konnte, aber er war an der Wand festgeschraubt.

Ich sah mich in dem kühlen Raum um. Offensichtlich konnten die Tagebuchseiten nicht in der Wanne sein. Mit Sicherheit auch nicht direkt daneben. Damit blieb nur eine Stelle übrig – darunter.

Ich ging in die Hocke und tastete die eiserne Unterseite ab. *Nichts*. Mein Mut sank schneller als die *Titanic*.

Ich konnte Scarlets Gelächter förmlich hören. Aber es gab noch vier weitere Badezimmer, nicht wahr?

Zwei und drei waren so leer wie Nummer eins. Ich fröstelte in meinem Nachthemd.

Als ich Nummer vier betrat, vernahm ich irgendwo in der

Nähe einen gedämpften Laut. Ich erstarrte und lauschte, aber abgesehen von einem tropfenden Wasserhahn war nichts zu hören. Es musste eine Maus gewesen sein. Diese alten Gebäude waren voll davon.

Das brachte mich auf einen Gedanken. Wo lebten Mäuse? In Löchern. Löcher in den Bodenleisten, Löcher in den Dielen. *In Verstecken.*

Ich ging in die Hocke und kroch zu der Stelle, an der die Rohre aus dem Boden kamen. Das Loch um das dickste Rohr war gezackt und gerade groß genug, um die Finger hineinschieben zu können.

Ich berührte etwas. *Papier.*

»Ach, du meine Güte!«, flüsterte ich und zog es heraus. Meine Hände zitterten. Die Seiten waren zerknittert und staubbedeckt, aber Scarlets schön geschwungene Schrift war deutlich zu erkennen.

Da hörte ich das Geräusch erneut, diesmal aber näher als zuvor. Ich musste so schnell wie möglich zurück in mein Zimmer. Ich verließ das Bad und zog die Tür, so leise ich konnte, hinter mir ins Schloss. Dann drehte ich mich um und wollte zurück zu den Toiletten.

Aber da stand jemand im Weg.

»Hallo, Scarlet.« Penny grinste und zeigte ihre spitzen Zähne. »Was machst du hier um diese Uhrzeit?«

Ich hatte recht: Es gab hier eine Maus. *Ich war die Maus.*

Und Penny war die Katze, die mich lebendig fressen würde.

7. KAPITEL

Penny starrte mich an. »Ich habe gefragt: ›Was machst du hier?‹«

Ich zerknüllte die Tagebuchseiten hinter meinem Rücken. »Ich … nichts. Ich musste nur zur Toilette, das ist alles.«

»Du hast doch was vor.« Sie beugte sich mir entgegen. »Es ist Nachtruhe und du schleichst in den Badezimmern herum. Ich hätte nicht übel Lust, das der Hausmutter zu erzählen. Oder wie wäre es mit Miss Fox?«

Sie stand mit verschränkten Armen da.

Meine Gedanken rasten, um mit meinem Mund mithalten zu können. »Aber kriegst du dann nicht auch Schwierigkeiten? Du dürftest ebenfalls nicht auf sein.« In ihrer Miene flackerte ein Hauch Zweifel. »Warum gehen wir nicht einfach in unsere Zimmer zurück?«

Plötzlich schnappte sie sich meinen Arm und zog daran. »Hör zu, du kleiner Wurm«, zischte sie, »das ist meine Schule, und du kannst dich nicht immer aus allem rausreden, hast du verstanden?«

Ich konnte kaum atmen. Ich betete, dass sie nicht auch noch nach meinem anderen Arm griff.

Glücklicherweise schien das Penny nicht aufzufallen. »Du glaubst, du kannst einfach wieder hier auftauchen und kommst erneut mit allem davon, nicht wahr?«

»T-tue ich das?«, stotterte ich.

»Was war das?« Ihr Griff wurde fester.

Es brauchte meine ganze Kraft, um nicht in Panik zu verfallen und in Tränen auszubrechen. Scarlet hätte Penny ein Büschel ihrer kupferfarbenen Haare ausgerissen oder sie hart gegen das Schienbein getreten. Ich aber hielt das nicht für die klügste Vorhergehensweise. Penny wirkte auf mich so, als könne sie wie eine Furie schreien, und ich wollte nicht, dass Lehrer herbeistürmten.

Also versuchte ich es mit Vernunft. »Penny, lass uns das alles doch einfach vergessen, einverstanden? Was auch immer ich getan habe …«

»Du weißt genau, was du getan hast«, unterbrach sie mich und grub ihre Nägel in mein Handgelenk.

Ich biss die Zähne zusammen. »Nun … es tut mir leid. Kannst du mich jetzt *bitte* loslassen, bevor wir beide noch eins mit dem Rohrstock bekommen?«

Ihr Blick schien mich zu durchbohren. »›Es tut mir leid?‹, mehr hast du dazu nicht zu sagen?«

Ich sah sie nur an.

»Schön«, sagte sie. Ihre Stimme wurde seltsam ruhig. »Aber ich habe dir nicht verziehen. Und wenn ich herausfinde, was du dieses Mal im Schilde führst, bleibt das nicht lange ein Geheimnis.«

Ich sah zu, wie sie aus dem Raum stolzierte. Eine ganze Minute später gestattete ich mir ein erleichtertes Aufatmen und zog die Faust mit den Tagebuchseiten zittrig nach vorn.

Was für ein Albtraum.

So leise, wie ich konnte, schlich ich zurück durch den dunklen Korridor. Ich öffnete die Tür von Nummer dreizehn. Ariadne schlief mit einem Kissen auf dem Gesicht. Gut.

Ich glitt unter die dünne Decke und strich die neuen Seiten an der Wand glatt.

Du wirst ein Mädchen namens Penny Winchester kennenlernen. Sie hat ein echtes Problem mit mir, also solltest du dich von ihr fernhalten.

So war Scarlet – immer zu spät dran.

Penny hält sich hier für die Königin und wird versuchen, Dich herumzukommandieren, also wirst Du sie auf ihren Platz verweisen müssen. Eigentlich hat sie mehr mit einer giftigen Kröte gemeinsam.

Zum ersten Mal seit Tagen – so kam es mir jedenfalls vor – musste ich lächeln.

Die andere Person, vor der Du Dich in Acht nehmen musst, ist Nadia Sayani. Sie entwickelt sich langsam zu Pennys Komplizin. Sie sieht hübsch und unkompliziert aus, aber lass Dich nicht täuschen: Sie ist superreich und superclever, also wird Dein Schauspieltalent gefordert sein. Sie könnte entdecken, dass hier etwas nicht stimmt.

Ich war mir nicht sicher, ob ich überhaupt schauspielern konnte, *ohne* dass jemand Verdacht schöpfte.

Jetzt musst Du den Rest meines Tagebuchs finden. NIEMAND darf es zu Gesicht bekommen. Aber jemand muss die Wahrheit erfahren über

Über was?

Hektisch sah ich mich um. Hatte ich die nächste Seite irgendwo fallen gelassen?

Nein, das war unmöglich. Die Blätter waren so fest in meiner Hand zusammengeknüllt gewesen, dass ich fast kein Gefühl mehr in den Fingern gehabt hatte.

Also wo war der nächste Hinweis? Vermutlich lachte Scarlet mich gerade von dort oben aus und schimpfte mich einen Trottel, da ich den *naheliegenden* Ort nicht erriet, an dem sie die Seiten versteckt hatte.

Die Wahrheit worüber?

Vorsichtig schob ich die Seiten in den Ledereinband des Tagebuchs und kauerte mich auf alle Viere, um es wieder in der Matratze zu verstecken. Dann stieg ich ins Bett.

Ein leises Schnarchen von Ariadnes Seite erinnerte mich daran, dass es schon spät war. Morgen war ein neuer Tag. Ein weiterer Tag, an dem ich eine schlechte Imitation meiner Zwillingsschwester darbieten musste. Ein weiterer Tag, an dem ich mich fürchten würde, jeden Augenblick aufzufliegen.

Ein weiterer Tag ohne Scarlet.

Ich zog mir das Kissen über den Kopf und gab mir alle Mühe einzuschlafen, während mir Scarlets letzte Worte unablässig durch den Kopf gingen.

Am Montag wurden wir um sieben Uhr von einer schrillen Glocke geweckt. Ich saß beim Frühstück und fühlte mich unwohl in Scarlets Schuluniform, während Mrs. Knight irgendetwas über ihren Rhododendron plapperte. Penny würdigte mich keines Blickes. Ich hoffte, dass sie wegen vergangener Nacht den Mund hielt.

Wir hatten eine Versammlung, bei der wir Kirchenlieder

sangen, dann leierte Miss Fox die Schulregeln runter. Offensichtlich mochte sie Regeln weit mehr als Menschen. Es schien Hunderte zu geben, und ich fragte mich, wie ich sie mir jemals alle merken sollte.

Unser erstes Unterrichtsfach war Geschichte. Glücklicherweise hatte Ariadne den gestrigen Tag damit verbracht, unseren Stunden- und den Gebäudeplan auswendig zu lernen, also konnte ich mich ihr einfach anschließen.

»Bist du gut in Geschichte, Scarlet?«, fragte sie mich unterwegs. »Das ist mein Lieblingsfach.«

In Geschichte war Scarlet ein hoffnungsloser Fall gewesen. Ich hingegen hatte ein großartiges Gedächtnis, was Namen und Daten anging. »Es ist in Ordnung, schätze ich«, sagte ich zaghaft.

»Mein Ururgroßvater hat gegen Napoleon gekämpft, musst du wissen«, erzählte Ariadne.

Ich täuschte höfliches Interesse vor, aber während wir durch die hallenden Korridore gingen, konnte ich nur daran denken, wie ich diese Täuschung vor Scarlets Lehrerinnen aufrechterhalten sollte. Sicherlich würde ihnen doch auffallen, dass ich nicht meine Schwester war?

Wir stellten uns zu einer Reihe Mädchen vor einem Klassenraum und traten stumm ein. Plötzlich – zu spät – wurde mir klar, dass ich nicht die geringste Ahnung hatte, welcher Platz Scarlets war.

Ich kam mir wie ein Vogel in einem Schwarm vor, der gerade in die falsche Richtung geflogen war. Welchen Stuhl sollte ich wählen?

»Was ist los, Scarlet?«, sagte eine affektierte Stimme, die nur Penny gehören konnte. »Hast du dein Gehirn zu Hause vergessen?«

Meine Wangen liefen rot an, während Gekicher durch den Raum hallte. Da ertönte ein dumpfes Dröhnen und aus einer Abstellkammer wogte eine riesige weiße Staubwolke.

Aus dieser Wolke trat eine hustende weißhaarige Frau. Sie fuchtelte wild mit der Hand herum und versuchte den Staub wegzuwedeln. Alle starrten sie an, während sie eine gefühlte Ewigkeit hustete. Schließlich knallte sie den Tafelschwamm auf ihren Schreibtisch und zeigte mit einem zitternden Finger auf mich.

»Scarlet Grey!«, rief sie in anklagendem Tonfall.

»Ja, Miss?«, erwiderte ich und bemühte mich, die Furcht in meiner Stimme zu verbergen.

»Für Sie immer noch Madame Lovelace! Unverschämte Göre!« Sie sprach ihren Namen aus wie *loveless.* »Warum sitzen Sie noch nicht an Ihrem Platz?«

»Ich ... ich wollte mal eine Abwechslung?«

Hinter mir ertönte Gekicher.

Madame Lovelaces Augen blitzten. »Und Sie«, fragte sie. »Wer sind Sie?«

Moment mal. Mit wem sprach sie? Ich drehte mich um. Ariadne stand genau hinter mir und schaute verlegen.

»Ähm«, sagte sie. »Ich bin neu hier.«

Madame Lovelace seufzte übertrieben. »Setzen Sie sich, beide.« Sie stach mit dem Finger in die Richtung zweier leerer Tische in der ersten Reihe.

Erleichtert eilte ich zu dem Pult, das mir am nächsten stand, und setzte mich.

»Also, meine Damen«, sagte die Lehrerin und klopfte ihr staubiges Kleid aus. »Öffnet bitte eure Tische und holt die Stifte heraus. Heute nehmen wir die Schlacht von Waterloo durch.«

Der Deckel meines Pults war wurmstichig und mit der kleinen Messingzahl vier versehen. Außerdem war viele Jahre lang daran herumgekratzt worden. Ich stemmte die Platte hoch. Drinnen roch es nach Tinte und Papier – und ein vertrauter Blumenduft wogte direkt in mein Herz.

Scarlet. Es war das Rosenparfüm, das sie die letzten Jahre verwendet hatte, nachdem sie einmal eine Flasche davon zu Weihnachten geschenkt bekommen hatte.

Ich blickte mich in der Klasse um, um zu sehen, ob noch jemand den Geruch bemerkt hatte, aber die anderen Schülerinnen schienen halb zu schlafen. Madame Lovelace fing an, uns etwas über Napoleon und den Herzog von Wellington zu diktieren.

Ariadne hob die Hand. »Mein Ururgroßvater hat gegen Napoleon gekämpft«, sagte sie.

»Wie schön, meine Liebe«, erwiderte Madame Lovelace. Die Unterbrechung schien sie nicht zu erfreuen.

Ich spähte in den Tisch. An der Seite lag ein Buch, auf dessen Umschlag mit wuchtigen Buchstaben *Die Geschichte von Großbritannien* geschrieben stand. Ich holte es heraus.

»Und jetzt schlagen Sie Seite dreiundfünfzig für eine Liste der wichtigen historischen Personen auf, die an der Schlacht beteiligt waren«, befahl Madame Lovelace. »Merken Sie sie sich, denn Sie werden sich an sie erinnern müssen.« Sie betonte jeden Satz mit einem gelegentlichen Husten.

Penny kicherte leise hinter mir.

Ich schlug das Buch auf, und der Duft von Scarlets Parfüm traf mich so stark, dass ich fast gehustet hätte. Als hätte sie es über alle Seiten gekippt. Ich warf einen Blick auf Ariadne. Selbst sie rümpfte die maushafte Nase, also knallte ich das Buch wieder zu.

»Miss Grey!«, brüllte Madame Lovelace.

»Ja?«

»Ja, *Madame*. Haben Sie ein Problem mit Ihrem Buch?«

»Nein, Madame.«

»Dann hören Sie freundlicherweise damit auf, es zu quälen, und passen gefälligst auf!«

Den Rest der Stunde bemühte ich mich, das Parfüm zu ignorieren, aber mir war, als würde es in meine Gedanken tröpfeln. Warum hätte Scarlet ihre kostbare Flasche mit in den Unterricht nehmen sollen?

Die Glocke läutete um zehn Uhr und jeder schob sich aus dem Raum. Ich musste mir einen Grund einfallen lassen, um noch zu bleiben.

»Madame Lovelace?«, fragte ich.

Sie spähte über ihre Brille mit den dicken Gläsern. »Ja, Miss Grey?«

»Darf ich für Sie die Tafel wischen?«

Madame Lovelace sah aus, als hätte ich ihr gerade angeboten, in ihren Tee zu spucken. »Junge Dame, was führen Sie im Schilde?« Sie runzelte die Stirn, und auch ihre Augenwinkel legten sich in Falten. »Die Scarlet Grey, die ich kenne, hätte niemals meine Tafel sauber gemacht, ohne dass man ihr mit dem Rohrstock drohte.«

Oh nein! Möglicherweise würde sie es Miss Fox erzählen, und dann ... *Nein. Bleib ruhig.* Meine Gedanken rasten, um eine Erwiderung zu finden.

»Ich schlage ein neues Kapitel auf.« Ich schluckte und versuchte es erneut. »Ich hätte vorhin nicht so unverschämt sein sollen. Ich dachte mir, ich mache es wieder gut.«

Irgendwie rechnete ich damit, dass Madame Lovelace nun aufspringen, den knochigen Finger auf mich richten und mich schrill anfahren würde, dass ich eine Betrügerin sei. Scarlet entschuldigte sich niemals für etwas. Ich war immer diejenige gewesen, die sich entschuldigen musste.

Aber das geschah nicht. Sie blinzelte nur ein paarmal, dann sagte sie: »Also gut. Achten Sie aber darauf, dass Sie den Schwamm danach gründlich ausklopfen. Ich *hasse* Kreidestaub.«

Wieder hustete sie kurz, und ich war mir nicht sicher, ob sie ihre Behauptung unterstreichen wollte oder nicht. »Dafür können Sie sich einen Hauspunkt aufschreiben.«

Ich nickte, obwohl ich nicht die geringste Ahnung hatte, was ein Hauspunkt war oder was ich damit anstellen sollte.

Ich sah ihr nach, wie sie das Zimmer verließ, dann hob ich die schwere Tischplatte. Das Buch hatte auf mehreren alten Blättern und einem grünen Übungsheft gelegen. Alles roch wie ein Rosengarten. Und darunter entdeckte ich einen Haken. Ein kleines Ding aus Metall. Ich zog daran und es öffnete sich eine noch kleinere Öffnung. Darin befanden sich ein Tintenfässchen, ein paar staubige alte Füllfederspitzen und ein zu einem winzigen Rechteck gefaltetes Stück Papier.

Ich riss es schnell heraus, und sofort wurde mein Blick von dem ersten Wort angezogen …

sie.

Sie? Die letzte Zeile aus Scarlets Tagebuch fiel mir wieder ein. *Jemand muss die Wahrheit erfahren über … sie.*

Die Frage war nur – *wer war sie?*

8. KAPITEL

Jemand muss die Wahrheit erfahren über sie. Und darüber, was wirklich in dieser Schule vorgeht, denn sonst hat die Füchsin gewonnen.

Ich weiß, dass Du das schaffst, Ivy. Ich glaube an Dich.

Deine Schwester,

Scarlet

P.S. Das ist der letzte Strohhalm.

Ich wischte mir eine Träne von der Wange. Ich hatte einen guten Teil meines Lebens damit verbracht, abwechselnd auf Scarlet wütend zu sein oder ihr wie ein verlorenes Hündchen hinterherzurennen, aber jetzt vermisste ich sie mehr als alles andere.

Ich faltete das Papier wieder ordentlich zusammen und verbarg es in der Tasche meines Kleides. Dann setzte ich mich an Scarlets nach Rosen duftenden Tisch und die Stille des leeren Klassenzimmers hüllte mich ein. Doch da fiel mir das Ticken der Uhr auf, und mir wurde klar, dass bis zu meiner nächsten Unterrichtsstunde nur noch zwei Minuten Zeit blieben.

Ich schaute zur Tafel hoch. Sie war noch immer mit Namen und Daten bedeckt! Ich griff mir den staubigen Tafelschwamm von Madame Lovelaces Tisch und rieb, so fest ich konnte.

Kreidestaub stieg mir in die Nase und ich unterdrückte den Drang zu niesen.

Es war sinnlos. Ich hatte das ganze Ding abgewischt, und alles hatte sich von Geschriebenem in eine einzige weiße Wolke verwandelt, keinerlei Schwarz zu sehen. Es würde reichen müssen. Madame würde sowieso nicht von Scarlet erwarten, dass sie anständige Arbeit leistete.

Ich eilte aus dem Klassenzimmer und hörte jemanden rufen.

»Scarlet!«

Ich fuhr herum. Ariadne lehnte an der Wand.

»Warst du die ganze Zeit hier?«, fragte ich verblüfft.

»Ich habe auf dich gewartet.« Sie starrte auf ihre Schuhe.

Ups. Hoffentlich hatte sie nicht mitbekommen, wie ich den Tisch durchsucht hatte. »Oh …«

»Was hast du dort drinnen gemacht?«

Ich fuhr mir mit der Hand durchs Haar. »Ich wollte nicht gleich Madame Lovelaces Unmut erregen, also habe ich die Tafel für sie sauber gemacht.«

Ariadne sah verwirrt aus, dann panisch. »Es muss Zeit für Hauswirtschaftslehre sein! Das ist doch in W3, richtig? Der dritte Raum im Westflügel?«

»Natürlich. Vielleicht solltest du vorgehen, damit du dir einprägst, wie man dorthin kommt.«

Ariadne nickte und brach dann in die, wie ich hoffte, richtige Richtung auf. Ihre kleine Ledertasche hüpfte auf ihrem Rücken auf und ab. Ich folgte ihr und hielt die Hand fest um die Tagebuchseite in meiner Tasche geschlossen.

Der Rest des Morgens verging wie ein Traum. Ich versuchte im Unterricht desinteressiert zu wirken, selbst wenn ich den

Stoff faszinierend fand, wie die Sache mit Isaac Newton und der Schwerkraft, oder etwas einfach Spaß machte, wie das Kuchenbacken in Hauswirtschaftslehre. Beim Mittagessen ignorierte ich die Blicke, die Penny mir zuwarf. Am Nachmittag war ich erschöpft von der Anstrengung, Scarlet zu sein, und konnte mich größtenteils nicht mehr an das erinnern, was ich bis jetzt getan hatte. Und dabei musste ich ständig an den Brief im Tagebuch denken.

Dann kam das letzte Fach des Tages. Sport.

Miss Fox ließ uns im Saal in einer Reihe aufstellen und wir blinzelten in dem durch die Fenster fallenden Sonnenlicht.

»Also, meine Damen«, sagte sie mit schneidender Stimme, »zu Beginn des Schuljahres müssen Sie sich eine Sportart aussuchen, an der Sie teilnehmen wollen. Sie können wählen zwischen Schwimmen, Reiten, Lacrosse, Hockey und Ballett. Sollte Ihnen aber für alles jegliches Talent fehlen« – sie musterte eine der größeren Schülerinnen von Kopf bis Fuß, als wäre sie eine Kuh auf dem Viehmarkt – »schlage ich vor, Sie machen bei irgendeinem Mannschaftssport mit. Ich bin überzeugt, wir finden irgendwo einen Platz auf dem Feld für Sie.«

Das Mädchen ließ den Kopf noch tiefer hängen als zuvor. Unbehaglich bewegte ich mich und zog am Saum meiner Uniform. Ich war froh, dieses eine Mal nicht im Mittelpunkt von Miss Fox' Interesse zu stehen.

»Schreiben Sie Ihren Namen auf die Liste und stellen Sie sich bei Ihrer Sportart auf.«

Sofort dachte ich an meine weichen rosafarbenen Ballettschuhe, die noch in ihr Papier eingewickelt waren. Seit Scarlets Tod hatte ich nicht mehr getanzt. Aber selbst wenn ich gezögert hätte, wieder damit anzufangen, mir blieb keine andere Wahl. Scarlet hätte Ballett gewählt.

Also begab ich mich auf direktem Weg in die Ecke, in der sich bereits eine Gruppe schlanker, eleganter Mädchen versammelt hatte. Doch bevor ich sie erreichte, hatte sich Miss Fox meinen Arm geschnappt.

»Ich nehme an, Sie wählen Ballett, Miss Grey?«

Ich riss die Augen auf und schaute sie an. »Ja, ich bin gut in Ballett, Miss. Ich habe schon seit Jahren Unterricht.«

Miss Fox nickte und warf mir dabei einen mörderischen Blick zu, doch bevor sie etwas sagen konnte, trat eine andere Lehrerin zu uns – eine hochgewachsene, kräftig aussehende Frau mit kurzen Haaren – und sprach laut über fehlende Hockeyschläger.

Ich blickte zur Hockeyecke. Dort stand eine Gruppe nervös aussehender Mädchen und zu meiner Überraschung befand sich Ariadne unter ihnen. Sie zuckte hoffnungsfroh mit den Schultern, und ich winkte. Ich konnte mir nicht vorstellen, dass die arme Ariadne beim Hockey länger als fünf Minuten durchhalten würde, aber anscheinend hatte Miss Fox bei ihr einen wunden Punkt getroffen.

Ich gesellte mich zu den Ballettmädchen. Es dauerte ein paar Sekunden, bis ich mich daran erinnerte, dass ich *Scarlet* und nicht *Ivy* schreiben musste. Ich zog meinen Füllfederhalter hervor und unterschrieb mit Schwung. Dabei betete ich, dass niemand aufmerksam genug zusah, um zu bemerken, dass ich mit der linken Hand schrieb und nicht mit der rechten.

Als ich aufschaute, starrten die anderen Ballettmädchen in meine Richtung.

»Scarlet«, sagte eine von ihnen. Sie hatte dunkle Haut und große Augen wie ein Reh. Es war keine Begrüßung, auch keine Frage, nur eine Feststellung.

»Hallo?«, sagte ich vorsichtig.

Die anderen Mädchen kicherten und tuschelten. Mehrere von ihnen hatten das Haar bereits zu einem festen Knoten zurückgebunden, was ihren Gesichtern etwas seltsam Scharfes verlieh.

»Sind das alle?«, fragte eine Stimme hinter mir.

Ich drehte mich um. Dort stand eine Frau, die so jung aussah, dass ich, hätte sie eine Uniform getragen, nicht mit Gewissheit hätte sagen können, ob sie Schülerin oder Lehrerin war. Allerdings trug sie einen schwarzen Balletanzug, einen langen Satinrock und ein dazu passendes Stirnband. Ihr Haar war rot, aber nicht so drahtig kupferrot wie bei Penny, sondern ein wunderschöner, sanfter Farbton, fast schon blond.

»Ja, Miss Finch«, sagte das Mädchen mit den Rehaugen.

»Dann sind wir ja fast die Gleichen wie im letzten Jahr. Ihr Mädchen zieht euch um, dann treffen wir uns im Ballettsaal.«

Sie lächelte mich freundlich an. Das war mal eine Erleichterung.

Ich lief zurück in mein Zimmer, um meine Ballettsachen zu holen. Als ich mir die rosafarbenen Strümpfe über die Beine zog, hatte ich das Gefühl, insgeheim wieder ich selbst zu werden.

Der Ballettsaal gehörte zu den wenigen Orten, an die ich mich von Miss Fox' Lageplan erinnerte. Er befand sich im Keller der Schule. Eine gewundene Treppe führte nach unten und mit jeder Stufe wurde es spürbar kühler.

Das Studio wurde mit Gas beleuchtet, statt mit den modernen elektrischen Lampen, die ich überall sonst in der Schule gesehen hatte. Es gab einen Holzboden und eine Spiegelwand, an der eine Balletstange verlief. Der Anblick meines flackernden Spiegelbildes ließ mich zusammenzucken. Mit dem hochgebundenen Haar sah ich irgendwie noch mehr wie Scarlet aus.

Die meisten Mädchen wärmten sich an der Balletstange auf und führten bekannte Dehnübungen durch. Ich blieb am anderen Ende des Raumes und hoffte, keine Aufmerksamkeit zu erregen.

Ich schnürte meine Ballettschuhe zu, dann machte ich es den anderen nach. Etwas zu tun, bei dem ich mich auskannte, fühlte sich gut an. Hätte ich mir dabei nur nicht so oft mein Gesicht ansehen müssen. Ich versuchte, meine Übungen vom Spiegel abgewandt durchzuführen.

Ein melodischer Ton hallte durch den Raum. Miss Finch saß an dem glänzenden Klavier in der Ecke. Es sah neu und teuer aus. »Es freut mich, dass alle die Aufwärmübungen noch kennen«, sagte sie. »Das werden Sie auch brauchen. Ich entschuldige mich für die Temperatur im Saal, aber leider ist die Heizung hier unten nicht besonders gut.«

Einige der Tänzerinnen rieben sich die Arme; auch ich bekam bereits eine Gänsehaut.

»Aber egal, machen Sie bitte mit Ihren Übungen an der Stange weiter.«

Während alle ihre *pliés* und *tendu*s übten, seufzte Miss Finch und kramte halbherzig in ihren Notenblättern herum. Einen Augenblick später verschwand sie durch eine Tür an der Hinterseite des Raumes.

»Jetzt in der Mitte arbeiten, meine Damen«, sagte sie, als sie zurückkam. Alle versammelten sich in der Mitte des Raumes und machten dort mit den Übungen weiter. Sie ging zwischen uns hindurch und korrigierte dabei gelegentlich die Haltung von Armen und Beinen.

Ich war außer Übung. Meine Muskeln schmerzten, als ich sie streckte, und meine Gelenke knirschten. Wenigstens erinnerte ich mich an die Bewegungen.

Miss Finch wies uns an, mit *Adagio* weiterzumachen und führte uns durch verschiedene Schritte. Ich passte genau auf, als sie versuchte, uns die Bewegungen vorzumachen. Dabei fiel mir auf, dass sie zwar schnell und anmutig war, das rechte Bein schien sie aber etwas hinter sich herzuziehen. Beim Gehen hinkte sie leicht, als würde es sie schmerzen.

Je länger wir im Schein der Gaslichter tanzten, umso wärmer wurde der Raum. Der Laut unserer über den Boden scharrenden Schuhe war entspannend, vor allem jetzt, da die anderen zu sehr mit ihrer Konzentration beschäftigt waren, um über mich zu tuscheln. Nun, über Scarlet.

Schließlich kamen wir zum *Allegro,* dem Teil des Unterrichts mit den schnellsten Schritten, Drehungen und Sprüngen. *Allegro* hatte ich schon immer am meisten geliebt, und trotz meiner schmerzenden Beine sehnte ich mich danach, diesen Übungsteil wieder auszuprobieren.

Aber während meiner *pirouette* verlor ich das Gleichgewicht, und bevor ich wusste, wie mir geschah, landete ich mit einem dumpfen Aufprall auf dem Hintern. Unterdrücktes Gelächter erklang.

Ich schaute auf. Miss Finch stand vor mir.

»Wirklich, Scarlet? Sie müssen den Kopf bewegen, bevor Sie die Drehung vollenden, oder Sie verlieren das Gleichgewicht und den Schwung. Das wissen Sie doch.« Beschämt nickte ich. Das wusste ich natürlich. »Es tut mir leid, Miss Finch«, erwiderte ich. Offensichtlich war ich noch eingerosteter, als es Scarlet gewesen war.

Wir beendeten den Unterricht mit der *révérence,* bei der

wir vor Miss Finch einen Knicks machten, während sie auf dem Klavier eine hübsche Melodie spielte.

Während sie alle nach draußen scheuchte, trödelte ich herum, weil ich den anderen Mädchen aus dem Weg gehen wollte. Die mit den Rehaugen warf mir beim Verlassen des Raums einen misstrauischen Blick zu.

Ich beschäftigte mich möglichst lange mit dem Aufbinden meiner Schuhe und schließlich bemerkte Miss Finch meine Anwesenheit. »Scarlet? Ist etwas? Sie scheinen heute nicht Sie selbst zu sein.«

Das war nicht gut. Ich schüttelte den Kopf. »Alles in Ordnung, Miss. Aber nachdem ich so lange krank war, muss ich mich erst wieder eingewöhnen.«

»Nun, Sie waren nicht ganz so« – sie fuchtelte mit der Hand herum, als suche sie das richtige Wort – »*renitent* wie sonst.«

Das klang ganz nach Scarlet. »Es tut mir leid, Miss. In Zukunft bemühe ich mich, *renitenter* zu sein.«

Miss Finch lachte. »Es ist schön, dass Sie wieder da sind. Aber Penny wird keiner von uns vermissen, nicht wahr?« Sie drehte sich auf ihrem Klavierhocker herum und spielte eine schnelle Notenabfolge.

Ich lächelte, hatte aber nicht die geringste Ahnung, was sie eigentlich meinte. *Was hat denn Penny damit zu tun?*, wollte ich fragen, verkniff es mir aber. Worum es auch immer ging, Scarlet musste es wissen. »Gut, dass wir sie los sind!«, sagte ich stattdessen.

Miss Finch stand auf, dabei ließ ihr schlimmes Bein sie etwas unbeholfen wirken. »Sie sollten jetzt besser gehen. Vielleicht können Sie und Penny Ihre Differenzen ja klären, trotz der ganzen Vorfälle. Meinen Sie nicht?«

Ich nickte, schwieg aber.

Wie sollte ich irgendwelche Differenzen klären, wenn ich nicht einmal wusste, worum es überhaupt ging?

9. KAPITEL

In dieser Nacht lag ich zwischen den ungewohnten Laken meines neuen Bettes und grübelte darüber nach, was sich wohl tatsächlich zwischen meiner Schwester und Penny zugetragen hatte.

»Was hast du getan, Scarlet?«, flüsterte ich in mein Kissen. Aber nur der heulende Wind antwortete mir.

Immer wieder las ich die Tagebuchseiten und warf Ariadne hektische Blicke zu, um mich zu vergewissern, dass sie schlief – erfuhr aber nichts Neues. Trotzdem war es tröstlich, Scarlets Worte im Schein des Mondes zu lesen. Fast konnte ich mir vorstellen, dass sie neben mir saß und mir ins Ohr flüsterte. Scarlet hatte sich stets für Rätsel begeistert, ich hingegen hatte nie viel damit anfangen können.

Den Tag über versteckte ich das Buch wieder in meiner Matratze. Ich hoffte, dass dort niemand suchen würde, nicht einmal meine Zimmergenossin. Doch selbst wenn Ariadne es finden würde, würde sie bestimmt davon ausgehen, dass es mir gehörte und aus reiner Nettigkeit nicht einmal einen Blick hineinwerfen.

Aber ich musste auch an viel verschlagenere Leute denken. *Penny. Miss Fox.* Ich betete, dass sie von dem Tagebuch nichts wussten. Die Vorstellung, dass es einer von ihnen in die Hände fallen könnte, ließ mich erschaudern.

Ich drehte mein Kissen um und versuchte zu schlafen, aber der Schlaf wollte einfach nicht kommen. Ich hasste die Vorstellung, Scarlets Leben noch einen Tag leben zu müssen, und ich war überzeugt davon, dass ich ertappt werden würde. Und wenn das geschah, würde mich Miss Fox bestimmt von der Schule werfen, und ich würde nie herausfinden, was Scarlet mir hatte mitteilen wollen.

Aber noch gab es Hoffnung. Ich würde den Rest ihrer Botschaften finden und wenn ich dafür die ganze Schule durchsuchen musste.

Verrate mir einfach, wo ich suchen soll, Scarlet.

Nach der durchwachten Nacht verbrachte ich den größten Teil des nächsten Tages wie in Trance: Meine Augen brannten, meine Haare standen wüst empor. Dennoch suchte ich bei jeder sich bietenden Gelegenheit. In jedem Klassenraum hob ich die Pultdeckel an, schaute im Speisesaal unter die Tische und öffnete sogar die Wasserbecken der Toiletten.

Als Ariadne mich dabei erwischte, wie ich nach dem Unterricht unter den Tisch unserer Lehrerin sah, behauptete ich hastig, einen Ring verloren zu haben, obwohl das Tragen von Schmuck in Rookwood gar nicht gestattet war. Das führte dazu, dass mir Ariadne eine ziemlich weitschweifige Geschichte über ihre Mutter erzählte, die geglaubt hatte, sie hätte ihren Ehering in Venedig verloren. Daraufhin hatte sie einem Gondoliere befohlen, die Kanäle danach abzusuchen. Schließlich fand sich der verschwundene Ring aber zu Hause in Shropshire am Finger des Dienstmädchens wieder. Die hatte ihn angeblich von einem Stalljungen geschenkt bekommen, der lange Finger gemacht hatte.

Immerhin zeigte mir diese Geschichte, dass Ariadne meine

fahrige Suche nicht allzu seltsam fand. »Wie sieht er denn aus?«, fragte sie, als wir den Boden des Klassenzimmers auf Händen und Füßen absuchten.

»Er ist aus ... Gold. Mit einem Rubin.«

»Ach du meine Güte!«, rief Ariadne aus. »Der muss ja wertvoll sein!«

»Auf jeden Fall.« *Na ja, null ist auch ein Wert,* dachte ich.

Ich hatte überhaupt nicht bedacht, was ich tun sollte, falls ich in Ariadnes Gegenwart weitere Seiten finden würde, aber sie wollte mir unbedingt helfen, und ich fand ihre Anwesenheit seltsam beruhigend.

Während wir so über den Boden krochen, wurde mir klar, dass sie tatsächlich zu einer Freundin wurde. Sie war die einzige Person, die nicht meine Schwester sah, wenn sie mich anblickte.

Mittags suchte Ariadne noch immer nach meinem nicht existierenden Ring. Beinahe machte sie sogar Bekanntschaft mit dem Rohrstock, weil sie unter den Essenstisch kriechen wollte, um dort nachzusehen.

Penny fand das alles unglaublich komisch. Während sie sich zurücklehnte und tat, als müsste sie ihr Gelächter unterdrücken, fiel mir das Mädchen aus dem Ballett auf, das neben ihr saß. Sie lachte auch, aber in ihren dunkelbraunen Augen lag Misstrauen. *Das ist Nadia,* wurde mir klar. *Nadia Sayani. Das andere Mädchen, vor dem mich Scarlet gewarnt hat.*

Stirnrunzelnd aß ich meinen kalten Schinken und die Kartoffeln. Beinahe wäre es mir lieber gewesen, sie hätten über mich gelacht. So sehr ich meine Zwillingsschwester auch geliebt hatte, sie hatte die beiden mit Sicherheit irgendwie provoziert – Ariadne hingegen war völlig harmlos.

Als wir am Abend in unser Zimmer zurückkehrten, tat ich so, als würde ich weiter nach meinem »Ring« suchen, und Ariadne sah mir von ihrem Bett aus voller Bedauern zu.

»Es tut mir so leid, Scarlet«, sagte sie. »Morgen finden wir ihn. Das weiß ich genau.«

Ich fühlte mich schrecklich mit dieser Lüge. Mein neues Leben bestand sowieso aus einer Lüge nach der anderen. Und jetzt hatte es den Anschein, als würde Ariadne niemals aufhören, sich um meinen nicht existenten Ring zu sorgen. »Schon in Ordnung«, versicherte ich ihr. »Es macht nichts, wenn wir ihn nicht finden. Ich werde es überleben.«

Ariadne nickte traurig und schlüpfte unter ihre Decke. Ich flocht mein Haar und ging ebenfalls zu Bett. Wieder wollten sich meine Augen nicht schließen, und ich lag wach, während sich meine Gedanken unablässig um Scarlet, Miss Fox und das Tagebuch drehten.

Ein paar Tage später ging ich mit aufgequollenen Augen die dunklen Stufen zum Ballettsaal hinunter. Schockiert sah ich, wie sich Miss Fox über das Klavier beugte. Sie starrte uns finster an, als wir den Raum betraten. Hatte sie keinen anderen Gesichtsausdruck?

»Meine Damen«, sagte sie. »Miss Finch fühlt sich heute *unwohl* und Sie werden auf ihren Unterricht verzichten müssen. Stattdessen werden Sie am Schwimmunterricht bei Miss Bowler teilnehmen.«

Alles stöhnte. Miss Fox tippte scharf mit ihrem Stock auf den Boden. »Das reicht! Schwimmen ist ein unabdingbarer Teil Ihrer Ausbildung. Sie können nie wissen, wann Sie jemand aus einem Boot stoßen wird.« Sie warf mir einen durchdringenden Blick zu. »Und jetzt ab zum Schwimmbecken!«

Nachdem ich in meinem Zimmer wieder meine Schuluniform angezogen hatte, folgte ich den anderen Mädchen und entdeckte zu meinem Unbehagen, dass sich der Swimmingpool draußen befand. Es war ein schöner Tag, aber es war definitiv nicht warm genug, um in eiskaltes Wasser zu gehen. Dazu hätten für mich schon tropische Bedingungen herrschen müssen.

Ein altes Steinhaus neben dem Becken war zu einem Umkleideraum umgebaut worden; die Mauern waren mit gestreiften Rettungsringen behängt. Die Schwimmgruppe hatte sich bereits draußen aufgestellt, also reihte sich der Rest von uns hinten in die Schlange ein. Ich blickte ins Wasser und fröstelte. Scarlet und ich hatten in heißen Sommern im Fluss herumgeplanscht, aber ich war noch nie zuvor in einem Swimmingpool gewesen. Dieser hier wies eine grünliche Färbung auf und sah absolut nicht einladend aus.

Eine stämmige, aufgeregt wirkende Frau erschien, die sich in dem trüben Wasser spiegelte.

»Klasse, anscheinend haben wir heute zusätzliche Schüler.« Miss Bowler blickte auf das hölzerne Klemmbrett in ihrer Hand. »Ich rufe alle einzeln auf und dann müssen Sie sich so schnell wie möglich umziehen.«

Ich hatte keinen Badeanzug. Ein Anflug von Panik stieg in mir auf, bevor mir klar wurde, dass das auch für alle anderen Mitglieder der Ballettklasse galt.

»Ihr Mädchen werdet euch einen von denen hier ausleihen müssen«, fuhr Miss Bowler fort und führte uns zu einem großen Schrank voller Badeanzüge aus Wolle. Es waren labberige, blaue Dinger mit dem aufgestickten Schriftzug von Rookwood über der Brust. Ich muss meinen zu lange angewidert angestarrt haben, weil Miss Bowler vor meinem Gesicht in die Hände klatschte und dramatisch zur Umkleidekabine zeigte.

In der Nähe ertönte gehässiges Kichern. Ich war nicht überrascht, dass es von Nadia kam. »Was ist los, Scarlet?« Sie hatte sich bereits umgezogen, und irgendwie schaffte sie es, dieses schreckliche Ding spektakulär aussehen zu lassen.

Ich warf ihr meine Version eines wütenden Scarlet-Blicks zu, zusammengekniffene Augen und erstarrte Wangen. Nadia schien das nicht zu beeindrucken, sie antwortete mit einem hochnäsigen Ausdruck. Ich ignorierte sie und versuchte mich auszuziehen, ohne dabei etwas von mir zu zeigen, was eine ziemliche Leistung war. Dann kämpfte ich mich in den Badeanzug. Er kratzte, war kalt und roch nach Mottenkugeln.

Auf dem Haken vor mir hing eine Badekappe aus Gummi. Mein Haar hatte ich bereits fürs Ballett zurückgebunden, also zog ich mir die Kappe einfach nur über. Bestimmt bot ich einen tollen Anblick.

Ich verstaute meine Kleidung in dem Spind mit der Nummer vierundzwanzig und nahm den kleinen braunen Schlüssel aus dem Schloss. Er hing an einer Sicherheitsnadel, mit der ich mich prompt stach, als ich sie am Badeanzug befestigte. Ein winziger Blutstropfen breitete sich auf dem Stoff aus.

Wir gingen zum Swimmingpool, wo wir uns in einer Reihe aufstellen mussten. Miss Bowler selbst stellte sich auf ein Holzpodest und ließ uns ihre Armbewegungen nachmachen.

»Nein, *so,* Ethel! Gerade und dann krümmen! Einen vor den anderen! Mary Jones, Sie sehen aus wie ein kranker Frosch!«

Ich gab mir alle Mühe mitzuhalten, aber die Bewegungen waren mir nicht vertraut. Ganz zu schweigen davon, dass ich nicht die geringste Ahnung hatte, wie ich sie im Wasser umsetzen sollte.

»Also gut! Zeit, ins Wasser zu gehen, Ladies!«

Ich zuckte zusammen. Meine Zehen verfärbten sich bereits jetzt blau.

»Bitte am Beckenrand aufstellen.«

Da die Klasse doppelt so groß war, wie sie hätte sein sollen, gab es nur wenig Platz. Behutsam krümmte ich die Zehen um den Betonrand.

Im nächsten Augenblick spürte ich einen Ellbogen im Rücken und plötzlich tauchte ich in den eiskalten Pool. Verzweifelt schlug ich mit den Armen um mich, mein Mund und meine Nase füllten sich mit Wasser.

Das trübe Wasser schloss sich über meinem Kopf.

10. KAPITEL

Ich glaubte wirklich zu ertrinken. Dass das Letzte, was ich im Leben sehen würde, der Grund des Swimmingpools von Rookwood sein würde. Nur verzerrtes grünblaues Wasser und die von eindringenden Sonnenstrahlen beleuchteten Luftblasen, die aus meinem weit aufgerissenen Mund perlten. *Ertrinken.*

An dem Tag, an dem ich die Nachricht über Scarlet bekam, hatte es in Strömen geregnet. Und ich hatte mich gefragt, *kann man im Regen ertrinken?* Es heißt, man würde fühlen, wenn seinem Zwilling etwas zustößt, aber ich hatte nichts gefühlt. Ich hatte nicht die geringste Ahnung gehabt, dass es sie nicht mehr gab.

Der Regen hatte nicht aufgehört zu fallen.

Nein. Ich blinzelte wild. *Ich will leben. Für Scarlet und für mich.*

Ich streckte die Beine aus und berührte den Beckengrund mit den Zehen. Ich stieß mich zurück an die Oberfläche und hob den Kopf hustend und nach Luft schnappend über Wasser.

»*Nadia Sayani!*«, hörte ich Miss Bowler brüllen.

Ich wischte mir die Augen frei. Nadia stand genau über mir und sah ausgesprochen zufrieden mit sich aus.

»Sie ist ausgerutscht, Miss, ehrlich«, sagte sie und klimperte mit den Wimpern. Hinter ihr kicherte eine Gruppe Mädchen hämisch.

»Da habe ich etwas anderes gesehen«, erwiderte Miss Bowler. Sie nahm ein Holzlineal, das an der Mauer lehnte. »Die Knöchel nach vorn!«

»Aber Miss, ich …«

Die Schwimmlehrerin schnappte sich Nadias Arme und schlug ihr hart auf beide Hände. Ein roter Striemen blühte auf der Haut auf. Nadia zuckte zusammen, in ihren Augen bildeten sich Tränen. In der Zwischenzeit versuchte ich noch immer, das Wasser aus meinen Lungen zu bekommen. Es brannte mir in Nase und Hals, während ich nach frischer Luft schnappte.

»Beruhigen Sie sich, Scarlet!«, befahl Miss Bowler.

Ich nickte und hustete zugleich. Ich konnte alle Blicke auf mir spüren, wobei Nadias besonders mörderisch war. Obwohl sie nur bestraft worden war, weil sie mich ins Wasser gestoßen hatte.

»Alle rein! Ich will von jeder von Ihnen zehn Bahnen sehen!«

Als die Folter des Schwimmunterrichts vorbei war, gingen wir zurück in die Umkleidehütte, um mit lauwarmem Wasser zu duschen. Ich war noch nie zuvor unter einer Dusche gestanden, und danach verspürte ich auch kein großes Verlangen, es wieder zu tun. Aber ich sah erfreut, dass Nadia so weit wie möglich Abstand von mir hielt. Ich hatte neben ihr schwimmen müssen und dabei einen halbwegs akzeptablen Versuch des Kraulens zustande gebracht, bei dem ich etwas mehr Wasser als nötig in ihre Richtung gespritzt hatte.

Miss Bowler gab mir ein fadenscheiniges Baumwollhandtuch mit einer verblichenen Rookwood-Krähe darauf. Ich tat mein Bestes, das Handtuch so um mich zu wickeln, dass ich meinen Körper verbarg, während ich mir diesen schrecklichen Badeanzug aus Wolle vom Leib pellte. Ich hatte das Gefühl, nie wieder warm zu werden.

Ich begab mich zum Spind und holte meine Kleidung heraus. Scarlets Uniform anzuziehen hatte auf eine seltsame Weise etwas Tröstliches.

»Zurück in Ihre Zimmer, meine Damen«, sagte die Lehrerin. »Sie haben noch ein paar Stunden Zeit bis zum Abendessen. Und arbeiten Sie an Ihren Armzügen. Vor allem Sie, Scarlet!«

»Ja, Miss«, sagte ich.

Dabei betete ich, dass Miss Finch für den nächsten Ballettunterricht wieder zurück war. Ich glaubte nicht, noch eine Schwimmstunde überleben zu können.

Ich bummelte hinter den anderen Mädchen her, und wir stießen auf die Hockeyklasse, die vom Feld zurückkehrte. Es überraschte mich nicht, Ariadne ganz hinten in der Gruppe zu entdecken. Ihre Hockeysocken waren an mehreren Stellen eingerissen, auf ihren Armen und Beinen blühten blaue Flecken und an ihrer Stirn bildete sich eine hässliche Beule.

Ich lief zu ihr. »Du meine Güte, was ist passiert?«, fragte ich. Sie stützte sich auf meine Schulter und blieb stehen, um zu Atem zu kommen.

»Hockey«, keuchte sie, »ist viel … *gewalttätiger,* als mir klar war. Mich haben … drei Bälle, zwei Schläger und vier Ellbogen getroffen! Es war ein Massaker!«

Dann registrierte sie mein noch etwas feuchtes Haar, das

von der Badekappe nicht gerade toll geschützt worden war. »Bist du geschwommen?«

»Leider, ja. Unser Ballettunterricht fiel aus, also musste ich.«

Ariadne rieb sich die Stirn und seufzte. »Ich glaube, ich würde lieber schwimmen als noch einmal Hockey zu spielen. Ich weiß nicht, wie Miss Fox das gemeint hat: Es sei einfacher.«

»Ich glaube, sie sieht nur gern zu, wie Menschen leiden.« Ich bemühte mich, Wasser aus meinem Haar zu pressen. Ariadne nickte energisch.

Ich blickte mich um. Alle waren ins Haus gegangen und wir standen allein auf dem Hof. Vor uns erhob sich Rookwood – stattlich und eindrucksvoll. Ein Stück weit entfernt stand ein lang gezogenes Gebäude.

»Was ist das?«, fragte ich und zeigte darauf. Sofort kämpfte ich gegen den Drang an, mir die Faust in den Mund zu stecken.

Ariadne sah mich verwirrt an. »Ich glaube, das sind die Reitställe. Aber … das weißt du doch, oder nicht?«

»Oh«, sagte ich. »Nein, nicht die Ställe. Ich habe dort einen seltsamen Vogel gesehen. Er war richtig groß. Und blau.«

»Ein Pfau!« Ein Lächeln breitete sich auf Ariadnes Gesicht aus. »Ich liebe sie! Ihre Schwänze sind so schön wie Abendkleider.«

Ich versuchte Ariadnes Andeutung zu ignorieren, dass ich nicht wusste, was ein Pfau war. Dabei hatte ich das Gefühl, etwas Wichtiges verpasst zu haben.

»Vielleicht sehe ich mich mal um«, sagte ich. Um einen Augenblick später hinzuzufügen: »Ich mag Pfauen auch.«

Ariadne warf mir einen gequälten Ausdruck zu und versuchte eine maushafte Haarsträhne von der Beule auf ihrer Stirn wegzupusten. »Ich glaube ... ich glaube, ich brauche eine Pause. Und ich will nicht auch noch voller Stroh werden. Außerdem würde ich lieber nicht zu den Ställen gehen. Ich würde sonst nur Oswald vermissen.«

Ich hatte Ariadnes Pony ganz vergessen. Eigentlich hatte ich gedacht, dass die Mädchen in der Schule ihre eigenen Pferde unterstellen konnten, aber ihr Tier war nicht hier. Arme Ariadne.

Ich tätschelte ihr sanft den Rücken, die einzige Stelle, die nicht in Mitleidenschaft gezogen zu sein schien. »Warum gehst du nicht aufs Zimmer? Wir können ja an einem anderen Tag nach Pfauen suchen. Und vielleicht können wir dann auch eine Karotte für die Pferde finden, wenn wir schon dabei sind.«

Ariadnes Mundwinkel zuckten. »Wirklich?«

»Ich bin mir zwar nicht sicher, ob die Köche hier wissen, wie echtes Gemüse aussieht, aber wir können es ja versuchen.«

»Danke, Scarlet. Ich sehe dich oben.«

Ich blickte ihr nach, wie sie über den Kies zum Hauptgebäude humpelte. Dann verließ ich den Weg und spähte um die Ecke des Stalls. Abgesehen von den tierischen Bewohnern lag der Ort verlassen da. Das nächste Pferd wandte mir neugierig den Kopf zu, seine braunen Nüstern weiteten sich. Ich trat auf den kleinen Vorhof und streichelte es.

Etwas knisterte unter meinen Schuhen und ich schaute zu Boden. Ich stand auf Stroh.

Stroh ...

Eine Erinnerung blitzte auf.

Das ist der letzte Strohhalm.

Stroh. Die Art von Sache, die man zum Beispiel in einem, sagen wir, *Stall* finden konnte!

»Danke, Scarlet«, murmelte ich.

Es gab drei Reihen Boxen, jede mit fünf Türen. Ich biss mir auf die Unterlippe und versuchte nachzudenken. Wenn sie hier etwas versteckt hatte, würde ich eine Ewigkeit brauchen, es zu finden. Ich starrte die mit Messingzahlen versehenen Türen an und musste an die Badezimmer denken und daran, dass sie ebenfalls nummeriert gewesen waren. Ich hatte die ersten Tagebucheinträge in Badezimmer Nummer vier gefunden ... Und Scarlets Pult in Madame Lovelaces Klassenzimmer – es war ebenfalls das vierte.

Box Nummer vier enthielt ein ungewöhnlich großes schwarzes Pferd. Auf dem Namensschild über der Stalltür stand »Raven«. Als ich mich näherte, kam der Hengst auf mich zu, und ich konnte hören, wie seine Hufe über den Boden klapperten.

»Pst, Junge«, flüsterte ich. »Das ist eine streng geheime Sache.«

Das Pferd wedelte mit dem Schweif, die dunklen Augen richteten sich auf mich. Ich versuchte es in den hinteren Teil der Box zu scheuchen, aber es schnaubte nur verächtlich.

Ich suchte auf dem Hof nach irgendetwas zur Ablenkung.

Da! Neben einer steinernen Einfassung hatte jemand eine Kiste mit der Aufschrift »Bramley Äpfel« stehen gelassen. Es war nur noch ein Apfel da, der darüber hinaus ziemlich traurig aussah.

Zu dieser Tageszeit sollte jeder im Haus sein, aber ich hatte keine Ahnung, wann das Personal kam, um nach den Tieren zu sehen. Mit gespitzten Ohren stieg ich auf die umgedrehte Kiste und schwang das Bein über die Stalltür.

Raven schnaubte wieder und wich zurück.

»Ich will nur etwas nachsehen«, flüsterte ich ihm zu und hielt ihm den Apfel auf der flachen Hand entgegen. Er nahm ihn dankbar und fing an zu kauen.

Hier war nicht gerade viel Platz. Der Boden war mit zertrampeltem Stroh bedeckt. In der Ecke befand sich ein Trog mit Futter und Wasser, darüber hing ein Heunetz. Es roch durchdringend nach Pferd.

Nicht zum ersten Mal fragte ich mich, ob Scarlet keine bequemeren Verstecke hätte wählen können. Möglicherweise befand sich das nächste auf dem Grund des Swimmingpools!

Darum bist du hier, rief ich mir ins Gedächtnis zurück. Da stand ich nun – mit feuchten Haaren und einer Gänsehaut mitten in einem Stall.

Es war unwahrscheinlich, dass sich die Seiten irgendwo auf dem Boden befinden würden. Sie wären innerhalb eines Tages gefressen oder zertrampelt worden. Also wandte ich mich den Wänden zu. Ich strich über die dicken Holzbalken, die die Box von den Nachbarn trennten, suchte nach Löchern oder verborgenen Fächern. *Nichts.*

Raven wieherte, als ich an ihm vorbeikam; dabei ließ er die Hälfte seines Apfels zu Boden fallen. Wieder bedeutete ich ihm leise zu sein. »Ganz ruhig, mein Junge! Willst du, dass man mich erwischt?« Ich hoffte, dass er ruhig blieb, und ich hoffte vor allem, dass er nicht böse sein und um sich treten würde. Das konnte tödlich sein.

Während ich darüber nachdachte, fiel mir plötzlich etwas an der Wand auf. Mit Kreide war dort ein Pfeil aufgemalt – winzig und nicht zu sehen, wenn man nicht darauf achtete. Und als ich genauer hinsah, entdeckte ich die schmale Lücke oben in der Holzwand. Ich stellte mich *en pointe,* so gut das mit den Lederschuhen der Schule ging, und tastete danach. Langsam erarbeitete ich mir meinen Weg und suchte nach etwas, das dort steckte.

Ich hätte schwören können, dass mich das Pferd ansah, als wäre ich verrückt.

Und dann fühlte ich unter meiner kalten Haut Papier rascheln.

Weitere Seiten!

Freudig erregt zog ich sie heraus. Mein Blick fiel auf Scarlets Handschrift und ich lächelte. Aber ich konnte nicht riskieren, die Worte direkt hier zu lesen, wo jederzeit jemand vorbeikommen konnte, also verbarg ich die Seiten in meinem Rockbund und machte mich daran, die Box wieder zu verlassen.

Da gab Raven ein leises Grollen von sich. Sekunden später näherten sich Schritte.

Oh nein.

Und was noch schlimmer war, ich kannte die Schritte.

Den klickenden Laut, den diese Schuhe auf Stein machten.

Die klirrenden Schlüssel in den Taschen.

Ich schaute auf und da stand Miss Fox im Eingang.

»Scarlet Grey!«, donnerte sie. »Was in *aller Welt* haben Sie in meinem Stall zu suchen?«

11. KAPITEL

Miss Fox riss die Boxentür auf und zerrte mich hinaus auf den Hof. »Was haben Sie hier zu suchen?«, zischte sie.

In meiner Panik sagte ich das Erste, was mir in den Sinn kam. »*Ihr* Stall?«

»Ja, *mein* Stall! In dem Sie bei *meinem* Pferd waren. Wo Sie überhaupt nicht hier sein dürften. Würden Sie mir das erklären, junge Dame?«

Ich öffnete den Mund, aber da gab es nichts zu sagen – was sie genau wusste. Ihr finsterer Blick durchbohrte mich.

»Das kann ich nicht«, antwortete ich.

Schockiert zog sich ihr Mundwinkel ein Stück nach unten. »Entschuldigung?«

»Das kann ich nicht, Miss. Ich habe keine Erklärung«, hauchte ich. Grob packte sie mich am Ohr und ich musste mit aller Kraft einen Aufschrei unterdrücken.

»Sie wollten mir wohl einen Streich spielen, was? Meinem Pferd die Hufeisen stehlen? Es vielleicht auf dem Spielfeld freilassen?«

Ich versuchte von ihr freizukommen und mein Ohr brannte. Ich presste Lippen und Augen zusammen. Sollte sie mich für eine Regelbrecherin halten. Alles war besser, als dass sie die Tagebuchseiten in meinem Rockbund entdeckte.

»Schreckliche, ungehorsame Göre!«, brüllte sie mich an.

»Ich werde dieses Verhalten nicht auf meiner Schule tolerieren! Verstanden?«

Ich zuckte zusammen. »Ja, Miss.«

»Sie sind nicht besser als Ihre nichtsnutzige Schwester!«, zischte sie.

Plötzlich ließ sie mein Ohr los. War ich wundersamerweise einer Bestrafung entgangen? Nein, Miss Fox sah sich nur um, um sich zu vergewissern, dass niemand ihre Worte gehört hatte.

Sie beugte sich vor und ich konnte ihren kalten Atem an meinem Hals spüren. »Deine Schwester ist weg«, raunte sie so leise, dass ich sie kaum verstehen konnte, »und es ist niemandem aufgefallen. Glaubst du, irgendjemand würde dich vermissen?«

Entsetzt erstarrte ich.

Dann räusperte sie sich und richtete sich wieder auf. »Begleiten Sie mich, *Scarlet*. Vielleicht wird Ihnen der Stock wieder in Erinnerung rufen, wie wir die Dinge auf *meiner* Schule handhaben!«

Bevor ich auch nur blinzeln konnte, versenkten sich ihre krallenähnlichen Nägel in meinem Arm, und sie zerrte mich zurück zum Schulgebäude. Meine Absätze gruben sich in die Erde, Tränen brannten in meinen Augen. Um ein Haar hätte mich beim Eintreten die schwere Tür getroffen, und ein Keuchen folgte uns durch die Korridore, als die Füchsin ihre Beute in den Bau schleppte.

Es war Zeit, mich meiner Bestrafung zu stellen.

An diesem Abend war mir die Teilnahme am Abendessen verboten. Ich war froh darüber, denn ich hatte keinen Hunger. Ich lag auf dem Bett, zu wund, um mich zu bewegen, zu aufgebracht, um es überhaupt zu wollen. Meine Haut war mit Prellungen übersät und mir war übel und schwindelig. Und zu allem Überdruss war ich wie betäubt vor Mitleid mit Scarlet. Zweifellos hatte sie diese Bestrafung oft erleiden müssen.

Mein einziger Trost bestand darin, dass ich einen weiteren Teil ihres Tagebuchs gefunden und erfolgreich vor Miss Fox verborgen hatte. Während der Prügel mit dem Rohrstock hatte ich keine Zeit gehabt, mich darum zu kümmern. Aber jetzt hielt ich sie in den Händen und konnte die Worte meiner Schwester in dem sicheren Bewusstsein lesen, dass alle anderen unten im Speisesaal waren. Der Tagebucheintrag zitterte in meinen Händen, aber ich wusste, dass ich tapfer sein musste.

Er begann mit:

12. September 1933

Liebes Tagebuch,

ich bin auf Rookwood eingetroffen! Ein echtes Abenteuer. Ich musste meinen Koffer eine riesige Treppe raufschleppen. Man hat mir gesagt, dass ich mir ein Zimmer mit einem anderen Mädchen teilen würde und Glück hätte, weil man anfangs für gewöhnlich in einem der großen Schlafsäle schlafen müsste. Ich dachte, dass es mich nicht stören würde, ein Zimmer zu teilen. Schließlich bin ich ein Zwilling.

Aber das war, bevor ich sie kennenlernte.

Sie? War das die Person, über die Scarlet schon zuvor etwas geschrieben hatte?

Violet Adams. In dem Augenblick, in dem ich sie sah, wusste ich, dass sie gemein zu mir sein würde. Die gemeine Violet! Ein Blick auf meinen abgenutzten Koffer, und sie starrte mich an, als wäre ich Dreck unter ihrer Schuhsohle.

»Du hast ein Stipendium, nicht wahr?«, fragte sie, und als ich Ja sagte, fing sie sofort an, mich herumkommandieren zu wollen. Ich sagte ihr, ich sei nicht ihr Dienstmädchen, aber das schien sie nicht zu stören.

»Wenn du es dir nicht leisten kannst, hier zu sein, dann solltest du dir deinen Aufenthalt verdienen«, sagte sie. Dann warf sie mir ihre Schuhe entgegen.

Ich zog in Betracht, sie ihr direkt in ihr eingebildetes Gesicht zurückzuwerfen, aber ich wusste, dass Vater mich umbringen würde, wenn man mich schon am ersten Tag von der Schule verwies. Also starrte ich sie nur finster an und hielt den Mund.

Ich kann nicht glauben, dass ich mir mit so einer ein Zimmer teilen muss. Ich weiß nicht, wie ich das bis zum Ende des Halbjahres überstehen soll, geschweige denn ein ganzes Jahr.

Seltsam. Bis jetzt war mir niemand namens Violet begegnet, ich hatte den Namen nicht einmal im Register gesehen. Ich blätterte zur nächsten Seite um.

Liebes Tagebuch,

heute war unser erster Ballettunterricht mit der neuen Lehrerin. Ihr Name ist Miss Finch und sie tanzt wunderschön. Sie hat uns erzählt, dass sie in Paris und Rom auf der Bühne gestanden hat! Aber dann hat sie sich schlimm am Bein verletzt und konnte nicht länger professionell tanzen. Was für eine Schande. Wäre ich eine weltberühmte Tänzerin, würde ich meine Beine für Tausende von Pfund versichern, damit ich mich bei einer Verletzung in einem Leben im Luxus zur Ruhe setzen könnte! Bestimmt würde ich keine Lehrerin sein wollen. Erst recht nicht an diesem schrecklichen Ort.

Mitleid für Miss Finch überkam mich. Sie hatte alles verloren, wofür sie hart gearbeitet hatte. In Paris oder Rom zu tanzen war etwas, von dem ich nur träumen konnte, und für Scarlet hatte das Gleiche gegolten – auch wenn es stets wahrscheinlicher erschienen war, dass sich ihre Träume eines Tages erfüllen würden.

Miss Finch ist so viel besser als Madame Everclear zu Hause, diese mürrische alte Hexe! Da ist etwas Besonderes an Miss Finch, wenn sie tanzt. Sie sieht so traurig aus, wie eine Porzellanpuppe.

Penny Winchester ist in meiner Ballettklasse, was nicht schön ist. Sie ist wirklich furchtbar. Jedes Mal, wenn ich an ihr vorbeigehe, versucht sie mir ein Bein zu stellen, und das ohne jeden Grund. Später habe ich sie mit Violet plaudern sehen. Sie klagten darüber, dass sie sich kein Zimmer teilen können, und als sie mich beim Lauschen erwischten, haben sie sich beieinander eingehakt und sind losmarschiert. Also ist das wohl die Erklärung.

Aber es ist Zeit fürs Abendessen. Wenn es gut ist, versuche ich, eine Extraportion aufs Zimmer zu schmuggeln.

Die letzten Sätze brachten mich zum Kichern, dennoch las ich aus ihnen ein starkes Unbehagen heraus. Penny war schon allein schlimm genug, aber dieses andere Mädchen klang noch viel schlimmer. Die gemeine Violet. Wie passend.

Ich stieg aus dem Bett, um die Seiten zusammen mit dem Rest des Tagebuchs in der Matratze zu verstecken, und meine wunden Gliedmaßen protestierten die ganze Zeit. Dann warf ich mich wieder aufs Bett und war froh und dankbar, reglos dort liegen zu können.

Gegen acht Uhr, mein Magen fing gerade an, protestierend zu knurren, kam Ariadne ins Zimmer gelaufen.

»Scarlet!«, rief sie. »Du warst gar nicht beim Essen!«

Ich hob die Brauen, was so ziemlich die einzige Reaktion war, zu der ich fähig war. Atemlos musterte sie mich und bemerkte meine Schnitte und Prellungen, die sich nicht sehr von ihren Hockey-Verletzungen unterschieden.

»Du meine Güte. Was ist passiert?«

Ich verzog das Gesicht. »Miss Fox gefiel mein Besuch bei den Ställen nicht.«

Ariadne ließ sich schwer auf ihr Bett fallen. »Was? Aber … wir dürfen doch dorthin, oder etwa nicht?«

»Das dachte ich auch. Also …« Mühsam suchte ich nach einer Erklärung. »Ich wollte nur in eine der Boxen reinsehen. Und Miss Fox hat mich dabei erwischt. Anscheinend war es ihr Pferd, und sie hat geglaubt, ich wollte ihr irgendeinen Streich spielen.«

Ariadne keuchte auf. »Wie schrecklich!« Langsam nickte ich. Plötzlich stand sie auf und stemmte die Hände in die Hüften. »Nun, du musst dich ausruhen!«

Überrascht sah ich sie an. Sie zog die Decke unter meinem

Körper hervor und deckte mich bis zum Kinn zu. »Aber …«, fing ich an.

»Kein aber!«, sagte Ariadne. »Schlaf etwas, dann fühlst du dich besser.«

Ich hoffte, dass sie recht hatte. Und ich *war* erschöpft. Dankbar lächelte ich Ariadne an.

Und so wund ich auch war, am Ende schlief ich so gut wie noch nie zuvor auf Rookwood.

12. KAPITEL

Am nächsten Morgen kostete es mich meine ganze Kraft, die Schuluniform anzuziehen, mich zu kämmen und zum Unterricht zu schleppen. Nicht eine Lehrerin fragte nach meinen blauen Flecken – offenbar waren Prügel als Strafe hier nicht ungewöhnlich, jedenfalls nicht, wenn Miss Fox beteiligt war. Im Geschichtsunterricht klopfte mir Madame Lovelace mitfühlend auf die Schulter, was mich aber nur vor Schmerz zusammenzucken ließ.

Am Abend stattete ich den Badezimmern einen Besuch ab, um meinen schmerzenden Körper in Wasser zu tauchen. Ich ging durch den schlecht beleuchteten Korridor hindurch und in den feuchten Raum hinein. Dort legte ich den Riegel vor und zog mich aus, während das lauwarme Wasser in die Wanne lief. Es würde reichen müssen.

Ganz langsam stieg ich hinein und ließ mich ins Wasser gleiten. Es war nicht das angenehmste Bad, das ich je genommen hatte, aber auch nicht das kälteste. (Ich musste an den Swimmingpool denken und erschauderte.)

Während ich dort lag, dachte ich über Scarlets Tagebucheinträge nach. Ich ging sie in Gedanken Wort für Wort durch und fragte mich, ob ich irgendetwas übersehen hatte.

Plötzlich kam mir eine schreckliche Erkenntnis – die im Stall versteckten Seiten waren nur alte Einträge. Sie waren nie als Botschaft für mich gedacht gewesen. Es gab keine Hinweise mehr.

Und möglicherweise würde es nun überhaupt keine Mitteilungen meiner Schwester an mich mehr geben. Niemals. Ich war auf mich gestellt.

Ich setzte mich in der Wanne auf, Tränen strömten mir übers Gesicht und tropften in das lauwarme Wasser. Es war schlimm genug gewesen, meine Schwester einmal zu verlieren, aber jetzt hatte es den Anschein, als hätte ich sie auch auf eine andere Weise verloren. Beim Lesen der an mich gerichteten Worte hatte ich ihre Stimme gehört, als stünde sie direkt neben mir. Sie hatte immer stark und glücklich geklungen, denn so war Scarlet nun einmal.

Selbst im Zorn war da dieses Funkeln in ihren Augen – die heißblütige Leidenschaft, die sie von Vater geerbt hatte. Nicht, dass sie das jemals zugegeben hätte.

Und hier war ich nun, ganz allein an diesem gottverlassenen Ort, ohne jede Orientierungshilfe. Sollte ich einfach aufgeben? Mir meine Sachen schnappen und weglaufen …

Zurück zu Tante Phoebe?

Zurück nach Hause, zum Vater und meiner Stiefmutter und den schrecklichen Stiefbrüdern?

Und wenn ich dabei erwischt wurde? Das Letzte, was ich wollte, war eine weitere Bestrafung durch Miss Fox.

Nachdem ich mich mit der armseligen Seife, die man auf Rookwood zugeteilt bekam, gewaschen hatte, hievte ich mich aus der Wanne und sah mir die größer werdenden blauen Flecke an. Ich musste daran denken, wie freundlich Ariadne war. Ich konnte meine einzige Freundin auch unmöglich hier allein zurücklassen.

Bald würde ich ihr die Wahrheit erzählen müssen. Dass ich

in Wirklichkeit gar nicht nach einem verlorenen Ring suchte, dass ich nicht einmal die Person war, für die sie mich hielt. Würde sie mir glauben? Würde sie danach überhaupt noch mit mir sprechen wollen?

Ich wusste es nicht, aber in einem war ich mir sicher – wenn ich Ariadne nicht vertrauen konnte, konnte ich niemandem vertrauen.

Als ich erwachte, strömte helles Licht durchs Fenster. Ariadne sprang aus dem Bett und informierte mich aufgeregt darüber, dass Samstag war.

»Das Wochenende!«, rief sie, viel zu fröhlich für diese frühe Stunde. »Für uns ist das der zweite Samstag. Das bedeutet, dass wir das Schulgelände verlassen dürfen, nicht wahr?«

Ich blinzelte. Vielleicht war das eine der Regeln, die mir Miss Fox an jenem ersten Tag in ihrem Büro erklärt hatte. »Oh ja«, sagte ich. Für gewöhnlich hatte Ariadne in solchen Dingen recht.

Während wir unser bescheidenes Frühstück aus klumpigem Porridge aßen, teilte uns Mrs. Knight mit, dass wir in der Tat das in der Nähe befindliche Dorf Rookwood besuchen durften. »Aber dort gibt es nicht viel. Eine Post, einen Lebensmittelhändler und eine Kirche. Das ist es auch schon.«

Ich nickte und gab mir Mühe, dabei leicht gelangweilt zu wirken, als würde ich den Ort gut kennen. In Wahrheit wollte ich unbedingt aus der Schule raus. Die vergangene Woche hatte sich wie ein ganzes Leben angefühlt. Als wäre man mit Menschen, die mich – oder zumindest Scarlet – hassten, in einer riesigen Kiste gefangen. Selbst ein Besuch der Post, wo man eigentlich nichts tun konnte, als anderen Leuten dabei zuzusehen, wie sie Briefmarken anleckten, war da ein Erlebnis.

»Darf ich meinen Eltern einen Brief schicken?«, wollte Ariadne wissen.

»Natürlich«, erwiderte Mrs. Knight. »Aber der Postvorsteher legt alle Briefe von Schülerinnen zur Seite, denen das offizielle Siegel fehlt. Die Schule muss sie zuerst überprüfen, verstehen Sie?«

Ariadne runzelte die Stirn. »Warum?«

»Warum? Da bin ich mir nicht einmal sicher. So lauten eben die Regeln.« Mrs. Knight sah irgendwie verstört aus und Ariadne stellte klugerweise keine weiteren Fragen. Ich war mir ziemlich sicher, den Grund zu kennen – Miss Fox wollte nicht, dass jemand ihre kostbare Schule bei den Eltern, die viel Schulgeld bezahlten, schlechtmachte. Gott sei Dank hatte ich nicht versucht, Tante Phoebe diesen Brief zu schicken. Wer vermochte schon zu sagen, welchen Ärger ich dafür bekommen hätte?

Doch vielleicht konnte ich meiner Tante ja einen neuen Brief schreiben. Diesmal aber mit mehrdeutigen Worten, als würde ich ihr ein Rätsel schicken, so wie es Scarlet getan hätte. Und falls der Brief sie erreichte, würde sie Hilfe schicken können.

Zurück auf unserem Zimmer wartete ich ungeduldig darauf, dass Ariadne zur Toilette ging, damit ich das Tagebuch hervorholen konnte. Als ich es aus seinem Versteck zog, entglitt es mir und ein paar der Seiten fielen zu Boden. Hastig schob ich sie zusammen, von dem Gefühl verfolgt, dass hier meine Geheimnisse für jedermann ausgebreitet wurden. Ein paar Worte starrten mich an: Ivy, Penny, Violet, die Füchsin. … mein neues Ich … jemand muss die Wahrheit erfahren.

Ich blätterte die Seiten durch, auf denen etwas über Nadia stand und darüber, dass Scarlet hungrig war, bis ich meinen ursprünglichen Brief an Tante Phoebe gefunden hatte. Wie sehr sich die Dinge doch in der kurzen Zeit verändert hatten! Jetzt wusste ich, dass ich klüger sein musste und Miss Fox stets einen Schritt voraus.

Sorgfältig schob ich alle Seiten wieder in den Einband und verbarg das Tagebuch in der Matratze. Als Ariadne zurückkehrte, saß ich auf meinem Bett und war mit einem neuen Brief beschäftigt.

Liebe Tante Phoebe,
ich hoffe, Dir geht es gut. Hast Du daran gedacht, die Blumen zu gießen? Und hast Du genug Kohle für den Winter? Denk daran, Mr. Phillips aus dem Dorf Bescheid zu sagen, wenn Du nicht genug hast.
Die Schule ist wirklich interessant. Weißt Du noch, als wir diesen Brief bekommen haben, an jenem Tag am Teich, worüber wir da gesprochen haben? Ich habe etwas herausgefunden, das damit zu tun hat. Ich hoffe, ich finde bald noch mehr heraus. Bitte schreib mir doch zurück.
Alles Gute,
Deine Dich liebende Nichte

So. Ich hoffte, das war vage genug, um Miss Fox' Aufmerksamkeit zu entgehen. Um ein Haar hätte ich mit meinem richtigen Namen unterschrieben, doch dann wurde mir klar, dass ich nicht wusste, was ich eigentlich schreiben sollte. Schrieb ich »Ivy«, bestand die Möglichkeit, dass es jemand mitbekam und Miss Fox wütend auf mich sein würde. »Scarlet« konnte ich aber schlecht schreiben, wenn ich meiner Tante keinen Herzanfall bescheren wollte.

Sobald Ariadne mit ihrem Brief fertig war, schoben wir beide in ihre Tasche und bereiteten uns für den Aufbruch vor.

»Ich lasse sie von Miss Fox versiegeln«, sagte sie. Dankbar, wenn auch mit einem gewissen Unbehagen, lächelte ich. Würde mein Brief auch keinen Verdacht erregen?

Glücklicherweise kehrte Ariadne kurze Zeit später zurück und wirkte nur leicht erschüttert. Sie schwenkte zwei frisch versiegelte Briefe. Bald darauf schritten wir die breite Steintreppe am Eingang der Schule herunter. Die Sonne brannte, aber im Schatten des großen Gebäudes war die Luft trotzdem kühl.

»Das wird ganz toll«, sagte Ariadne und zog an meinem Arm. »Ich kaufe mir Äpfel und Schokolade, und ...« Sie musste mitbekommen haben, wie ich zusammengezuckt war, denn sie ließ meinen Arm los und nahm stattdessen meine Hand. »Entschuldige, geht es dir denn wieder etwas besser?«

»Ach, so schlimm ist es eigentlich nicht«, erwiderte ich und versuchte eine tapfere Miene zu machen. »Es wird besser. Danke, dass du die Briefe hast versiegeln lassen. Ich bin nicht besonders scharf darauf, Miss Fox so schnell wiederzusehen.«

»Ich auch nicht. Sie ist wie die Böse Hexe des Westens.«

Ich lachte. »Vielleicht sollte ich sie mit einem Eimer Wasser übergießen und sehen, ob sie schmilzt!«

Ariadne kicherte und schaute sich sofort schuldbewusst um, nur für den Fall, dass Miss Fox uns zufällig aus dem Gebäude gefolgt war.

»Sei vorsichtig, Ariadne!«, flüsterte ich. »Sie hat überall Spione!«

»Wohl eher geflügelte Affen!«, kreischte sie und lief über

die von Bäumen gesäumte Auffahrt. Ich vergaß meine Schmerzen und jagte hinter ihr her. Heute kostete ich einen kleinen Geschmack von Freiheit.

Das Dorf war nur einen kurzen Fußweg entfernt, durch den dunklen Torbogen aus Bäumen an der Auffahrt und dann weiter einen sich windenden Pfad entlang, der durch Weizen- und Gerstenfelder führte. Wir folgten den anderen Mädchen, achteten aber auf einen sicheren Abstand, während wir über unsere Lehrer und Mitschüler scherzten.

Bald kamen wir zu einem weißen Schild, auf dem in schwarzen Buchstaben »Rookwood« geschrieben stand. Die Farbe war alt und gesprungen. Ein Stück weiter kamen wir zum Dorfanger, einem grasbewachsenen Dreieck, in dessen Mitte sich ein Steinkreuz erhob. Eine Gedenkstätte des Großen Krieges.

»Der Laden ist in der Nähe.« Ich blickte mich um und versuchte, es wie eine Behauptung statt wie eine Frage klingen zu lassen.

»Du meinst dort drüben?«, fragte Ariadne.

Puh!

Eine Gruppe Schulmädchen war vor einem Gebäude mit dem Schild »Kendall and Smith – Lebensmittelhändler« versammelt. Unter einer gestreiften Markise säumten Kisten voller Obst und Gemüse die Straße.

Ich lächelte. Es war so schön, außerhalb der Schule zu sein, und auch wenn ich nur über wenig Geld verfügte, war die Möglichkeit, etwas anderes als Porridge oder fragwürdiges Fleisch essen zu können, sehr aufregend.

Wir liefen hinüber, nur um entdecken zu müssen, dass die Mädchen vor dem Laden keine anderen als Penny, Nadia und ihre treuen Anhänger waren: Clara Brand, Josephine Wilcox und Ethel Hadlow.

Als ich es bemerkte, war es bereits zu spät. Sie hatten uns gesehen und Penny stürmte wie eine Dampflokomotive auf mich zu.

Sie versetzte mir einen harten Stoß und ich stürzte ins Gras.

»Wofür war das denn?«, fragte ich verständnislos.

»Deinetwegen wurde Nadia geschlagen«, fauchte Penny. Ihr kupferfarbenes Haar leuchtete in der Sonne wie brennende Kaminscheite. »Das war die Vergeltung!«

Steif stand ich auf und glättete mein Kleid. »Aber sie hat mich doch in den Swimmingpool gestoßen!«

Diese Neuigkeit interessierte Penny kaum. »Das hast du bestimmt verdient!«

Ethel lachte und es war alles andere als ein freundliches Lachen.

Ariadne zupfte mich am Arm. »Lass uns gehen, Scarlet«, flüsterte sie, und ich drehte mich zu ihr. Aber dass sie den Namen meiner Schwester aussprach, traf mich wie ein Schlag.

Vielleicht musste ich im Augenblick ja gar nicht Ivy sein. Ich konnte *Scarlet* sein.

Ich drehte mich auf dem Absatz um. Penny flüsterte ihren Freundinnen etwas zu, die alle ihren Mund verzogen wie die Grinsekatze.

Bevor mir richtig klar war, was ich da tat, schnappte ich mir eine Handvoll von Pennys Haaren und zog so fest daran, wie ich konnte.

Sie kreischte auf und versuchte mich mit Schlägen zu vertreiben, aber ich dachte nicht daran nachzugeben. »Lass uns einfach in Ruhe, Penny!«

Nadia kam heran. »Du lässt sie sofort los, Scarlet.«

»Gern.« Ich zog etwas fester. Penny zischte und versuchte, mich gegen das Schienbein zu treten. »Solange ihr zurück zur Schule geht und uns tun lasst, was wir wollen.«

Nadia blinzelte mich mit ihren großen Augen an. »Penny?«, fragte sie unsicher.

»Ja, ja, in Ordnung!«

Ich ließ ihre Haare los. Ein paar blieben in meiner Hand kleben. Hastig wich Penny vor mir zurück und rieb sich den Kopf.

»Gehen wir«, befahl sie ihren Freundinnen. Ihr Gesicht war gerötet, ihre Miene wie eine Gewitterwolke. »Ich habe euch doch gesagt, dass sie verrückt ist!«

Die Mädchen eilten fort und ließen mich atemlos vor dem Laden stehen. Was hatte ich getan? Wie erstarrt stand ich mit wild klopfendem Herzen da, die kupferfarbenen Haare noch immer in der verschwitzten Faust.

Langsam drehte ich mich um.

Ariadne stand mit weit geöffnetem Mund hinter mir auf dem Dorfanger.

»Ariadne?«

Sie bewegte sich nicht. Ich wedelte mit der Hand vor ihren Augen herum. »Ariadne?«

»Das. War. Großartig!«, sagte sie.

Ich atmete aus. »Zumindest bin ich sie losgeworden.«

»Ich … du bist so mutig, Scarlet.«

»Das ist eine Bezeichnung dafür.« Ich zuckte zusammen. »Vielleicht ist wahnsinnig eine andere.«

Bei Kendall and Smith herrschte emsige Betriebsamkeit. Es hatte den Anschein, als wäre das halbe Dorf hier versammelt;

dazu kamen noch ein paar Gruppen Mädchen aus der Schule. Der Laden war nicht einmal besonders groß – seine Größe entsprach ungefähr der unserer Klassenzimmer – und an allen Wänden ragten dicht bestückte Regale auf. Kendall (oder vielleicht Smith) stand hinter der Theke. Er sah aus, als würde er gleich ebenfalls jemandem die Haare ausreißen.

Dorfbewohner riefen ihm ihre wöchentliche Einkaufsliste zu oder murrten über die plötzliche Invasion der Schulmädchen. Ein paar der Mädchen fuchtelten mit ihren Einkäufen in seine Richtung. »Einer nach dem anderen!«, rief er. »Bitte alle in einer ordentlichen Schlange anstellen!«

Ariadne hielt direkt auf die Gläser mit den Süßigkeiten zu und ich folgte ihr. Die Zuckerglasur der Bonbons glitzerte und mir lief das Wasser im Mund zusammen.

»Wie viel Geld hast du?«, fragte ich Ariadne. Zur Antwort zog sie ein grünes Portemonnaie aus der Umhängetasche, das bei jeder Bewegung klimperte.

»Viel.« Sie grinste. »Mein Daddy schickt mir Taschengeld.«

»Hast du ein Glück! Ich glaube, mein Vater spricht nicht einmal mit mir. Aber wenn ich es recht bedenke, spreche ich auch nicht mit ihm.«

»Warum?« Plötzlich sah Ariadne traurig aus.

Ups. Was sollte ich sagen? Er hat mich ohne jede Vorwarnung auf diese schreckliche Schule geschickt, auf der meine Schwester gestorben ist ... und ich gebe mich jetzt für sie aus?

Ich ballte die Hand zur Faust. »Einfach so. Wir verstehen uns nicht.«

»Ach«, sagte Ariadne. »Egal. Ich teile mein Geld mit dir! Jetzt können wir endlich unser mitternächtliches Festmahl veranstalten.«

»Toll!«, erwiderte ich.

Auf dem Weg aus dem Laden tippte mir jemand an die Schulter. Im ersten Augenblick glaubte ich, Nadia wäre zurückgekehrt, um für Penny Rache zu üben. Aber das Mädchen war größer und älter.

»Ich will mich für meine Schwester entschuldigen«, sagte sie mit einem deutlichen Akzent, während wir auf die Straße traten. Ich muss verwirrt ausgesehen haben, denn sie setzte sofort zu einer Erklärung an. »Ich habe gesehen, was eben passiert ist. Nadia sollte nicht mit diesem Mädchen befreundet sein. Die macht nur Ärger.«

Ich nickte. »Das kannst du laut sagen.«

Nadias Schwester lächelte. »Ich heiße Meena. Und du?«

»Ich heiße – Scarlet.«

»Scarlet«, wiederholte sie. Sie streckte die Hand aus und ich schüttelte sie zaghaft. »Ich versuche mich darum zu kümmern, dass sie dich in Ruhe lässt. Aber ich kann nichts versprechen. Sie will um jeden Preis dazugehören, und seit das mit dieser Violet passiert ist, ist bei Penny der Platz einer besten Freundin frei. Ich hoffe, du verstehst das.«

»Meena!«, rief eines der älteren Mädchen vom Dorfanger und winkte. Sie eilte zu ihnen, warf mir dabei aber ein Lächeln zu.

Ich wollte ihr hinterherrufen und fragen, was sie mit Violet gemeint hatte, aber dann wurde mir bewusst, wie dumm das gewesen wäre. *Scarlet* wüsste es ja.

In der Zwischenzeit war Ariadne bei der Obstauslage stehengeblieben, hatte eine seltsame Frucht aus einer Kiste genommen und sie genau studiert. Ich hängte mich bei ihr ein, dann gingen wir zur Post, um unsere Briefe aufzugeben. Ariadne bestand darauf, für unsere Briefmarken zu bezahlen. Ich betete, Tante Phoebe würde bei meinem seltsamen Brief spüren, dass etwas nicht stimmte und ihn als Hilferuf begreifen. Und Miss Fox würde ihn zuvor nicht abfangen. Aber meine Chancen standen schlecht, das hatte ich im Gefühl.

In dieser Nacht schlossen wir die Tür unseres Zimmers und klemmten schmutziges Leinen in den Spalt unten, damit weder Geräusche noch Licht nach außen drangen. Ich kannte die Strafe für das Essen von Süßigkeiten in der Nacht nicht und ich wollte sie auch nicht kennenlernen.

Ariadne zündete eine Kerze an und wir breiteten unseren Proviant im Dämmerlicht aus. Wir hatten Drops, Aniskugeln, Lakritze, gezuckerte Mandeln, Minztaler und Schoko-Toffees. Es war das beste Picknick, das ich je hatte.

»Du musst deinem Vater danken, Ariadne«, sagte ich.

Sie seufzte. »Das werde ich. Ich wünschte nur, ich könnte ihn sehen. Weißt du, Geld und Briefe sind nicht dasselbe.«

»Ich weiß. Aber wir wollen nicht traurig sein.« Ich klang fröhlicher, als ich mich fühlte. »Wir haben das beste Mitternachtsmahl aller Zeiten!«

Ariadne lächelte im flackernden Kerzenschein. »Aber uns steht eine schwierige Entscheidung bevor. Was essen wir zuerst?«

Eine Stunde später hatten wir mehr Süßigkeiten verputzt, als ein Mensch vermutlich in seinem ganzen Leben essen sollte. Von segensreicher Zufriedenheit erfüllt legte ich mich aufs Bett. Ariadne erzählte mir von ihrem gut gefüllten Kleiderschrank zu Hause und beschrieb jedes Kleid in allen nur erdenklichen Einzelheiten.

»Und ich habe dieses wirklich wunderschöne Schmuckkästchen – da sind Ketten, Armreifen und Ringe drin. Ach,

Scarlet, es tut mir so leid! Ich hatte deinen Ring ganz vergessen.«

Ich blinzelte. Ich glaube, ich war kurz vor dem Einschlafen gewesen. »Was?«

»Dein goldener Ring! Es tut mir so leid. Du musst mich ja für so eine Angeberin halten, wo du gerade deinen liebsten Besitz verloren hast.« Sie schlug sich das Federkissen vor den Kopf, und ich tat mein Bestes, nicht zu lachen.

»Das ist schon in Ordnung.«

»Hast du eigentlich schon unter deinem Bett nachgesehen?«, fragte sie plötzlich. »Also, wenn ich etwas verliere, taucht es immer dort auf. Ich glaube, es gibt da einen kleinen Kobold, der gern Sachen stiehlt und sie unter dem Bett versteckt.«

»Oh …«, fing ich an. Mein müder Verstand hatte Schwierigkeiten, einen Satz zu bilden. *Natürlich habe ich da nachgesehen*, wollte ich sagen. *Als Erstes. Da brauchst du nicht nachzusehen.*

Aber ich sagte es nicht schnell genug und Ariadne kniete bereits mit dem Kerzenhalter in der Hand auf dem Teppich.

»Ich glaube, aus deiner Matratze kommt die Füllung raus.«

Oh nein …

Mit einem Satz kniete ich vor Ariadne. »Dort habe ich bereits nachgesehen!« Ich klang verzweifelter als nötig. Aber sie spähte einfach an mir vorbei in die Dunkelheit. »Nein … nein, das brauchst du nicht!«

Ich biss mir auf die Finger und versuchte den Mund zu halten. Wenn sie das Tagebuch entdeckte …

Doch wenige Augenblicke später kam sie mit dem immer noch hell leuchtenden Kerzenstumpf wieder hervorgekrochen. »In deiner Matratze ist ein Loch«, berichtete sie sachlich. »Aber von deinem Ring fehlt jede Spur.«

Ich hielt den Atem an und wartete auf die unvermeidlichen Fragen, aber die kamen nicht. Ariadne setzte sich einfach wieder aufs Bett, schob sich den letzten Pfefferminztaler in den Mund und lutschte nachdenklich.

»Nun ja, die Matratze ist unbequem«, war alles, was mir dazu einfiel.

Ariadne nickte, dann gähnte sie laut. »Wie viel Uhr ist es?«

Ich blickte durch die dünnen Vorhänge in den Nachthimmel. »Keine Ahnung. Vielleicht so gegen eins.«

»Ich glaube, ich gehe schlafen. Gute Nacht, Scarlet.«

»Gute Nacht, Ariadne.«

Wir schlüpften beide unter unsere Decken. Dabei stieß ich so leise wie möglich einen Seufzer der Erleichterung aus. Das Tagebuch war für einen weiteren Tag in Sicherheit.

Aber wie lange konnte ich seine Existenz noch geheim halten?

13. KAPITEL

Am Sonntag regnete es. Der Regen prasselte unablässig gegen die Buntglasfenster der Schulkapelle. Er trommelte aufs Dach und überschwemmte die Regenrinnen. Der Hausmeister war gezwungen, Eimer aufzustellen, weil es von der Decke tropfte. Aber vor allem hinderte uns das Wetter daran, nach draußen zu gehen.

Den ganzen Tag lang blieben wir in unserem Zimmer. Ich las, während Ariadne sich im Nähen übte, worin sie allerdings bereits ausgezeichnet war, so dass sie eigentlich gar keine Übung mehr brauchte. Die Hausmutter kam, um die Bettlaken zu wechseln und sich um die Wäsche zu kümmern, und um sechs gingen wir nach unten zum Abendessen. Es sollte wohl Roastbeef sein. Bei dieser Gelegenheit sah ich Miss Fox zum ersten Mal seit der Prügelstrafe wieder.

Sie saß an ihrem Platz am Ende des Speisesaals, den treuen Stock an ihrer Seite. Ihr Ausdruck war so giftig wie immer. Nervös mied ich ihren Blick.

Ich hatte gerade das schmutzige Besteck in den dafür vorgesehenen Eimer geworfen, als die Füchsin hinter mir auftauchte. Um ein Haar hätte ich vor Entsetzen den Teller fallen gelassen.

»Ich hoffe, Sie zeigen morgen beim Unterricht Ihr bestes Benehmen, Scarlet Grey«, sagte sie scharf.

»Natürlich, M-Miss«, stotterte ich und wich vor ihr zurück.

Sie tat einen Schritt zur Seite. »Das ist mein Ernst. Ich will Sie nicht wieder in meinem Büro sehen.«

»Ich verstehe.« Weder konnte ich weitere Schläge ertragen, noch verspürte ich das geringste Bedürfnis, eine Minute länger als nötig in die Augen jener unheimlichen, ausgestopften Hunde blicken zu müssen.

»Das hoffe ich von ganzem Herzen. Ich behalte Sie im Auge.«

Hatte sie mich bis jetzt etwa nicht im Auge behalten? Der Gedanke ließ mich erschaudern und ich eilte aus dem Speisesaal.

Als ich mich am nächsten Tag auf die Ballettstunde vorbereitete, hatte ich Schmetterlinge, Motten und womöglich einen ganzen Schwarm anderer Insekten im Bauch. Ich hatte Angst, ich würde alles falsch machen, besonders weil ich noch immer ziemlich wund war. Doch als ich das Studio schließlich betrat, wurde ich ruhiger. Wenigstens handelte es sich nicht um Schwimmunterricht.

Ich begab mich an die Ballettstange und wärmte mich auf. Obwohl meine Muskeln nicht mehr ganz so steif waren, gestalteten sich die Aufwärmübungen alles andere als angenehm. Dabei beobachtete ich den Rest der Klasse im Spiegel. Nadia hatte sich einen Platz so weit weg von mir wie möglich ausgesucht. Einmal schaute sie in meine Richtung und warf mir einen finsteren Blick zu, also schnitt ich eine Grimasse in ihre Richtung, was sie erschrocken zusammenzucken ließ. Der Spiegel zeigte mir meinen Ausdruck: wirklich Furcht einflößend im rötlichen Gaslicht. Ich musste dem Drang zu lachen widerstehen, setzte mein normales Gesicht auf und machte weiter.

Als wir uns in der Raummitte versammelten, hatte ich langsam das Gefühl, wieder zu meiner alten Form zurückzufinden. »Ihr *grand battement* ist gut kontrolliert«, sagte Miss Finch freundlich. Sie drehte sich um. »Nadia, das ist nicht die fünfte Position. Ich bin nicht einmal davon überzeugt, dass es überhaupt eine Position ist!«

Bei diesen Worten riskierte ich ein Lächeln.

Zu meiner Erleichterung ließ mich Nadia weiterhin in Ruhe. Hatte ich sie abgeschreckt? Ich hoffte, dass das auch für Penny galt.

Erst nach dem Ende des Unterrichts, als ich meine Schuhe aufschnürte, kam mir ein Gedanke – im Gegensatz zum Speisesaal war das Ballettstudio ein oft menschenleerer Ort. Außerdem war es ein Ort, der Scarlet wichtig gewesen war. Miss Finch konnte nicht die ganze Zeit hier sein. Wenn ich in der Nacht zurückkehrte, konnte ich ihn ungehindert durchsuchen …

»Scarlet?«, ertönte Miss Finchs Stimme.

Ich schaute auf. »Ja, Miss?«

»Der Unterricht ist vorbei. Sie können jetzt gehen.«

Ich blickte mich um – ich hatte mit zur Hälfte geöffneten Schuhen auf dem Boden gesessen. »Oh ja, Entschuldigung.« Ich beeilte mich, sie abzustreifen und meine normalen Schuhe anzuziehen.

Anscheinend bestand mein Leben im Moment nur aus einer einzigen großen Entschuldigung.

Bei Einbruch der Nacht wartete ich darauf, dass Ariadne einschlief. Das dauerte nicht lange, denn der Hockeyunterricht hatte sie ziemlich erschöpft. Sie fing an zu schnarchen, aber ich entschied, noch eine Weile zu warten, um sicherzugehen, dass auch alle anderen schliefen. Ich hoffte, dass die Erwachsenen, die noch in der Schule waren – wie die Hausmutter –, früh zu Bett gingen.

Nach einer gefühlten Ewigkeit schlüpfte ich aus meinem Nachthemd und zog meinen schwarzen Ballettanzug und den dazugehörigen Rock an. Diese Kleidung würde mir hoffentlich helfen, mit dem Schatten zu verschmelzen. Wieder ging ich barfuß. Meine Ballettschuhe wollte ich nicht beschädigen, und alles andere wäre zu laut gewesen.

Ich nahm einen tiefen Atemzug und öffnete langsam die Tür. Als ich mir sicher war, dass die Luft rein war, eilte ich so flink wie möglich in Richtung Treppe.

Es war stockdunkel, also musste ich mich an den Wänden entlangtasten. Schließlich kam ich zu einer Lücke, von der ich wusste, dass es sich um die Treppe handelte, und suchte mir den Weg nach unten.

In der Schule herrschte völlige Stille. Meine behutsamen Schritte kamen mir auf den Holzstufen lauter als Hammerschläge vor. In der Hoffnung, mich schnell verstecken zu können, falls jemand kommen würde, hielt ich mich nah am Geländer.

Unten schloss sich der Korridor an, der an mehreren Klassenzimmern vorbeiführte und schließlich auch an der Tür zum Keller, in dem das Studio untergebracht war. Mein Herz pochte laut. Ich wagte es nicht, mir auch nur vorzustellen, wie meine Bestrafung ausfallen würde, falls man mich erwischte.

Ich schaute in jede Richtung, was in der Dunkelheit aber sinnlos war. Ich konnte kaum die eigenen Hände sehen.

Immerhin bedeutet das, dass auch mich keiner sehen kann. Hoffentlich.

Ich ertastete mir meinen Weg, bis meine Finger auf Türangeln aus Eisen trafen. Ich trat einen Schritt zurück und konnte die vertraute Türklinke mühsam ausmachen. Vorsichtig drückte ich sie hinunter, und die Tür schwang nach innen, dabei gab sie nur ein leises Quietschen von sich. Trotzdem blickte ich über die Schulter. Für alle Fälle.

Als ich wieder ins Treppenhaus schaute, fiel mir dort unten ein warmer roter Lichtschein auf. Nach ein paar Schritten roch ich die Gaslampen. Wie merkwürdig, dass sie zu dieser Nachtzeit noch brannten.

Ich erstarrte und kämpfte gegen einen starken Fluchtreflex an. Was, wenn dort unten jemand war? Ich drückte mich gegen die kalte Steinmauer und lauschte. Falls sich eine Person im Studio aufhielt, war sie allein.

Ich zog die Tür hinter mir zu und machte einen zögerlichen Schritt in die Tiefe. Was konnte mir schlimmstenfalls passieren? Nun, das Schlimmste wäre natürlich Miss Fox. Aber das war unwahrscheinlich. Der Ballettsaal war Miss Finchs Domäne. Obwohl sie Lehrerin war, konnte ich mir nicht vorstellen, dass sie etwas anderes tun würde, als mich zu rügen.

Jetzt oder nie.

Ich bewegte mich ganz langsam, als würde ich durch Wasser gehen. Als ich das Studio erreichte, war es überraschenderweise völlig leer.

Ich wartete ein paar Sekunden. Beinahe war ich davon überzeugt, dass das alles eine Falle war, dass eine Seite von Scarlets Tagebuch auf einem goldenen Sockel am Ende des Raumes liegen würde. Und sobald ich den erreichte, würde Miss Fox herausspringen und »Erwischt!« brüllen.

Ich ging bis zur Mitte des Raumes. Die Kälte drang bis in meine Knochen und die Holzbohlen unter meinen nackten Füßen fühlten sich rau an. Das flackernde Licht der Gaslampen verzerrte alles und verkrümmte die Schatten. Ich hielt auf das Klavier am anderen Ende zu, das groß und schwarz war – beinahe selbst wie ein Schatten.

Und dann fiel mein Blick auf mein Spiegelbild.

Das war *Scarlet.*

Ich weiß nicht, woran es lag: an der Dunkelheit, dem seltsamen Licht oder der Kälte. Aber aus irgendeinem Grund sah ich nicht nur *mich* – die Zwillingsschwester, die wie Scarlet aussah. Ich sah Scarlet: gefangen hinter dem Glas, wie sie mich mit ihren großen Augen ansah. Mich anflehte.

Ich machte ein paar Schritte vorwärts. Das Mädchen im Spiegel folgte meinem Beispiel. Während ich mich näherte, streckte ich die Hand aus und berührte die eiskalte Oberfläche. Augenblicklich war ich wieder im Haus unserer Kindheit, in dem Scarlet auf der anderen Seite des Fensters meine Bewegungen kopierte.

»Scarlet«, flüsterte ich. Eine Träne rollte meine Wange hinunter.

Ich bewegte mich und sah das Bild tausendmal gespiegelt. Ich wirbelte herum und sah tausend Scarlets.

Ich war nicht allein.

Und ich begann zu tanzen.

Ich tanzte, und sah dabei, wie das Spiegelbild, wie Scarlet an meiner Seite tanzte. Sie warf den Kopf zurück wie ich, wenn ich in einen *grand jeté* sprang, tat sie es auch. Ihre Schritte folgten den meinen auf dem Boden. Beinahe konnte ich das zusätzliche Echo ihrer Füße hören.

Ganz egal, was ich tat, sie war da. Sie war überall, und die

Spiegelbilder wirbelten um mich herum, bis mir schwindelig wurde und ich die Augen schließen musste. Aber sie war da, in meinem Kopf, tanzte ein letztes Mal mit mir zusammen, mein Zwilling.

Als ich in einen *fouetté en tournant* sprang, verlor ich das Gleichgewicht, stolperte …

… und landete direkt zu Füßen von Miss Finch.

»Sie haben den Kopf nicht gedreht«, sagte sie.

14. KAPITEL

Ich schaute zu ihr hoch und blinzelte. Einen Augenblick lang war ich wie erstarrt, während sich meine Gedanken überschlugen. Dann stand ich blitzschnell auf.

»Was machen Sie hier unten?«, fragte sie.

»I-ich wollte üben«, antwortete ich.

Sie riss die Augen weit auf, aber ich fuhr fort. »Ich habe so lange nicht getanzt, und … ich hatte das Gefühl, nicht mehr mitzukommen.«

Vage war ich mir der Spiegelbilder um uns herum bewusst, die Illusion von Scarlet war aber verschwunden. Jetzt gab es nur noch Miss Finch und mich.

»Nun, das ist ja sehr fleißig von Ihnen, aber Ihnen ist schon klar, dass es mitten in der Nacht ist?«

Ich nickte. Und ich wollte sagen, dass ich nicht schlafen konnte, es mir schrecklich leidtat und ich es nie wieder tun würde. Aber stattdessen kam mir eine andere Frage in den Sinn. »Warum sind Sie noch hier, Miss?«

Die Frage schien sie zu überraschen, aber dann ging sie zum Klavierhocker und setzte sich seufzend hin. »Es ist kompliziert.«

»Sie könnten es mir erklären. Ich bin eine gute Zuhörerin.«

Ihr Blick traf mich; das Licht der Gaslampen flackerte darin. »Nur nicht, wenn es um Regeln geht.«

Ich errötete.

»Mein Schlafplatz ist nicht ideal.« Sie starrte zu der gewölbten Decke hinauf. »Aber hier unten ist es still und ich kann allein sein und in Ruhe über die Dinge nachdenken. Allerdings ist die Kälte ein Problem.«

»Oh ja«, stimmte ich ihr bereitwillig zu.

Miss Finch zog ihre Strickjacke fester um sich. »Darf ich Sie etwas fragen, Scarlet?«

Zugegeben, das ließ mich leicht zusammenzucken. Etwas war an der Art und Weise, wie sie den Namen aussprach, dass er schrecklich falsch klang. »Natürlich.«

»Warum wollen Sie tanzen?«

Ich dachte über die Frage nach. »Weil es schön ist. Es ist eine Kunst, oder nicht?«

Ein paar Falten erschienen auf ihrer Stirn. »Sie wollen nicht im Rampenlicht stehen? Eine Primaballerina sein, die die Welt bereist? Jeden Abend mit Blumen und Geschenken überhäuft werden?«

Das alles schien etwas zu sein, das Scarlet gewollt hätte. Hatte Miss Finch ihr dieselbe Frage gestellt?

Aber als ich Miss Finch dort mit angezogenen Knien auf dem Klavierhocker sitzen sah – ihr kleiner Körper wirkte so zerbrechlich –, wollte ich ihr nicht Scarlets Antwort geben.

»Nein. Ich will einfach nur tanzen. Diese anderen Dinge ... sie spielen keine Rolle. Jedenfalls nicht für mich.«

»Sie würden das alles ablehnen?« Sie hob eine Braue.

»Oh, natürlich nicht. Aber das Tanzen reicht mir.«

»Hm.«

Das war eine Art Test, und sie würde darüber entscheiden, ob ich ihn bestanden hatte oder nicht. Doch bevor ich weiter darüber nachdenken konnte, stand sie auf.

»Sie haben recht. Natürlich haben Sie recht.« Sie schob eine Locke ihres kastanienbraunen Haars hinter ihr Ohr. »Du meine Güte, es ist so spät. Sie sollten wirklich im Bett sein. *Ich* sollte im Bett sein.«

Ich nickte. Aber ich hatte das Studio gar nicht durchsucht! Und wenn Miss Finch jede Nacht hier herunterkam und sich mir niemals wieder eine Chance bot?

»Gehen Sie.« Sie deutete auf die Treppe.

Ich zögerte. »Aber ... wenn Miss Fox ...«

»Für gewöhnlich geht sie um genau zehn Uhr zu Bett. Ich konnte ja nicht zulassen, dass sie herausfindet, dass ich nach Feierabend hier unten bin, oder?« Miss Finch lächelte schelmisch. Ein seltsamer Ausdruck auf dem Gesicht einer Lehrerin.

»Also kann ich nicht erwischt werden?«

»Das kann ich nicht garantieren.« Sie winkte abschätzig. »Aber sollten Sie der Hausmutter begegnen, erzählen Sie ihr doch einfach, dass Ihnen nicht gut ist.«

»In Ordnung.« Offensichtlich konnte ich nichts mehr tun. »Vielen Dank, dass Sie nicht den Rohrstock rausholen.«

Sie warf mir einen Blick zu, als hätte ich ihr gerade erzählt, ich sei ein Kohlkopf. »Warum sollte ich das tun?«

»Weil ich mehrere Regeln breche?«

Ihr Ausdruck änderte sich nicht. »Ach«, sagte sie nur.

Langsam fragte ich mich, ob Miss Finch überhaupt ganz da war.

»Dann gehe ich jetzt«, sagte ich. »Gute Nacht, Miss.«

»Gute Nacht«, erwiderte sie.

Ich trat aus dem Bernsteinlicht in die Dunkelheit der Treppe. Ein Blick zurück über die Schulter zeigte mir, dass Miss Finch ihr eigenes Spiegelbild anstarrte.

Ich war glimpflich davongekommen, aber jetzt hatte ich ein größeres Problem: Der Ballettsaal war unerreichbar geworden.

Genau wie Miss Finch gesagt hatte, waren oben keine herumschleichenden Lehrerinnen zu entdecken. Ich schaffte es zurück in mein Bett, ohne auch nur einer Seele zu begegnen. Und ich war so müde, dass der Schlaf sofort kam. Aber als ich am nächsten Tag die Augen aufschlug, weil das Licht der Morgendämmerung durchs Fenster fiel, galt mein erster Gedanke Scarlets Tagebuch.

Ich würde das Studio nie durchsuchen können, es sei denn, ich fand einen Tag, an dem Miss Finch nicht da war.

Seufzend drehte ich mich auf die Seite. Meine Decke war erstaunlich warm, und ich kämpfte gegen den Drang an, einfach weiterzuschlafen.

Wenig später wachte Ariadne auf und rieb sich die Augen. »Gtnn Morgnnn.«

»Ebenfalls Gtnn Morgnnn«, erwiderte ich.

»Ich frage mich, was es heute zum Frühstück gibt. Ich bin ja so hungrig.«

Wie nicht anders zu erwarten war, gab es Porridge. Allerdings schaffte ich es, die Köchin zu überreden, mir einen zusätzlichen Löffel Honig zu geben, also schmeckte er nicht ganz so übel. Ich setzte mich auf meinen gewohnten Platz. Ariadne starrte niedergeschlagen in ihre Schüssel.

»Hast du keinen Honig bekommen?«, fragte ich.

»Nein. Ich habe darum gebeten, aber sie hat mir nur einen bösen Blick zugeworfen und gesagt: ›Die Nächste.‹«

»Hm. Anscheinend war mir heute jemand wohlgesonnen. Hier, nimm meinen. Wir tauschen.«

»Wirklich?« Ihr Gesicht hellte sich auf, als ich ihr meine Schüssel mit dem süßen Porridge gab. »Vielen Dank, Scarlet. Du bist die Beste!«

»Das ist nett von Ihnen«, sagte Mrs. Knight auf der anderen Seite des Tisches und sah zu, wie sich Ariadne ihr beträchtlich verbessertes Frühstück in den Mund schaufelte. »Langsamer, Miss Flitworth, *so* hungrig können Sie doch gar nicht sein.«

Da war es wieder, dieses Wort. Es hallte durch meinen Kopf, während ich mein winziges, umgekehrtes Scarlet-Spiegelbild im Löffel betrachtete.

Und dann begriff ich.

Hungrig.

Die auf die Rückseite einer Tagebuchseite hingekritzelten Worte, etwas davon, hungrig zu sein. Wo ich jetzt darüber nachdachte, wie konnte das etwas anderes als ein Hinweis sein? Scarlet beschrieb die Rückseiten niemals, weil dadurch angeblich die Tinte verschmiert wurde!

Wenn man hungrig ist ... geht man in den Speisesaal.

Ich knallte den Löffel so hart auf den Tisch, dass ich selbst erschrak. Ariadne quiekte. Ich blickte mich um – wir waren von plappernden Mädchen, Lehrerinnen und Personal umgeben.

Es gab keine andere Möglichkeit – ich würde eine weitere nächtliche Expedition unternehmen müssen. Zumindest wusste ich jetzt, dass Miss Fox aller Wahrscheinlichkeit nach nicht unterwegs sein würde.

Zumindest hoffte ich das.

Am Ende eines weiteren, qualvollen Schultages brannte ich darauf, mit meiner Suche zu beginnen. Ich wartete, bis Ariadne den Kopf unter ihrem Kissen begrub, dann zog ich einen Pullover über mein Nachthemd. Wieder schlich ich durch die dunklen Korridore und weiter die Treppe hinunter, aber diesmal in die entgegengesetzte Richtung vom Ballettstudio.

Ich fragte mich, ob Miss Finch noch dort unten war. Was tat sie? Saß sie dort und las? Vielleicht stand sie auch allein unter den Gaslampen und versuchte mit ihrem verkrüppelten Bein zu tanzen. Der Gedanke machte mich traurig.

Die große Tür zum Speisesaal war geschlossen, glücklicherweise aber nicht abgesperrt. Als ich gegen einen Türflügel drückte, schwang er weit auf und knallte gegen die Wand. Nervös blickte ich mich um für den Fall, dass es jemand gehört hatte.

Der Saal hatte hohe Fenster, durch die das Mondlicht hereinfiel. Alles war in silbergraues Licht getaucht – die Reihen der langen Holztische, die Stühle mit den Metallbeinen. Die Stille lastete schwer auf mir.

Ich schritt die Umrisse des Raumes ab und tastete dabei, auf der Suche nach Verstecken, die raue Wandfarbe ab. Aber es gab weder Mauselöcher noch lose Bodendielen.

Dann suchte ich unter den Tischen. Ich versuchte mir vorzustellen, wie Scarlet auf alle viere ging, mit einer Rolle Klebeband in der Hand, um ihre Tagebuchseiten dort zu verstecken. Selbst in meiner Vorstellung erschien mir das unwahrscheinlich.

Nachdem ich unter dem dritten Tisch gesucht und mein Nachthemd dabei überall staubig gemacht hatte, wurde mir das Ausmaß meiner Aufgabe bewusst. Es gab so viele Tische – nicht zu vergessen die Stühle! –, dass man unmöglich wissen konnte, wo man überhaupt anfangen sollte. Sicherlich hätte

Scarlet nicht erwartet, dass ich unter jedem einzelnen suche? Langsam hatte ich den Eindruck, dass das einfach nur verrückt war.

Und was war, wenn jemand mit dem Bein dagegen stieß oder eine Putzfrau es fand? Sie stellten die Stühle oft umgedreht auf die Tische, um den Boden zu wischen.

Ich blickte mich in dem großen, verlassenen Saal um. Was gab es hier noch?

Die Durchreiche in der gegenüberliegenden Wand erregte meine Aufmerksamkeit. Jetzt war sie geschlossen, aber daneben führte eine rote Tür in die Küche, durch die das Küchenpersonal für gewöhnlich mit Platten beladen rein- und rauswuselte.

Einen Versuch war es wert. Vorsichtig drückte ich die Türklinke nach unten. *Mist! Abgeschlossen.*

Von meinem Fehlschlag verärgert, versetzte ich der Küchentür einen Tritt und stieß mir dabei den Zeh. Ich ließ mich an der kalten Wand herunterrutschen. Was war ich doch für eine Närrin! Hatte ich etwa erwartet, dass jede Tür offen sein würde?

Und als ich dort saß und mich, den Kopf in die Hände gebettet, fragte, was ich jetzt tun sollte, ertönte eine leise Stimme. »Scarlet?«

Ich sprang auf und bereitete meine Entschuldigungen vor. *Ich bin schlafgewandelt, ich war hungrig, ich habe mich verlaufen, ich …*

Aber es war nicht die Stimme einer Lehrerin. Es hatte geklungen wie …

»Scarlet?« Als ich zur Tür schaute, entdeckte ich ein vertrautes maushaftes Gesicht, das zu mir herüberblickte.

Ariadne.

15. KAPITEL

Nur mit ihrem langen Baumwollnachthemd bekleidet stand Ariadne da. Ich erhob mich ganz vom Boden. »Was ist los?«, flüsterte sie. »Was tust du hier unten?«

»Was tust *du* hier unten?«, fauchte ich und kam mir sofort wie ein Ungeheuer vor, als sie mich betreten ansah.

»Ich konnte nicht schlafen«, sagte sie niedergeschlagen. »Ich habe mir wegen Hockey Sorgen gemacht. Und dann habe ich gesehen, wie du aufstehst, also bi-bin ich dir gefolgt.«

»Du bist mir gefolgt? Ich hätte doch genauso gut zur Toilette gehen können!«

»Ja, aber ...« Sie sah verlegen aus. »Ich hätte schwören können, dass ich letztens in der Nacht gesehen habe, wie du deinen Ballettanzug angezogen hast.« Plötzlich leuchteten ihre Augen auf. »Davon abgesehen bist du ja nicht zur Toilette gegangen, oder? Du bist hier heruntergekommen und hast den ganzen Speisesaal durchsucht. Und jetzt bist du wütend auf die Küchentür! Scarlet, was geht hier vor?«

Ich verbarg mein Gesicht in den Händen. Ich hatte Ariadnes Neugier auf jeden Fall unterschätzt. Und was viel schlimmer war, mir waren die Vorwände ausgegangen.

»Nun, was ist?«, sagte Ariadne. »Du kannst es mir erzählen. Ich bin doch deine Freundin, oder nicht?«

»Natürlich«, erwiderte ich. Zumindest hoffte ich das. Ich war nicht davon überzeugt, dass sie es gleich auch noch sein würde. Konnte ich ihr vertrauen?

Ich ging zu einem Stuhl und setzte mich ins Mondlicht. »Dafür solltest du dich besser setzen.«

Ariadne folgte mir und nahm sich einen Stuhl. »Nun gut.«

Ich holte tief Luft. »Ich bin nicht Scarlet.«

»Was?« Auf ihrem Gesicht zeichnete sich Verwirrung ab. Das würde nicht einfach werden. Auf der Suche nach einer Eingebung starrte ich hinauf zu den Lampen, die von der Decke baumelten.

»Ich bin nicht Scarlet. Die Wahrheit ist ... Scarlet ist ... war meine Zwillingsschwester. Ich heiße Ivy.«

»Einen Moment, was? Was ist denn mit Scarlet passiert? Und warum gibst du dich für sie aus?«

»Scarlet ist von uns gegangen. Sie ist voriges Jahr hier in Rookwood gestorben. Und Miss Fox hat mich gezwungen, mich seit Beginn dieses Schuljahres für sie auszugeben. Warum, weiß ich nicht, aber ...«

Plötzlich wurde mir deutlich bewusst, wie gewaltig das alles war, und es drohte mich zu überwältigen. In was für ein Spiel war ich da hineingeraten? Ich hatte stets von ganzem Herzen geglaubt, was man mir gesagt hatte: dass Scarlet an einer plötzlich aufgetretenen Grippe gestorben war und niemand etwas dagegen hatte tun können. Daran hatte ich mich geklammert. Aber alles daran fühlte sich falsch an. Und wenn etwas viel, viel Teuflischeres vor sich ging?

Meine Stimme brach. »Ich glaube, hier hat sich in Wirklichkeit etwas Schlimmes, etwas richtig Schlimmes abgespielt. Aber ich habe nicht die geringste Ahnung, was.«

Ariadnes Miene fiel in sich zusammen. »Die echte Scarlet

ist tot? Ach du meine Güte, das tut mir ja so leid ... Ich kann gar nicht sagen ...«

Mein Magen verkrampfte sich, aber ich brachte ein Nicken zustande.

»Und man zwingt dich dazu, sich für sie auszugeben? Das ist einfach falsch, das ist ...«

»Ja.« Ich verzog das Gesicht. »Ich hatte keine Wahl. Und jetzt bin ich in das alles verstrickt und ich muss die Wahrheit erfahren.« Mir kam ein Gedanke – er war so schrecklich, dass es mich meine ganze Kraft kostete, um ihn nicht wieder zu verdrängen. »Was ist ... Was ist, wenn sie ermordet wurde, Ariadne? *Meine Zwillingsschwester!*«

Ariadne schwieg, in ihren weit aufgerissenen Augen stand die Angst. Nach einer Weile sagte sie: »Es tut mir so leid ... das ist schrecklich. Aber warum willst du mitten in der Nacht in die Küche einbrechen?«

Ich blinzelte meine Tränen weg und endlich sprudelte die Wahrheit aus mir heraus. »Ich muss ihr Tagebuch finden. Sie hat mir Teile davon in der ganzen Schule hinterlassen, mit Hinweisen. Zumindest teilweise waren es Hinweise. Aber hier bin ich mir nicht so sicher. Da stand nur etwas darüber, hungrig zu sein.«

»Du hast deinen Ring in Wirklichkeit gar nicht verloren«, sagte Ariadne scharfsinnig.

»Nein. Es tut mir leid, dass ich dich angelogen habe. Ich bin die schlechteste Freundin aller Zeiten.« Ich ließ den Kopf hängen.

»Ist das dein Ernst?«

»Was?« Ich schaute auf.

»Das ist ja so aufregend!« Ariadne sprang auf die Füße. Ihre Miene war plötzlich lebendig. »Ein richtiges Rätsel! Ich wer-

de dir helfen, Scarlet. Ich meine, Ivy. Wir lösen es gemeinsam!«

Ich war erstaunt. »Bist du mir nicht böse? Ich habe dich getäuscht. Ich täusche jeden.«

»Das ist doch egal. Jetzt hast du mir die Wahrheit verraten und mir verrät *nie* irgendjemand die Wahrheit.« Sie zog mich vom Stuhl hoch. »Ich habe Scarlet nicht gekannt, also bist du noch immer dieselbe Person, soweit es mich betrifft, nur mit einem anderen Namen. Wir finden heraus, was mit deiner Schwester geschehen ist. Das verspreche ich!«

»Danke«, flüsterte ich. »Also gut. Tun wir es. Aber wir müssen es einen Schritt nach dem anderen angehen. Wie kommen wir durch die Küchentür?«

Ariadne ging zur Tür und probierte die Klinke. Natürlich brachte das keinen Erfolg.

Aber dann kniete sie sich davor nieder und spähte in das Schloss. »Das kann ich knacken.«

»Entschuldigung?« Jetzt war ich an der Reihe verwirrt zu sein.

Sie zog ein paar Haarnadeln vom Kopf und schob sie in das Schloss, wo sie sie verbog. Es klickte deutlich hörbar.

Ariadne stand auf und öffnete die Tür. Ich konnte sie nur anstarren.

Sie zuckte mit den Schultern und steckte die Haarnadeln zurück. »Meine Gouvernante hat mich immer in den Wäscheschrank gesperrt, wenn ich meine Rechenaufgaben nicht gemacht habe. Aber ich war einfallsreich!«

Die Küchenfenster waren klein, darum war es hier dunkler als im Speisesaal. Aber auf einem Regal neben der Tür lagen ein Streichholzbriefchen und ein Stapel Kerzen. Ich zündete eine an und das flackernde Licht schenkte mir einen ersten Blick auf die Küche von Rookwood.

Dort stand ein großer schwarzer Eisenherd, umgeben von vielen Arbeitsflächen und Schränkchen mit Schubladen, außerdem war da ein brandneuer Kühlschrank und eine tiefe Keramikspüle. In der Mitte des Raumes nahm ein gewaltiger Holztisch viel Platz ein. Von der Decke hingen Fleischerhaken, auf denen (glücklicherweise!) zurzeit kein Fleisch aufgespießt war.

In einer Ecke befand sich ein Speisenaufzug: ein großer, eindrucksvoller, in die Wand eingebauter Holzkasten mit einer Winde, mit der man ihn nach oben und unten schicken konnte. Ein ähnliches Modell hatte ich mal in Bramley Hollow Manor gesehen, im Dorf meiner Tante.

»Wo sollen wir zuerst suchen?«, flüsterte Ariadne. Sie hatte ebenfalls eine Kerze entzündet und hielt sie vor sich. Ihr Gesicht glühte in der Dunkelheit.

»Ich bin mir nicht sicher. Vielleicht in den Schubladen?«

Wie sich herausstellte, ist es außerordentlich schwierig, Schubladen leise zu öffnen – besonders, wenn sie voller Besteck und Küchenutensilien sind. Ariadne und ich gingen den ganzen Raum ab und zogen jede Schublade, so vorsichtig, wie wir konnten, auf.

»Vergiss die Unterseiten nicht«, sagte ich und wand meinen Arm umständlich hinein, um die darüberliegende Schublade abzutasten.

»Au!«

»Was ist?«

»Ein Messer.«

»Oh.«

Die Suche erwies sich als fruchtlos. Tatsächlich handelte es sich im Allgemeinen um eine ziemlich fruchtlose Küche. Das einzige vegetarische Produkt, das mir bis jetzt begegnet war, war ein vor sich hinwelkender Kopfsalat.

»Die Unterschränke?«, fragte Ariadne. Ich nickte und ging auf die Knie.

Der erste Schrank, den ich öffnete, war mit Tellern unterschiedlichster Größe gefüllt. Ich hielt die Kerze möglichst nahe heran und versuchte einen guten Blick ins Innere zu werfen. Es gab nichts Offensichtliches zu sehen, also tastete ich die Ecken ab, um mich zu vergewissern.

Ariadne tat das Gleiche in dem Schrank zu meiner Linken, der mit Einmachgläsern gefüllt war. Ihre Aufregung schien sich langsam in Sorge zu verwandeln.

»Was geschieht eigentlich, falls man uns erwischt, Scarlet, äh, Ivy? Was wird Miss Fox mit uns machen?«

»Uns mit dem Rohrstock fürs Stehlen bestrafen, nehme ich an.« Die Vorstellung ließ mich erzittern.

»Aber wir stehlen doch gar nichts. Wir suchen nach Tagebuchseiten.«

»Aber das werden wir Miss Fox nicht auf die Nase binden! Wenn sie uns erwischt, werden wir ihr sagen, dass wir uns etwas zu essen geholt haben. Für ein Mitternachtsfest. Möglicherweise glaubt sie das ja.«

»In Ordnung«, sagte Ariadne. Ihre Miene war noch immer ernst. »Ich will aber nicht mit dem Rohrstock geschlagen werden«, fügte sie mit piepsiger Mäusestimme hinzu.

Ich stand auf. »Ich werde ihr sagen, dass es meine Schuld ist, dass ich dich zum Mitmachen überredet habe. Das wird sie *auf jeden Fall* glauben.«

Ariadne nickte und spähte dann zwischen die Einmachgläser. »Oh! Ich glaube, ich habe etwas gefunden.«

»Was ist es denn?«, zischte ich und war mit einem Satz an ihrer Seite. Ich streckte die Kerze vor, um zu sehen, was sie meinte. »Papier?«

»Ja! Aber ... Und nein.« Sie zog die Hand aus dem Schrank. Ein weißes Rechteck klebte daran. »Fliegenpapier.« Sie verzog das Gesicht.

Ich wusste nicht, ob ich lachen oder weinen sollte. »So ein Mist.« Frustriert stieß ich mir die Hand an der Schranktür.

Ariadne fuchtelte herum, um das Fliegenpapier loszuwerden. Ein paar unglückliche Fliegen klebten ebenfalls daran. »Igitt.«

Uns gingen die Orte für eine Suche aus und Verzweiflung machte sich in mir breit. Hastig ging ich die restlichen Schränke durch. Sie waren mit den üblichen Küchendingen gefüllt, Vorräte, Waagen, Nudelhölzer, Backformen. Für einen Ort, der nur Eintöpfe und Porridge zu produzieren schien, war das eine ziemlich umfassende Ausstattung.

Ariadne war noch immer mit dem Fliegenpapier beschäftigt. Sie hatte nicht einmal die Kerze abgestellt. »Hör mal, das musst du anderswo festkleben, sonst wirst du es nicht los«, sagte ich und sprach aus Erfahrung. Das hatte ich den Streichen meiner widerwärtigen Stiefbrüder zu verdanken. »Versuch es am Tisch. Und dann musst du dir die Hände waschen. Ich glaube, da ist Arsen dran.«

Ariadne warf mir einen entsetzten Blick zu und eilte sofort zum Tisch. Dabei gab sie angeekelte Laute von sich. Ich nahm ihr die Kerze ab und blies sie aus. Sie legte die Hand auf den Tisch, das Papier blieb dort kleben. »Puh«, sagte sie.

Da wurde mir klar, dass es noch einen Ort gab, an dem wir nicht gesucht hatten – der große Tisch. Also ging ich wieder auf Hände und Knie. Der Küchenboden war keineswegs sauberer als der im Speisesaal.

»Was machst du da?«, flüsterte Ariadne.

»Ich sehe darunter nach«, hauchte ich. Der Tisch war so riesig und hoch, dass ich bequem den Kopf darunterschieben konnte. Im Licht einer Kerze betrachtete ich das matte, dunkle Holz und suchte nach dem bekannten weißen Rechteck. Und dann entdeckte ich es.

»Bitte, lass es kein Fliegenpapier sein«, murmelte ich und kroch darauf zu.

»Hast du etwas gefunden?«, fragte Ariadne. Ihr Kopf erschien unter der Tischkante. »Hier ist es aber dunkel«, sagte sie unsicher.

Ich zog das Papier ab und entfaltete es.

Da war Scarlets Handschrift! Nur drei Worte und ein Pfeil, der zum Boden zeigte:

Sieh unten nach!

Ich kroch unter dem Tisch hervor und entzündete Ariadnes Kerze an der meinen. »Ich habe das hier gefunden.« Ich streckte ihr das Papier hin.

Sie musterte es sorgfältig. »Sieh unten nach? Wo denn?«

Beide starrten wir den Küchenboden an, als würde er etwas enthüllen. Aber dort war nichts, es gab auch sonst nichts, unter das wir hätten sehen können.

»Hm«, sagte Ariadne. Im Kerzenschein konnte ich beinahe sehen, wie ihr Verstand arbeitete.

»Natürlich muss es nicht zu sehen sein. Und irgendwo

unten … Aha!« Sie schnipste mit den Fingern und grinste mich dann erwartungsvoll an.

»Was?«

»Wir müssen nicht nach unten sehen, wir müssen unten nachsehen.« Sie zeigte nach unten. »Eine Etage tiefer! Unter diesem Raum. Das muss Scarlet damit gemeint haben.«

»Aber ich weiß nicht einmal, wie man nach unten kommt. Oder was sich dort überhaupt befindet.«

Aber Ariadne sah an mir vorbei, und ich folgte ihrem Blick. *Der Speisenaufzug.*

»Nein. Oh nein.« Es war eine Sache, nachts eine Küche zu durchsuchen, aber eine ganz andere, in einem Speisenaufzug in einen tiefen, dunklen Keller zu fahren. »Glaubst du wirklich?«

Ich ging zum Speisenaufzug und öffnete den Riegel der Holztür. Man konnte den Holzkasten und die Seile, an denen er hing, sehen. Ich beugte mich vor und stützte mich in ihn hinein: Er schien zu halten. Auf der Ladefläche war etwas Weißes. Vermutlich Mehl.

»Ich glaube, mit diesem Ding ziehen sie Mehlsäcke nach oben«, flüsterte ich Ariadne zu. »Er sollte mein Gewicht aushalten.« *Sollte.*

Ariadne schluckte. »Ich lasse dich runter.«

Und so kam es, dass ich mich mitten in der Nacht in einem Speisenaufzug wiederfand. Es war unglaublich eng, und das Mehl kitzelte meine Nase, was ein Niesen auszulösen drohte. Ich stieß mit den Ellbogen und den Knien gegen die Seiten, vermutlich verzierte ich gerade meine blauen Flecken mit neuen blauen Flecken.

»Bereit?«, fragte Ariadne.

»Tu es.«

Sie fing an, den Aufzug in die Tiefe zu lassen. Ich konnte das leise Surren der Seile hören, wie sie um ihre Rollen glitten. Ich fuhr nach unten und vor meinen Augen wurde es dunkel.

Schließlich blieb das Ding stehen und ich entfaltete meine Gliedmaßen in einem dunklen Keller. Er war riesig, und die Schatten schlichen auf mich zu. Mit zitternder Hand streckte ich die Kerze vor. Der Steinboden war mit Mehlsäcken vollgestellt, dazu kamen andere Lebensmittel – Fleischkonserven und Suppen, Säcke mit Kartoffeln und Haferflocken.

Doch das war nicht alles. Als ich die Kerze in die Höhe hielt, funkelten mir reihenweise Flaschen dunkel entgegen. So weit das Auge reichte, waren die Wände mit Weinregalen vollgestellt. Zweifellos ein besonderer Vorrat für die Lehrer. Oder handelte es sich um Mr. Bartholomews persönliche Sammlung?

Auf Zehenspitzen huschte ich an den Lebensmittelvorräten vorbei und blieb vor dem ersten Regal stehen. Zunächst fiel mir auf, dass sich unter jeder Flasche eine andere Nummer befand – nein, eine Jahreszahl.

Scarlet hätte etwas von Bedeutung gewählt, davon war ich überzeugt. Ich versuchte es mit unserem Geburtsjahr, 1922, aber die Flasche war mit Wein gefüllt, und hinter ihr befand sich nichts.

Also etwas anderes, vielleicht ein wichtiges Datum? Vielleicht etwas, das mit dem Tagebuch zu tun hatte? Aha! Was war mit dem Jahr, in dem Scarlet nach Rookwood gekommen war?

Ich folgte dem Regal bis zu seinem Ende, aber zu meiner Enttäuschung gab es von 1933 keine Flasche. Das musste zu neu sein. Also musste ich ein Stück zurückgehen. Vaters Geburtstag war durchaus eine Möglichkeit – aber nein, ihn und Scarlet hatte keine Zuneigung verbunden. Aber dann war da unsere Mutter. Wenn ich mich richtig erinnerte, war sie 1899 geboren worden.

Von der Hoffnung angetrieben, dass meine Ahnung stimmte, eilte ich die Jahre entlang. Und da war die Flasche mit der Aufschrift 1899: verstaubt, aber vorhanden. Ich zog sie hervor und – ja! Ich wollte mein Glück kaum glauben. Der Wein war ausgeleert worden, stattdessen hatte jemand Seiten hineingeschoben – einen ganzen Stapel. »Ein guter Jahrgang«, flüsterte ich.

Da ja Ariadne allein oben wartete, eilte ich mit der Weinflasche schnell zum Speisenaufzug zurück. Ich kletterte hinein und klopfte an die Decke.

Einen Augenblick lang geschah nichts, aber dann ruckte das Ding, sodass ich um ein Haar die Flasche fallen gelassen hätte. Ich drückte sie an die Brust, während der Aufzug den Schacht hinaufschlich.

Oben begrüßte mich Ariadnes besorgtes Gesicht. »Hast du etwas gefunden?«

Ich stieg aus, dann nickte ich atemlos und streckte ihr die Flasche entgegen.

Sie stieß ein deutlich hörbares Keuchen aus. »Eine Flaschenpost! Wie aufregend!«

Ich zog den Korken heraus. Es machte laut Plopp. Ich schüttelte die Seiten heraus und verbarg die leere Flasche hinten in einem der Unterschränke. »Wir müssen hier raus!«, flüsterte ich.

Wir bliesen die Kerzen aus und legten sie zurück auf den Stapel. Mit etwas Glück würde niemand bemerken, dass sie angezündet worden waren. Aber als wir in den Speisesaal hinauseilten, vernahm ich hinter uns ein Rascheln. Sofort gefolgt von einem lauten Krachen.

Ariadne und ich blickten uns an.

»Lauf!«, rief ich.

16. KAPITEL

So schnell unsere Beine uns trugen, rannten wir durch die Dunkelheit die Treppe hinauf. Wir wollten beide nicht mit dem Rohrstock zusammentreffen.

Die Seiten des Tagebuchs hielt ich noch immer fest umklammert, als wir die Tür von Nummer dreizehn erreichten. Ich stieß sie auf und machte mir nicht einmal Sorgen wegen des Lärms. Ariadne zog sie hinter uns zu und wir beide warfen uns in unsere Betten.

Ich stülpte mir die Decke über den Kopf. Beide waren wir absolut stumm, wagten nicht einmal zu atmen.

Langsam wurde mir klar, dass uns niemand gefolgt war. *Wir waren damit durchgekommen.* In mir stieg ein Lachen auf. Ariadne fiel ein, und ich musste das Gesicht im Kissen begraben, um nicht hysterisch zu werden.

»Das war toll! Wir haben es getan!«, flüsterte sie.

Ich nahm das Kissen vom Gesicht. »Ja, das haben wir«, sagte ich leise. Dann strich ich die Blätter auf der Decke glatt und begann im Flüsterton laut vorzulesen:

Liebes Tagebuch,

ich glaube, Violet hat meine Sachen durchsucht. Als ich nach dem Unterricht zurück ins Zimmer kam, war alles bewegt worden. Kaum merklich, aber es reichte, dass ich den

Unterschied sah. Ich brüllte sie an, aber sie war die personifizierte Unschuld. Sie glaubt, dass in unserem Zimmer alles ihr gehört. Letztens habe ich sie dabei erwischt, wie sie meine Lockenwickler benutzte. Es ist schlimm genug, dass sie meine Tinte und mein Papier klaut, wenn ich nicht hinsehe.

»Wer ist Violet?«, fragte Ariadne.

»Das weiß ich nicht«, erwiderte ich. »Ich kenne sie nur aus dem Tagebuch.«

Offensichtlich ist sie ein ziemlich verwöhntes Balg. Das habe ich ihr auch gesagt. »Du weißt gar nichts über mich«, lautete ihre Antwort. Tatsächlich weiß ich eine ganze Menge. Ich weiß, dass ihr Vater dieser stinkreiche Schiffsmagnat Harold Adams war. Und ich habe auch gehört, dass ihre Eltern an einem dieser großen Bälle auf einem seiner Schiffe teilgenommen haben, als es vor der Küste von Amerika sank, und sie ist jetzt eine Waise. Sie haben ihr einen Riesenhaufen Geld hinterlassen und ihr hat es nie an etwas gefehlt. Das glaube ich gern. Sie besitzt diese schönen Kleider und Schmuck – warum jemand so was in diese Schule mitbringen sollte, werde ich nie begreifen.

»Ich wette, dass Scarlet neidisch war«, erklärte ich. »Wenn sie die Gelegenheit bekommen hat, hat sie überall sofort ausgefallene Kleider und Schmuck getragen.«

Sie erwartet von mir, dass ich alles für sie mache, aber das tue ich nicht. Ich tue es nicht! Und dann wird sie böse auf mich und hackt auf mir herum. »Scarlet, bist du dicker geworden?« »Scarlet, solltest du dich nicht besser kämmen?« »Scarlet, wie genau hast du die Aufnahmeprüfung noch mal geschafft?«

An manchen Tagen lässt sie mich in Ruhe. Sie spricht kein Wort, sondern sitzt nur auf ihrer Seite des Zimmers und brütet vor sich hin. Aber das bereitet mir fast noch größere Sorgen. Ich traue ihr durchaus zu, dass sie mich im Schlaf erstickt.

Ich vermisse Ivy.

Doppelt unterstrichen? Irgendwie überraschte mich das. Auch wenn wir Zwillinge gewesen waren, hatte ich immer das Gefühl gehabt, dass eher ich mich an Scarlet klammerte. Mir war nie der Gedanke gekommen, dass sie mich ebenfalls gebraucht hatte.

Ich hörte ein Schniefen von Ariadne.

Es war nicht das Einzige, das mir ins Auge stach. Sicherlich hatte Scarlet alles nicht so ernst gemeint. Sie hatte immer einen Hang zur Dramatik gehabt – bestimmt war Violet einfach nur ein Schulmädchen gewesen, nur eine weitere Tyrannin, nichts Schlimmeres.

Argwöhnisch strich ich die letzten Seiten glatt.

Liebes Tagebuch,

heute war Violet unerträglich. Du wirst nicht glauben, was sie getan hat. Ich saß an meinem Schreibtisch und machte Schularbeiten und sie stellte eine Tasse mit kochend heißem Wasser auf meine Hand. Ich konnte sie zu Boden werfen, aber meine Hand war verbrüht. Violet ging einfach lachend weg.

Wütend ballte ich die Hand zur Faust. Was für ein schreckliches Mädchen. Arme Scarlet.

Die Krankenschwester ließ sie mich unter kaltes Wasser halten, aber sie glaubte mir nicht, als ich ihr sagte, dass Violet das getan hatte. Das habe ich deutlich gespürt. In Anwesenheit der Lehrer ist das Miststück immer so brav. Ich glaube, sie tut allen leid. Sie kennen sie nicht so wie ich. Und warum haben sie kein Mitleid mit MIR? Ich habe auch Menschen verloren.

Irgendwie musste ich von ihr weg – also wanderte ich in der Schule herum. Und weißt du, was ich gefunden habe? Da ist diese Luke, die aufs Dach führt. Ein paar Stufen führen zu ihr und man kann sie aufstoßen und hinausklettern. Wer sie zuletzt benutzt hat, muss vergessen haben, sie abzusperren.

Natürlich bin ich hinausgeklettert. Wer hätte das nicht getan? Dort ist ein flaches Stück Dach, um das herum die Dachziegel schräg in die Höhe steigen. Ich hab es mir zwischen den Schornsteinen bequem gemacht und den Himmel betrachtet. Schwalben flogen um meinen Kopf herum und Wolken trieben langsam vorbei. Es war wunderschön und kalt, aber am wichtigsten dabei war, dass keine Seele in meiner Nähe war. Ich blieb dort, bis die Sonne hinter den Horizont versank und ich so sehr zitterte, dass ich wieder zurück ins Haus musste.

Das ist jetzt mein geheimer Ort. Als ich zurückkam, war Violet bereits im Bett und schlief fest. Zumindest habe ich etwas, das sie nicht hat. Das kann sie mir nicht wegnehmen.

Ich lächelte schwach. Wenigstens hatte Scarlet auf Rookwood eine Art Zuflucht gefunden. »Ich frage mich, ob wir dort raufkönnen? Auf das Dach?«, fragte ich Ariadne.

Sie gähnte. »Vielleicht, ja.«

Mit angehaltenem Atem drehte ich die Seite um – und in der Tat stand dort noch etwas anderes geschrieben.

Es war ganz einfach: Halte Ausschau nach der Nummer eins.

»Dort steht: Halte Ausschau nach der Nummer eins.«

»Zahlen«, murmelte sie. »Oder eine Metapher ... oder so.«

Ich war entzückt, den nächsten Hinweis zu haben, aber plötzlich fühlten sich meine Lider unerträglich schwer an, und ich konnte ein Gähnen nicht unterdrücken. »Lass uns morgen weitersuchen. Und ... Ariadne?«

»Hm?«

»Danke. Dass du noch meine Freundin bist.«

In der Dunkelheit konnte ich ihr Lächeln nicht sehen, aber ich konnte förmlich spüren, wie sie strahlte. Und es dauerte nicht lang, bis wir beide eingeschlafen waren.

Voller Panik wachte ich auf. Wo waren die Tagebuchseiten?

Ich sprang aus dem Bett und durchsuchte es hektisch, nur um sie zerknüllt in einer Ecke zu finden. Erleichtert drückte ich sie mir an die Brust. Ich musste wirklich vorsichtiger sein.

Ariadne starrte mich von ihrem Bett her an. »Versteckst du sie immer?«

»Oh ja«, sagte ich ernst. »Vergiss nicht, davon darf niemand etwas erfahren. Niemand.«

»Natürlich.« Ariadne tat so, als würde sie sich den Mund zunähen.

Ich schob mich unters Bett und griff nach dem Loch in der

Matratze. Das kleine, in Leder gebundene Buch fiel in meine Hand. Sanft legte ich die neuesten Seiten hinein. Hätte es doch nur eine Möglichkeit gegeben, sie wieder richtig zusammenzufügen.

Ariadne setzte sich auf. »Darf ich es mir ansehen?«

Ich gab es ihr. Sie strich über die Buchstaben auf dem Einband. Zu sehen, wie jemand anderes das Tagebuch hielt, fühlte sich so seltsam an. Aber irgendwie erschien es richtig. Ariadne war eine wahre Freundin, davon war ich überzeugt.

Ich wartete darauf, dass sie das Buch aufschlug und die Mitteilungen las, die Scarlet mir hinterlassen hatte. Stattdessen hielt sie es nur andächtig in den Händen, dann gab sie es mir zurück.

Dieses eine Mal schien das Glück auf meiner Seite zu sein.

Jedenfalls bis wir nach unten zum Frühstück gingen und die Hölle losbrach.

17. KAPITEL

»RUHE!«, brüllte Miss Fox. Sie donnerte ihren Stock mit Macht auf den nächsten Tisch. »Ich will Ruhe haben, oder niemand bekommt auch nur einen Bissen!«

Ariadne und ich tauschten einen furchterfüllten Blick, während wir uns setzten.

Der Lärm im Speisesaal verwandelte sich in eine unbehagliche Stille.

»Irgendjemand«, sagte Miss Fox und machte eine Pause, um alle einzeln anzustarren, »ist letzte Nacht in die Küche eingebrochen. Heute Morgen fand man die Tür unversperrt und auf dem Boden lagen überall Kerzen und Töpfe herum.«

Mir schoss das Blut ins Gesicht. Ich hatte das Gefühl, die Worte ICH WAR'S wären auf meine Stirn tätowiert. Verzweifelt bemühte ich mich, an etwas anderes zu denken, etwas Unschuldiges. *Junge Katzen. Flauschige Häschen. Hübsche Stickereien.*

»Die Übeltäterin hat alle Schränke durchsucht. Also wer von Ihnen war es, hm? Wer von Ihnen hielt es für akzeptabel, die Regeln in MEINER Schule zu brechen?«

Sie fing an, die Tische entlangzugehen.

»Nach Beginn der Nachtruhe verlässt NIEMAND sein Zimmer, haben das alle verstanden? Wenn jemand zur Toilette muss, kann das bis zum Morgen warten. Ich werde dafür sorgen, dass alle in ihren Betten bleiben, ist das klar?«

Ich hörte das Sausen ihres Stocks, als sie hinter mir vorbeiging. *Oh nein, oh nein …*

Und dann schlug sie mit ihren Händen auf unseren Tisch.

»Ich sagte, IST DAS KLAR, Miss Winchester?«

Ich griff mir an die Brust, überzeugt davon, einen Herzinfarkt zu haben.

Penny schaute auf. Aus ihrem Gesicht war jede Farbe gewichen. »Ja, Miss«, murmelte sie.

»Möchten Sie der Schule etwas mitteilen? Denn es muss wichtig gewesen sein, wenn Sie das Bedürfnis hatten, es zu sagen, während ich über eine sehr ernste Angelegenheit gesprochen habe.«

Pennys Augen waren weit aufgerissen. »Es war nichts«, protestierte sie. »Wir haben uns nur gefragt, wer das getan haben könnte. Das ist alles.«

»Sind Sie sicher, dass nicht *Sie* es waren, Miss Winchester?«, zischte Miss Fox und zerrte Penny am Ärmel ihres Kleides in die Höhe. »Haben Sie es vielleicht gerade Ihren kleinen Freundinnen gestanden?«

Penny schüttelte heftig den Kopf. Sie sah aus, als würde sie gleich keine Luft mehr bekommen. Nadia und Josephine blickten sofort in die andere Richtung.

Miss Fox blieb einfach einen Augenblick lang dort stehen, ohne ein Wort zu sagen, bevor sie Penny sanft wieder auf ihren Stuhl drückte. »Vielleicht können Sie ja während Ihrer Mittagspause weiter darüber rätseln – die Sie in meinem Büro verbringen werden. Ich glaube, fünfzigmal der Satz ›Ich werde nicht sprechen, während eine Respektsperson redet‹ in Schönschrift dürfte reichen. Verstanden?«

»Ja«, flüsterte Penny.

»WIE WAR DAS?«

»Ja, Miss!«

»Schon besser.« Die Füchsin wandte sich wieder dem ganzen Saal zu. »Sie dürfen mit dem Frühstück fortfahren, aber ich hoffe, dass alle genau zugehört haben. Bleiben Sie nachts in Ihren Betten, oder Sie werden die Konsequenzen spüren.«

»Ja, Miss Fox«, sagten wir alle wie aus einem Mund. Ich starrte mein Messer und meine Gabel an und war entschlossen, mich nicht verdächtig zu benehmen. Ariadne griff unter dem Tisch nach meiner Hand und drückte sie sanft.

Was sollten wir jetzt nur tun? Falls Miss Fox nun jede Nacht durch die Gänge patrouillierte …

Wir waren so dumm gewesen, nicht hinter uns aufzuräumen und die Tür wieder zu verschließen. Ganz zu schweigen davon, dass unsere Tat Penny in Schwierigkeiten gebracht hatte. Sie tat mir fast leid.

Fast.

Im Biologieunterricht stützte ich den Kopf in beide Hände. Meine Gefühle waren völlig durcheinander. Gerade, als die Dinge vielversprechend ausgesehen hatten, war alles wieder zusammengebrochen. Und das sogar buchstäblich.

Unsere Biologielehrerin hieß Mrs. Caulfield. Sie schrieb den Namen immer oben an die Tafel, was mir sehr half. Allerdings weiß ich nicht, was die anderen davon hatten, falls sie nicht schrecklich vergesslich waren.

»Heute lernen wir etwas über Anatomie«, verkündete sie. »Schlagen Sie bitte die Bücher auf Seite zweiundsiebzig auf.«

Mrs. Caulfield hatte uns dicke rote Bücher mit dem Titel »Anatomie des menschlichen Körpers« ausgeteilt. Direkt darunter war ein fröhlich aussehender Totenschädel abgebildet. Wie aufmunternd.

»Ich bin gleich wieder da«, sagte Mrs. Caulfield. Sie war eine weißhaarige Frau, die mich ein bisschen an eine Babyeule erinnerte. »Ich hole Wilhelmina.« Sie verschwand in der Abstellkammer an der Vorderseite des Raumes.

Ich warf Ariadne einen Blick zu, die ein paar Plätze von mir entfernt saß. »Wen?«, formte ich lautlos mit den Lippen.

Ariadne zuckte mit den Schultern und sah genauso verwirrt aus, wie ich mich fühlte. Es war eine Erleichterung, nicht mehr so tun zu müssen, als wüsste ich, was hier geschah.

Augenblicke später kehrte Mrs. Caulfield zurück. Hinter sich her rollte sie ein Skelett. Das Ding grinste mich an, genau wie der Totenschädel auf dem Buchumschlag vor mir.

Wie schrecklich! Mrs. Caulfield nahm den Arm des Skeletts und winkte spöttisch damit. »Sagt Hallo zu Wilhelmina, Klasse. Sie hilft mir seit vielen Jahren beim Anatomieunterricht.«

Etwa die halbe Klasse erwiderte Wilhelminas Gruß. Die andere Hälfte, mich eingeschlossen, starrte sie nur entsetzt an.

»An der Größe erkennen Sie, dass Wilhelmina ein junges Mädchen war«, fuhr Mrs. Caulfield fort. »Tatsächlich war sie eine Ihrer Mitschülerinnen, die ihre Knochen der Schule gespendet hat. Da haben wir richtig Glück gehabt, nicht wahr?«

Du meine Güte. Ich hatte Angst, mir würde gleich übel werden.

»Der menschliche Körper hat zweihundertundsechs Knochen. Von den Zehen« – sie bückte sich und zeigte auf die Füße des armen toten Mädchens – »bis zum Schädel.« Sie schien eine Ewigkeit zu brauchen, um sich wiederaufzurichten. »Und jemand hat praktischerweise hier ein kleines Scharnier angebracht …«

Sie legte einen Hebel um und klappte den Schädel auf.

Ich konnte das keinen Augenblick länger ertragen. Ich rannte aus dem Klassenzimmer und ließ mich draußen neben der Tür zu Boden sinken. Mein Herzschlag dröhnte in meinem Schädel. Ich versuchte aus dem Fenster zu starren und an etwas anderes zu denken, aber es war sinnlos.

Scarlet, dachte ich. *Von Scarlet werden nur noch Knochen übrig bleiben.*

Tränen strömten mir das Gesicht hinunter. Ich konnte nicht aufhören, mir Skelette, Särge und Gräber vorzustellen. All die finsteren Dinge, bei denen ich mich so sehr bemühte, sie aus meinem Kopf zu verbannen.

Ich saß da und schluchzte in meine Arme, bis ich eine Hand auf der Schulter spürte.

»Mrs. Caulfield hat mich geschickt, um nach dir zu sehen«, sagte Ariadne sanft.

Mit dem Ärmel wischte ich mir die Wangen ab. »Ach, Ariadne.« Ich schlug mir die Faust gegen die Stirn. »Ich soll mich so normal wie möglich verhalten. Aber wie kann ich das, wenn nichts an dieser ganzen Angelegenheit normal ist?«

Sie blickte mich an.

Ich seufzte tief. »Ich habe mich wieder benommen wie eine Verrückte, nicht wahr?«

»War es das Skelett?«, fragte sie sanft.

»Ja. Das war so unheimlich, weißt du …« Ich warf Ariadne einen bedeutungsvollen Blick zu und hoffte, dass sie begreifen würde, was ich meinte.

Ariadne nickte, ihre freundlichen Augen funkelten verständnisvoll. Am liebsten hätte ich sie umarmt.

»Wir finden heraus, was mit Scarlet passiert ist«, flüsterte sie, während sie mir auf die Beine half. »Das verspreche ich.«

Ich brachte ein schwaches Lächeln zustande. Ein Blick durch das kleine Türfenster in den Biologieraum zeigte mir, wie Mrs. Caulfield mit einem Lineal auf verschiedene Teile des Skeletts zeigte. *Einfach nur atmen,* erinnerte ich mich. *Das ist genauso, als würde man ein Bild im Schulbuch ansehen.* Und ich ging, gefolgt von Ariadne, zurück in die Klasse.

Ich war zutiefst erleichtert, als der Biologieunterricht vorbei war und ich mich von Wilhelmina verabschieden konnte. Das alles hatte mich so beschäftigt, dass ich den Ballettunterricht nach dem Mittagessen fast vergessen hatte. Es war eine Erleichterung für mich, dass ich als Nächstes dorthin gehen konnte. Abgesehen von Ariadne schien Miss Finch auf Rookwood die einzige Person zu sein, der etwas an mir lag.

Ich traf als Erste ein.

»Guten Tag, Scarlet«, sagte Miss Finch und machte einen Knicks.

Ich tat es ihr nach. »Guten Tag«, erwiderte ich.

»Haben Sie weitere nächtliche Ausflüge gemacht?«, fragte sie in einem vorgetäuschten Flüstern.

»Oh nein, das würde mir nicht im Traum einfallen.«

»Natürlich nicht.« Sie lächelte mich an. Hatte sie von dem Vorfall in der Küche gehört? Vermutlich. Miss Fox hatte ja so laut gebrüllt, dass es die ganze Schule hören konnte.

Schritte kamen die Treppe hinuntergepoltert – der Rest der Klasse traf ein.

Miss Finch fing an, auf dem Klavier zu spielen. Es war eine schöne, trällernde Melodie, die sämtliche Verstimmung von mir abzuspülen schien. Wie benommen stand ich da und hörte zu, ließ die Töne durch mich hindurchrieseln.

Bis Josephine mich in die Schulter kniff. »Aufwachen, Scarlet!«, zischte sie.

Zu meiner Überraschung bemerkte es Miss Finch und hörte auf zu spielen. »Miss Wilcox, bitte behalten Sie Ihre Finger bei sich.«

Josephine schnitt mir eine Grimasse und ging weiter.

Wir arbeiteten uns durch die übliche Ballettroutine. Aber als wir zum *Allegro* kamen, sagte Miss Finch: »Ich glaube, die Damen sind für etwas Fortgeschritteneres bereit, nicht wahr? Ich will sehen, wer einen *grand jeté* perfekt hinbekommt. Und ich meine perfekt. Ihre Beine sollten eine exakte, gerade Linie bilden, einen Winkel von hundertachtzig Grad. Kommen Sie!« Sie klatschte in die Hände. »Lassen Sie uns sehen, was Sie können.«

Wir stellten uns an der Seite auf, während Miss Finch eine ganz simple Melodie spielte. »Eine nach der anderen bitte.«

Ein zierliches, blondes Mädchen versuchte es zuerst, tanzte durch den Raum und sprang in die Luft.

»Wunderbar, Margaret«, sagte Miss Finch. »Aber achten Sie auf Ihr hinteres Bein, es zieht etwas nach.«

Ein paar weitere Mädchen folgten, von denen keines den perfekten Winkel schaffte, aber es waren akzeptable Leistungen. Dann war Nadia an der Reihe.

Ihr *grand jeté* war gut – ihre Auswärtsdrehung genau richtig, die Höhe perfekt. Sie schenkte uns allen ein selbstzufriedenes Lächeln, als sie fertig war.

»Nun, Sie sind ganz dicht dran, Nadia«, sagte Miss Finch. »Aber Ihre Bewegungen sind zu mechanisch. Sie müssen anmutiger werden. Mehr Leidenschaft.«

Die Selbstzufriedenheit schmolz förmlich von Nadias Gesicht. Spitz sagte sie: »Warum machen Sie es uns dann nicht vor, Miss?«

Alle keuchten auf. Uns war bewusst, dass niemand so respektlos mit einer Lehrerin sprechen sollte.

Miss Finch stand langsam auf. »Ich glaube, Sie alle wissen, dass ich das nicht kann.« Ruhig zeigte sie auf ihr verkrüppeltes Bein. »Einfache Dinge kann ich Ihnen demonstrieren. Aber ein *grand jeté* liegt außerhalb meiner Möglichkeiten.«

»Und warum unterrichten Sie uns dann?«

Miss Finch sah aus, als hätte man sie geohrfeigt. Ihre Wangen liefen rot an, Tränen funkelten in ihren Augen. Ihre Lippen bewegten sich stumm.

Die alte Ivy hätte sich nicht eingemischt. Sie hätte versucht, mit dem Hintergrund zu verschmelzen, und den Konflikt gemieden. Aber eines wusste ich mit Sicherheit – Scarlet hätte niemals tatenlos zugesehen.

Ich trat vor. »Lass Miss Finch in Ruhe, Nadia.«

Nadia wandte sich mir mit verschränkten Armen zu. Die Augen unter den langen Wimpern funkelten böse. »Warum, Scarlet? Wenn sie nicht richtig tanzen kann, kann sie auch nicht unterrichten, oder?«

»Natürlich kann sie das. Vielleicht hast du auch einfach nicht richtig aufgepasst?« Instinktiv stieß ich sie gegen die Brust.

»Fass mich nicht an!« Sie hob einen Arm und ich duckte mich in Erwartung eines Schlages.

»Meine Damen, es reicht«, sagte Miss Finch. »Genug!«

Ich wich vor Nadia zurück, die mich immer noch böse anstarrte.

»Nadia, ich will, dass Sie mein Studio sofort verlassen.

Schreiben Sie mir eine Entschuldigung, oder ich schicke Sie zu Miss Fox. Sie können zurückkommen, wenn Sie bereit sind, Ihren Unterricht ernst zu nehmen.«

Nadia fing an zu protestieren, aber Miss Finch sah sie streng an. Mit einem übertriebenen Seufzen ließ das Mädchen die Arme fallen und stürmte dann aus dem Raum.

Stille trat ein. Niemand von uns traute sich ein Wort zu sagen.

»Ich mache es«, sagte ich plötzlich. »Ich meine den *grand jeté*. Ich zeige Ihnen, was ich gelernt habe.«

Miss Finch nickte und ihr Lächeln kehrte langsam zurück. »Bitte.«

Ich war nervös, aber vielleicht hatte mir mein nächtliches Üben gut getan. Ich tanzte durch den Raum und bemühte mich, beim Sprung alles richtig zu machen. Ich glaubte sogar, meine Beine schnappen zu hören, als sie in den Spagat flogen.

Erleichterung durchströmte mich, als ich die Spiegel auf der anderen Seite erreichte. Ich drehte mich um und sah, dass Miss Finch leise klatschte. »Eine sehr lobenswerte Leistung, Scarlet. Sie haben die Höhe noch nicht ganz erreicht, aber Sie haben die Leidenschaft. Und Ihre Auswärtsdrehung war perfekt.«

Sie wandte sich wieder den anderen Mädchen zu. »Die Nächste, bitte!«

18. KAPITEL

»Ich habe über das Tagebuch nachgedacht«, sagte Ariadne, ohne aufzusehen.

Es war Abend. Nach einem weiteren unbefriedigenden Essen und einem lauwarmen Bad war ich mit einem um das feuchte Haar gewickelten Handtuch in unser Zimmer zurückgekehrt. Meine Freundin saß oben auf ihrem perfekt gemachten Bett, kaute auf einem Bleistift herum und balancierte ein geöffnetes Übungsheft auf dem Schoß.

Schnell schloss ich die Tür hinter mir. »Vorsicht! Du kannst nie wissen, wer in der Nähe herumlungert.«

»Ups!« Ariadne riss die Augen auf. »Tut mir leid. Ich habe nicht nachgedacht.«

Ich lächelte sie an und setzte mich an den Ankleidetisch. »Schon gut. Also, du hast eine Idee gehabt?«

»Gewissermaßen. Vielleicht. Eher eine Frage.«

Ich saß eine Minute lang da und wartete darauf, dass sich Ariadnes Gehirn entknotete. Die Seite, auf der sie schrieb, war mit Kritzeleien übersät.

»Wir suchen nach einer Sache mit der Nummer eins, richtig? Das könnte also alles sein, von dem es mehr als nur ein Exemplar gibt.«

Ich blickte mein Spiegelbild im Spiegel des Ankleidetisches an; mein Zwilling starrte zurück. Beinahe erschien es mir unglaublich, dass Scarlet schlau genug gewesen war, sich diese ganze Sache einfallen zu lassen. Dann fühlte ich mich bei dem Gedanken schuldig und strich ihn. Ich sollte nicht so abfällig über meine Schwester denken. Schließlich war ich es gewesen, die die Aufnahmeprüfung nicht geschafft hatte. »Ihr Wahnsinn hat für gewöhnlich Methode. Vielleicht ist es etwas, das nummeriert ist.«

Ariadne hielt inne und griff ihren Stift fester. »Äh ... Ställe. Nein, einen Stall hatten wir schon. Zimmer. Büroschränke.« Plötzlich schrie sie leise auf. »Spinde!«

Ihr Bleistift brach in zwei Teile. Verblüfft starrte sie ihn an, als verstünde sie nicht, wie das passiert war, dann richtete sie den Blick wieder auf mich. »Jeder Spind hat eine Nummer. Wo gibt es Spinde?«

Ich dachte darüber nach, während Ariadne etwas mit dem Bleistiftstummel niederschrieb.

Der Umkleideraum vor der Sporthalle.

Der beim Swimmingpool.

Möglicherweise gab es welche im Lehrerzimmer ...

Und so weiter.

Aber nein, nicht das Lehrerzimmer. Ich war mir ziemlich sicher, dass Scarlet eine streng geheime Tagebuchseite nicht im Lehrerzimmer versteckt hätte. *So blöd* war sie nun auch nicht.

»Die Sporthalle und der Swimmingpool«, sagte ich.

Ariadne nickte und klatschte begeistert in die Hände, bevor ihr klar wurde, dass das vielleicht etwas übertrieben war. »Entschuldige.«

»Vergiss es. Und ... vielen Dank, Ariadne. Für deine Hilfe.«

»Kein Problem. Ach, ich liebe Rätsel!«

Als die Glocke am nächsten Tag das Unterrichtsende verkündete, begaben sich Ariadne und ich zur Sporthalle. Es war drei Uhr und überall eilten Mädchen durch die Korridore.

Bis jetzt war ich noch nicht im Umkleideraum gewesen. Man betrat ihn durch eine Flügeltür rechts von der Sporthalle und er schien sich nicht sehr von dem beim Swimmingpool zu unterscheiden. Es gab Holzbänke und Kleiderhaken. Es roch nach Schweiß und Schuhpolitur.

Ariadne blickte sich um. »Es ist niemand hier«, flüsterte sie.

»Warum flüsterst du dann?«

»Oh«, sagte sie etwas lauter. »Gutes Argument.«

»Schließlich sind wir nur hier, um deine Socken zu suchen.« Ich blinzelte ihr zu.

»Natürlich!« Wir hatten uns darauf geeinigt, dass wir diesmal nach Ariadnes Hockeysocken »suchten«.

Ein kleiner Torbogen in der Ecke führte zu den Duschen. Aus einer davon tropfte es beständig auf die weißen Fliesen. Die Spinde standen in der Nähe und bildeten eine lange Reihe aus silbrigem Metall. Sie sahen aus, als stammten sie aus einer Militärkaserne.

Ich suchte mir einen Weg zwischen den Bänken hindurch und blieb vor den Spinden stehen. Jeder von ihnen trug eine schwarze Zahl.

Ariadne trat neben mich. »Nummer eins.« Sie zeigte auf den Spind ganz links.

Eilig hastete ich zu ihm und sah erleichtert, dass ein kleiner Schlüssel im Schloss steckte. Ich drehte ihn um und die Tür öffnete sich.

Der Spind war leer.

Ich runzelte die Stirn. Das musste kein schlechtes Zeichen

sein. Ich tastete darin herum, das Metall unter meinen Fingern fühlte sich kühl an.

Ariadne schaute mir über die Schulter. »Vielleicht gibt es ja ein Geheimfach.«

Ich schüttelte den Kopf. »Das glaube ich weniger. In der Regel brauchen Spinde keine Geheimfächer.« Aber ich sah trotzdem nach, drückte gegen die Rückwand und gegen beide Seiten. Es brachte nichts.

»Das ist blöd«, sagte Ariadne. »Sollen wir zum Swimmingpool gehen? Oder willst du hier alle überprüfen?«

»Eigentlich nicht. Das sollten wir uns als letzte Möglichkeit aufheben.«

Der Himmel draußen war eisengrau, es war neblig und nieselte leicht. Wir gingen am Pool vorbei, dessen Wasser sich kräuselte, und hielten auf den Umkleideraum in dem gedrungenen Gebäude zu.

Dabei verspürte ich eine gewisse Unruhe. Schließlich würde es schwierig sein, Miss Bowler oder sonst jemanden davon zu überzeugen, dass wir ausgerechnet am Swimmingpool nach Ariadnes Hockeysocken suchten.

Doch glücklicherweise war der Umkleideraum zu dieser Tageszeit menschenleer. Ich eilte zu den Holzspinden.

Die Nummern waren in verblichener schwarzer Farbe aufgemalt. Einige waren völlig verschwunden, dennoch war Spind Nummer eins nicht schwer zu entdecken.

Aufgeregt hüpfte Ariadne auf und ab. »Das könnte er sein!«, quiekte sie.

Als ich aber die Tür öffnen wollte, wurde mir klar, dass wir ein Problem hatten – es gab keinen Schlüssel.

Und der Spind war fest verschlossen.

19. KAPITEL

Einen Augenblick lang stand ich völlig regungslos da und starrte das leere Schloss dumm an.

»Da ist … es gibt keinen Schlüssel«, sagte ich. »Ich kann die Tür nicht öffnen.«

Ariadne zog eine Haarnadel hervor und machte sich damit an dem Schloss zu schaffen, doch sie brach prompt entzwei. »So ein Mist«, flüsterte Ariadne. »Das wird wohl nicht funktionieren. Ich frage mich, warum sie den Schlüssel mitgenommen hat?« Sie schwieg einen Augenblick lang. Dann rief sie: »Aber natürlich! Hätte sie den Schlüssel im Schloss gelassen, hätte jeder die Seiten finden können! Also musste sie ihn verstecken. Aber wo?«

Ich setzte mich auf die Bank vor der Wand und Ariadne ließ sich neben mich sinken.

»Ich habe nicht die geringste Ahnung. Was ist ein gutes Versteck für einen Schlüssel? Scarlet muss ihn irgendwohin getan haben, wo ich ihn ihrer Meinung nach finden würde. Aber ich habe unser Zimmer gründlich durchsucht, und viele andere Orte auch. Wir müssen einen Hinweis übersehen haben.«

Ariadne nickte.

Einen Augenblick lang saßen wir nur da und betrachteten die Spinde. Dann hatte Ariadne eine Idee. »Wir sollten uns die anderen ansehen.« Sie sprang auf und eilte zu ihnen. Sie drehte die winzigen braunen Schlüssel von Nummer zwei, drei, vier und fünf um. Sobald die Türen aufschwangen, blickte sie hinein.

Ich sah ihr zu. Bei unserer ersten Begegnung war mir Ariadne schüchtern und leicht nervös vorgekommen, aber offensichtlich hatte sie einen scharfen Verstand.

»Aha!«, sagte sie plötzlich. Sie holte einen winzigen Papierstreifen aus Spind Nummer vier. Etwas Klebeband befand sich daran.

»Ist das aus dem Tagebuch?«, fragte ich.

»Vielleicht … Es ist nur ein Satz.« Ariadne wurde etwas blass. »Dort steht: ›Ich habe den Schlüssel verschluckt.‹«

»Was? Das kann nicht stimmen.« Ich fing an, auf den feuchten Fliesen auf und ab zu gehen. »Das ergibt keinen Sinn! Sie will doch, dass ich den Spind öffne?«

Ich wurde etwas hysterisch. Ariadne sah mich an, als würde ich gleich explodieren.

»Es muss etwas anderes bedeuten. Oder jemand anders hat es geschrieben.« Ich riss Ariadne das Stück Papier aus der Hand. Es war definitiv Scarlets Handschrift. Ich hätte sie überall erkannt. Bittere Tränen brannten in meinen Augen.

Meiner Freundin schien das etwas Angst zu machen, aber sie verkniff sich jede Bemerkung. Sie las die Worte immer wieder, ihre Augen wanderten ständig von links nach rechts. Atemlos sah ich sie an. *Beruhige dich,* versuchte ich mir zu befehlen. *Wir müssen die Wahrheit herausfinden. Zusammen.*

Einen Augenblick später ergriff Ariadne das Wort. »I-ich glaube, du hast recht, Ivy. Es bedeutet etwas anderes. Hätte sie den Schlüssel tatsächlich verschluckt, würdest du *nie* da rankommen. Also, was könnte sonst noch einen Schlüssel verschlucken?«

Ich dachte darüber nach. »Ein Tier? Igitt, da würde man auch nicht so ohne Weiteres herankommen.«

Ariadne nickte. »Richtig. Also muss das eine Metapher sein. Sie hat ihn in irgendwas versteckt.«

»Warum sagt sie das dann nicht?«, fauchte ich frustriert. »Warum so rätselhaft sein und sagen, dass man ihn verschluckt hat, wenn er doch gar nicht verschluckt wurde?«

Darauf wusste keine von uns beiden eine Antwort. Niedergeschlagen gingen wir auf unser Zimmer. Ich blieb den ganzen Weg stumm, während Ariadne eine verrückte Idee nach der anderen von sich gab.

»Eine Schublade! Ein hohler Baum! Ein Kästchen mit Knöpfen! Eine Toilette!«

Ich sah sie mit hochgezogenen Brauen an. »Glaubst du, Scarlet hätte einen wichtigen Schlüssel in der Kloschüssel versteckt?«

»Vielleicht nicht«, sagte Ariadne traurig. »Aber mir gehen die Ideen aus.«

Freitagnachmittag erhielt ich von Tante Phoebe eine Antwort auf meinen Brief. Die Post wurde nach dem Ende der Schulversammlung ausgeteilt, wobei uns Miss Fox wie ein Habicht beobachtete. Ich fragte mich, ob sie die Briefe alle vorher gelesen hatte.

Ich eilte mit meinem Brief zurück ins Zimmer und hoffte, dass meine Tante meine Zwangslage erkannt hatte. Der vertraute Anblick ihrer leicht unregelmäßigen Schrift ließ mich beim Öffnen des Briefes wehmütig lächeln. Da stand:

Liebste Nichte,
mir geht es gut, auch wenn ich Dich schrecklich vermisse. Ich hatte ganz vergessen, die Blumen zu gießen, aber sie werden es bestimmt überstehen. Dafür ist schließlich der Regen da!
Du hast gesagt, Du hast etwas Interessantes über Goldfische herausgefunden? Das musst Du mir irgendwann mal erzählen. Ich freue mich, dass Du etwas lernst. Ich glaube, die Rookwood School wird Dir sehr gut tun. Darfst Du über Weihnachten kommen? Dann werde ich mich auf Deine Ankunft freuen, allerdings muss ich daran denken, genug Kohle zu besorgen – das sollte ich mir besser irgendwo notieren. In der Zwischenzeit hoffe ich, dass Du mit deinen Studien Fortschritte machst. Eines Tages könntest Du sogar ein Doktor werden wie mein Arthur. Ich bin ja so stolz!
Mit all meiner Liebe,
Deine Tante
Phoebe Gregory

Ich seufzte. Meine Tante war wirklich eine gute Seele, aber leider nicht die Allerfitteste im Oberstübchen. Ein weiterer Hoffnungsfunke erlosch.

Am Samstag nutzte ich jede sich bietende Chance dazu, in alle möglichen Behälter zu blicken, nur für den Fall, dass sie einen der kleinen braunen Schlüssel enthielten. Ich schaute in jede Schublade und jede Spalte. Ich suchte sogar bei den Toiletten, allerdings natürlich nicht in ihnen.

Langsam glaubte ich, dieses Rätsel niemals zu lösen. Was konnte einen Schlüssel verschlucken, das nicht lebendig war?

Genau diese Frage ging mir gerade durch den Kopf, als ich am Montagnachmittag beim Biologiesaal vorbeikam. Ich war auf dem Rückweg zu unserem Zimmer, um mich für den Ballettunterricht umzuziehen, aber als ich das kleine Glasfenster in der Tür passierte, erstarrte ich förmlich.

Denn in der Abstellkammer dieses Raumes befand sich etwas.

Und es war mit Sicherheit *früher* lebendig gewesen.

In der Nähe hielten sich nur wenige Mädchen auf, die miteinander plauderten und bald in ihren Klassen verschwunden sein würden. Ich wartete, bis sie weg waren, dann warf ich einen Blick in den Biologiesaal. Er schien leer zu sein, es sei denn, Mrs. Caulfield befand sich ebenfalls in der Kammer. Aber vermutlich würde mir im Zweifelsfall eine Frage über Biologie einfallen, die mir auf der Zunge brannte.

Vorsichtig öffnete ich die Tür. Es roch nach Bunsenbrennern und irgendetwas anderem, bei dem es sich möglicherweise um toten Frosch handelte. Ich rümpfte die Nase.

Die Abstellkammer war weit geöffnet, aber drinnen schien kein Licht zu sein. Wollte ich wirklich dort hinein ... zu diesem Ding? *Ach, Scarlet!*

Ich betätigte den Lichtschalter. Die Birne erwachte summend zum Leben, nur um im nächsten Moment zu explodieren.

Ich duckte mich und schützte mich vor den Splittern. *Großartig. Einfach großartig. Jetzt wird uns Miss Fox einen Vortrag über den falschen Gebrauch von Glühbirnen halten.*

Zumindest schien niemand außerhalb des Klassenzimmers die kleine Explosion gehört zu haben. Ich richtete mich auf und klopfte mich ab. In der Dunkelheit konnte ich gewaltige Regale ausmachen, auf denen Gläser mit einer seltsamen grünlichen Flüssigkeit standen. Darin trieben Teile von vor langer Zeit verstorbenen Kreaturen.

Und in der Ecke grinsten mich Wilhelminas weiße Zähne an.

Komm schon, Ivy. Das war nicht Furcht einflößend. Ich musste nur in eine dunkle Kammer mit einem echten Skelett und die Hand in seinen Mund stecken.

Schluck.

Mit vorsichtigen Schritten, um die Glassplitter nicht zu zermahlen, trat ich ein. Der einzige Laut war das leise Ticken der Wanduhr. Wilhelmina schien das Blickduell mit mir gewinnen zu wollen: Ihre leeren Augenhöhlen waren voller Schatten. Ich atmete so regelmäßig, wie ich konnte, und zwang mich, auf Augenhöhe mit dem Schädel des verstorbenen Mädchens stehen zu bleiben.

An den Seiten des Kiefers befanden sich kleine verrostete Scharniere, die gleichen, an denen Mrs. Caulfield den Schädel aufgeklappt hatte. Das ganze Ding wurde von Drähten zusammengehalten. Ich erschauderte.

Ich streckte die zitternden Hände aus. *Du tust das für Scarlet*, rief ich mir in Erinnerung. *Denk einfach nur an die nächste Seite ihres Tagebuchs.*

Ich öffnete die Verschlüsse der kleinen Scharniere und zog mit verzerrter Miene am Unterkiefer des Totenschädels. Mit einem entsetzlichen Knirschen klaffte er auf. Offensichtlich war Wilhelmina in den letzten Jahren nicht beim Zahnarzt gewesen.

Und als sich der Kiefer öffnete, sah ich es – im Schatten des aufgeklappten Mundes funkelte etwas dunkel metallisch. Schrecklich zitternd schob ich die Hand hinein, um daranzukommen.

Das Gefühl der Zähne an meinem Handgelenk und den steigenden Drang zu schreien versuchte ich zu ignorieren.

Und dann hatte ich ihn. Den kleinen braunen Schlüssel.

»Danke, danke, danke, danke«, flüsterte ich. Ich war mir nicht sicher, ob ich Scarlet oder etwa Wilhelmina dankte, aber dankbar war ich auf jeden Fall.

Schnell schloss ich den Kiefer wieder und hoffte, dass mein Besuch hier drinnen keine offensichtlichen Spuren hinterlassen hatte. Aber ein Knirschen unter meinem Schuh erinnerte mich an die geplatzte Glühbirne. Nun ja.

Ich verstaute den Schlüssel sicher in der Tasche und eilte hinaus. Ein schneller Blick auf die Uhr verriet mir, dass ich bereits zehn Minuten meines Ballettunterrichtes versäumt hatte.

»Könntest du das nächste Mal deine Hinweise bitte an einem weniger schrecklichen Ort verstecken, Scarlet?«, murmelte ich, während ich durch die Korridore lief.

Dummerweise hatte ich das Gefühl, dass die Dinge von jetzt an nur noch schlimmer werden würden.

20. KAPITEL

Miss Finchs Klaviermusik verstummte, als ich in den Raum platzte. Sie stand auf. »Wo haben Sie gesteckt, Scarlet?«, verlangte sie zu wissen.

Alle wandten sich von der Ballettstange ab, um mich anzusehen. Ich wurde knallrot. »Entschuldigung, Miss Finch.«

»Scarlet«, wiederholte sie. »Ich habe Sie nicht um eine Entschuldigung gebeten. Ich habe gefragt, wo Sie gewesen sind.«

»Ich …« Ich hatte nicht daran gedacht, dass ich eine Begründung brauchen würde; Miss Finch war für gewöhnlich so nachsichtig. Also entschied ich mich, die Entschuldigung zu verwenden, die mir meine Lehrerin selbst vorgeschlagen hatte. »Ich habe mich nicht wohlgefühlt.«

Die Enttäuschung in ihren Augen war deutlich zu sehen. »Tatsächlich? Sie haben das Aufwärmen und die Arbeit an der Stange versäumt. Ich schlage vor, Sie holen das allein nach.«

Ich nickte und setzte mich, um mir meine Schuhe anzuziehen. Nadia streckte mir die Zunge raus, aber ich ignorierte sie.

»Ach ja«, sagte Miss Finch. »Nach dem Unterricht kommen Sie zu mir.«

»Ja, Miss Finch«, erwiderte ich betroffen.

Während die anderen Mädchen tanzten, blieb ich an der Seite, machte Dehnübungen und einfache Bewegungen. Ich hasste es, anderen beim Tanzen zuzusehen, ohne mitmachen zu können – das war, als würde man in einem Käfig stecken. Ständig sehnte ich mich danach, an ihnen vorbeizuspringen und Pirouetten zu drehen, bis mir schwindelig werden würde. Alles war besser, als ausgeschlossen zu sein.

Ich hatte ein schlechtes Gewissen wegen meiner Verspätung, außerdem war ich wütend auf mich selbst, aber zumindest hatte ich den Spindschlüssel. Zum ersten Mal kam mir der Gedanke, dass ich, wenn ich sämtliche Tagebuchseiten gefunden und die Wahrheit über Scarlets Schicksal aufgedeckt hatte, diesem schrecklichen Ort möglicherweise entkommen konnte.

Als die Glocke zum Ende des Unterrichts läutete, blieb ich, wo ich war, und betrachtete mein Spiegelbild. Aus den Augenwinkeln sah ich, wie alle anderen einen Knicks machten und den Raum verließen.

Als das letzte Mädchen gegangen war, sah ich im Spiegel, wie Miss Finch auf mich zukam. »Warum haben Sie mich angelogen, Scarlet?«, fragte sie leise.

Die Art und Weise, wie sie es sagte, machte mich noch nervöser. Sie hatte nicht wie eine Lehrerin gesprochen. Sondern wie jemand, der wegen meiner Lüge ehrlich enttäuscht war.

Ich ballte die Fäuste und wandte mich ihr zu. »Weil ich Ihnen nicht sagen kann, was ich wirklich gemacht habe.«

Oh nein. Warum hatte ich das nur sagen müssen?

Sie sah mich mit hochgezogenen Brauen an. Und dann fragte sie völlig unerwartet: »War es wichtig?«

Ich nickte, wagte aber nicht, den Mund aufzumachen, weil ich nicht noch etwas Dummes sagen wollte.

»In Ordnung.«

In Ordnung? Ich hatte mindestens damit gerechnet, eine Seite schreiben zu müssen.

»Tun Sie es nur nicht wieder. Sie sind eine meiner besten Schülerinnen, und« – sie lächelte schwach – »Sie wissen, dass ich mit ein paar der anderen *Probleme* habe.«

»Ja, Miss.«

Zuerst nahm ich an, dass sie Nadia meinte, aber etwas an der Art, wie sie ihre Worte betonte, sagte mir, dass das nicht so war. Vielleicht gab es einen Grund, warum Penny nicht länger am Ballettunterricht teilnahm.

»In der nächsten Stunde bin ich pünktlich, Miss«, versprach ich. Und ich meinte es auch so.

Oben auf der Kellertreppe zog ich die Tür hinter mir zu und wäre um ein Haar in die füllige Gestalt von Miss Bowler gerannt.

»Langsam, junge Dame!«, bellte sie. »Und knallen Sie die Türen nicht so zu. Sind Sie in einer Scheune aufgewachsen?«

»Entschuldigung, Miss. Nein, Miss.«

Ich schob mich um sie herum und ging langsam weiter. Ich musste zurück in den Umkleideraum neben Miss Bowlers schrecklichen Swimmingpool und herausfinden, was sich in Spind Nummer eins befand.

Als ich unser Zimmer betrat, war Ariadne noch nicht vom Hockeyunterricht zurück. Ich schlüpfte in meine Schuluniform und vergewisserte mich, dass der Schlüssel noch immer in der Tasche steckte. Ich versuchte, nicht daran zu denken, dass er die letzten paar Monate im Schädel eines toten Mädchens verbracht hatte.

Ich eilte zurück nach unten und lief zum Swimmingpool. Kalter Wind wehte mir entgegen.

Der Umkleideraum lag wieder verlassen da und roch noch feuchter als bei unserem letzten Besuch. In einer Ecke waren auf einem Gestell die furchtbaren Badeanzüge aus Wolle zum Trocknen aufgehängt. Die Bodenfliesen waren nass und ich musste vorsichtig auf Zehenspitzen zu den Spinden gehen.

Da stand er. Spind Nummer eins.

Ob sich jemand gefragt hatte, wo der Schlüssel war oder warum er sich nicht öffnen ließ?

Ich schob den kleinen braunen Schlüssel ins Schloss. Er passte, und eine Woge der Erleichterung durchflutete mich. Ich drehte ihn um und die Tür sprang auf.

Mein Herz schlug schneller. Diesmal gab es kein Klebeband, die Seiten lagen einfach unten auf dem Boden.

Nach einem schnellen Blick über die Schulter hob ich sie auf und las.

Liebes Tagebuch,

ich vertraue Violet nicht. Kein bisschen. Sie fasst alle meine Sachen an, davon bin ich überzeugt. Vielleicht liest sie sogar, was ich hier hineinschreibe. Ist das zu glauben? Jeder weiß doch, dass man niemals das Tagebuch einer anderen Person lesen soll. Nicht einmal Ivy würde mein Tagebuch lesen und sie ist meine Zwillingsschwester.

Ich habe dieses Tagebuch unter mein Kopfkissen gelegt, aber als ich heute von der Toilette zurückkam, sah ich Violet in der Nähe stehen. Also entschied ich, ein besseres Versteck zu suchen. Mir fällt bestimmt ein, wie ich sie austricksen kann.

Manchmal glaube ich, sie folgt mir. Ich höre oft Schritte, wenn ich allein bin, sehe, wie sich Vorhänge bewegen, wenn ich mich umdrehe. Gestern nahm ich ein Bad, und da war sie, als ich mit nassen Haaren herauskam. Stand direkt vor der Tür und starrte mich an. »Was machst du hier?«, fragte ich, und sie erwiderte: »Auf das Badezimmer warten. Ist das ein Verbrechen?«

Aber ich habe ihr keine Sekunde lang geglaubt. Ihre Augen sind wie die einer Schlange.

Ich bin mir nicht einmal sicher, ob sie nur mir hinterherspioniert. Dauernd sehe ich sie Notizen machen und zwar an den seltsamsten Orten. Einmal, glaube ich, hat sie sich ein altes Foto angesehen, aber sie konnte es verstecken, bevor ich einen Blick darauf werfen konnte.

Eines Tages finde ich heraus, was sie im Schilde führt, das verspreche ich Dir!

Diese Violet wurde mir immer unheimlicher.

Ich las weiter.

Liebes Tagebuch,

heute fingen im Englischunterricht alle an zu kichern, als ich eintrat. Sie versuchten es zu unterdrücken, aber es breitete sich aus wie ein Buschfeuer. »Was?«, verlangte ich zu wissen. Ich konnte förmlich spüren, wie sich ihre Blicke in mich brannten. Erst als ich mich der Tafel zuwandte, verstand ich.

Jemand hatte mit der Kreide der Lehrerin eine schreckliche Karikatur von mir gezeichnet. Der Name ›Scarlet Grey‹ umgab in krakeligen Buchstaben den Kopf der Gestalt. Man hatte mir hervorquellende Augen und strähniges Haar gegeben und aus dem zu großen Mund ragte die Zunge heraus.

Ich sah … tot aus.

Ich brauchte nicht zu fragen, wer das gemalt hatte. Ich ging sofort zu dem Tisch, an dem mit einem hämischen Grinsen Violet und Penny saßen. »Damit kommt ihr nicht durch«, fauchte ich.

Penny lachte und spielte mit ihrer Haarschleife. »Ich glaube, das sind wir schon«, erwiderte sie. Also kippte ich mit aller Kraft ihr blödes Pult um. Die Tintenfässer zerbrachen und die vergossene Tinte tränkte ihre Bücher schwarz. Ha!

Violet brüllte mich an, und in diesem Augenblick kam Miss Brown herein. Ihre Augen weiteten sich vor Wut. Ich musste einfach wegrennen.

Eigentlich wollte ich aufs Dach, aber aus irgendeinem Grund trugen mich meine Beine runter ins Ballettstudio. Miss Finch war dort und las zwischen zwei Unterrichtsstunden in einem Buch.

Sie fragte mich, was nicht stimmte, und ich … heulte einfach los. Ich weiß! Ich weine niemals! Ich kam mir echt wie ein Baby vor. Ich erzählte ihr, dass Violet mich nicht in Ruhe lässt, dass sie mir überallhin folgt und in meinen Sachen rumschnüffelt. Und ich erzählte ihr von den schrecklichen Streichen, die Penny und sie mir gespielt haben. Miss Finch hatte Verständnis und meinte, sie wisse genau, wie es sich anfühlen würde, wenn alle auf einem herumhacken. Ich solle versuchen, es zu ignorieren.

Miss Finch unterscheidet sich von allen anderen Lehrerinnen. Sie hat mich nicht einmal dafür gerügt, dass ich aus dem Unterricht gelaufen bin.

Ich will versuchen, Penny und Violet zu ignorieren, aber ich weiß nicht, wie lange ich das noch aushalte. Wenn sie mir nur noch das Geringste antun, drehe ich durch. Ehrlich.

Ich hielt die Blätter so fest, dass ich sie an den Rändern verknitterte. Es fiel mir immer schwerer, diese Einträge zu lesen. Arme Scarlet!

Ich blinzelte meine heißen Tränen weg und suchte auf der Rückseite nach einem Hinweis. Ich wurde nicht enttäuscht. Aber er war genauso rätselhaft wie die anderen und hastig hingekritzelt:

Such auf deinen Knien

Das hatte ich doch bereits ausreichend getan, oder nicht? Ich wünschte mir, ich könnte nur für einen Moment mit meiner Zwillingsschwester sprechen, nur noch einmal. Ich setzte mich auf eine der feuchten Bänke und versuchte so laut zu *denken,* wie ich konnte, in der Hoffnung, dass Scarlet mir irgendwie ein Zeichen schicken würde. Dass sie mir verraten würde, was sich wirklich zwischen ihr und den anderen Mädchen abgespielt hatte. Dass sie dieses ganze Geheimnis für mich enträtseln würde.

Dass sie mir versichern würde, dass ich nicht allein war und sie auf der anderen Seite auf mich wartete.

Aber da war nichts. Nur Schweigen.

Allein rannte ich zurück zu meinem Zimmer.

21. KAPITEL

Ich flog förmlich durch die Tür von Zimmer dreizehn und brach auf meinem Bett zusammen. Ariadne bestickte gerade ein Kissen und wäre beinahe senkrecht in die Höhe geschossen, als ich hineingestürmt kam. Ich vergrub das Gesicht in meinem Kissen und wünschte mir nur, alles würde einfach verschwinden.

»Ivy?« Ariadne sprach mit leiser Stimme.

»Geh weg«, sagte ich, aber die Worte wurden völlig gedämpft.

Ich hörte ihre Schritte, als sie näher kam, dann versuchte sie mir das Kissen vom Gesicht wegzuziehen. Ich hielt es nur fester.

»Ich will nicht darüber reden«, sagte ich.

»Aber wir müssen gleich zum Essen«, erwiderte sie und stieß mich sanft gegen die Schulter. »Was ist los? Geht es um das Tagebuch? Hast du wieder Prügel bekommen?«

»Nichts. Ja. Nein.« Ich rollte mich herum und starrte zur Decke. »Es ist kompliziert«, sagte ich schließlich.

Ariadne ließ sich auf ihr Bett plumpsen. »Kann ich helfen?«

Ich seufzte und schwieg. Aber ein paar Augenblicke später fing ich an, mich schuldig zu fühlen, weil ich meine einzige Freundin ignorierte. Ich stemmte mich auf einen Ellbogen und versuchte einen beruhigenden Ausdruck auf mein Gesicht zu zwingen. »Ich muss nur ... in Ruhe meine Gedanken sammeln. Geh ohne mich zum Essen. Ich bin nicht hungrig.«

Ariadne blieb der Mund offen stehen. »Du kannst doch nicht das Abendessen ausfallen lassen! Du wirst verhungern!«

Ich zuckte mit den Schultern oder versuchte es zumindest so gut, wie das im Liegen ging. »Mach dir wegen mir keine Sorgen. Ich sehe dich dann später, in Ordnung?«

Sie sah nicht überzeugt aus. »Wenn du es sagst«, erwiderte sie mit gerunzelter Stirn.

Erst später wurde mir klar, dass sie womöglich Angst gehabt hatte, allein zum Essen zu gehen.

Ich legte den neuesten Tagebucheintrag auf meine Brust, holte tief Luft und versuchte die Dinge, die ich wusste, in die richtige Reihenfolge zu bringen.

Erstens. Scarlet war tot. Und obwohl ich die Vorstellung abscheulich fand, hatte sie möglicherweise jemand umgebracht.

Zweitens. Penny und Violet hatten Scarlet beide gehasst und Violet schien meine Schwester ausspioniert zu haben.

Drittens. Violet war verschwunden – oder zumindest war sie nicht mehr auf der Schule.

Aber ich hatte noch immer mehr Fragen als Antworten. Warum spionierte Violet den Leuten nach? Warum sollte jemand meiner Zwillingsschwester etwas antun wollen? Und warum vertuschte Miss Fox die Angelegenheit?

Das war vielleicht der Teil, der am schwierigsten zu begreifen war – dass Miss Fox von mir verlangte, meine Zwillingsschwester zu verkörpern. Und wie in aller Welt hatte Scarlet überhaupt wissen können, dass das geschehen würde?

Davon abgesehen, beunruhigte mich, wie leicht es mir

mittlerweile fiel, diese Scharade aufrechtzuerhalten. Gedankenverloren zerknüllte ich die Seiten zwischen den Fingern, während ich lang und intensiv darüber nachdachte, wie ich mich in letzter Zeit verhalten hatte. Ich wurde besser darin, Scarlet zu sein. Es flog mir einfach zu.

Tief in meinem Inneren wusste ich, dass ich noch immer mehr Ivy als Scarlet war, aber möglicherweise setzte mir das zu sehr zu. Ich konnte nur *hoffen,* dass ich nicht auch so leichtsinnig wie sie war.

Mein Magen knurrte. Es war albern von mir, auf das Essen zu verzichten. Ich sollte mich nicht selbst bestrafen.

Ich stand auf und versteckte die Tagebuchseiten in der Matratze. Die Uhr auf dem Korridor verriet mir, dass ich nur zwölf Minuten zu spät zum Essen kam. Selbst wenn ich die Hauptmahlzeit verpasst hatte, bestand noch immer die Chance, einen Pudding zu bekommen.

Als ich nach Luft schnappend in den Speisesaal kam, befand sich nur noch ein Mädchen in der Essensschlange. Ich schoss zwischen den Tischen vorbei und stellte mich hinter ihr an.

Miss Fox' Kopf schnellte herum und sie sah mich an. Mist! Nur weil es keine Regel gab, die besagte, man müsste pünktlich zum Essen kommen, hieß das noch lange nicht, dass sie sich keine einfallen lassen konnte, um mich zu bestrafen.

Das Mädchen vor mir warf einen Blick über die Schulter und lächelte mich an – es war Meena Sayani. »Hähnchen-Überraschung!« Sie hielt den Teller hoch.

Ich warf einen Blick darauf. Meiner Meinung nach sah es ganz normal aus, auch wenn vielleicht etwas zu rosa. »Wo ist die Überraschung?«

»Dass es nicht in einem Eintopf schwimmt«, erwiderte sie mit einem Blinzeln. Ich musste grinsen. Meenas Gesellschaft war der ihrer Schwester auf jeden Fall vorzuziehen.

Ich nahm meinen Teller in Empfang und setzte mich neben Ariadne. Sie stocherte mit der Gabel in ihrem Essen herum und hatte anscheinend gar nicht bemerkt, dass ich aufgetaucht war.

»Oh, ich ... Scarlet! Du bist gekommen!« Plötzlich sah sie erleichtert aus.

»Ja, tut mir leid. Ich konnte doch nicht diese wunderbare Mahlzeit verpassen.« Ich war etwas zu sarkastisch.

Zu dem Huhn gab es Kartoffeln, Erbsen und kalte Soße. Es war nicht das Schlimmste, das ich je gegessen hatte, aber mit Sicherheit auch nicht das Beste.

Von der gegenüberliegenden Tischseite warf mir Mrs. Knight einen rügenden Blick zu, aber er war eindeutig nur halbherzig. »Also bitte, meine Damen. Essen Sie auf. Denken Sie an Ihre Manieren.«

»Ja, Mrs. Knight«, antworteten wir wie aus einem Mund.

»Freaks«, flüsterte jemand.

Ich machte mir nicht einmal die Mühe nachzusehen, wer es gewesen war. Es konnte nur Penny oder jemand aus ihrem Gefolge gewesen sein.

Während ich kaute und der Lärm um mich herum in ein Ohr rein und aus dem anderen wieder herausströmte, dachte ich weiter nach – was hatte Penny nur gegen meine Zwillingsschwester? Ich kam zu dem Schluss, dass es mit dem zu tun haben musste, was mit Violet passiert war. Aber was konnte das nur sein?

Meine Gedanken schweiften bald ab und ich fragte mich, warum Miss Finch niemals im Speisesaal zu sehen war. Viele der anderen Lehrerinnen aßen hier, obwohl ich vermutete, dass sie nicht wegen der kulinarischen Köstlichkeiten kamen, sondern um uns zu beaufsichtigen. Aber sie hatte ich hier noch nie gesehen …

Ich schenkte Penny kaum Aufmerksamkeit, als sie mit ihrem Teller aufstand und auf mich zukam. Dann schien alles wie in Zeitlupe zu geschehen.

Zuerst kippte sie die kalten, matschigen Überreste ihrer Portion in meinen Schoß. Ich hörte sie nur »Ups!« sagen, als hätte sie vergessen, wie ihre Finger etwas greifen mussten.

Ariadne keuchte auf und schlug die Hände vors Gesicht.

Pennys Freundinnen kicherten wie verrückt.

Ich stand auf. Essen tropfte von meinem Kleid zu Boden. Dann schlug ich Penny, so kräftig ich konnte, ins Gesicht.

Sie schrie auf und hielt sich die Wange. Sofort verstummte der ganze Saal. Ich schüttelte meine brennende Hand.

»Ups!«, wiederholte ich.

»Also wirklich!« Mrs. Knight bekam den Mund nicht wieder zu.

Leider verfügte Miss Fox über blitzschnelle Reaktionen: Nur einen Augenblick später krallte sich eine ihrer klauenartigen Hände von hinten um meinen Hals. Mit der anderen hielt sie Pennys Arm in einem gnadenlosen Griff.

»Sie beide. In mein Büro. Sofort.« Ihre Stimme hätte Stahl schmelzen können.

»Miss, sie hat mich geschlagen!«, protestierte Penny.

Miss Fox' dunkle Augen füllten sich mit Sturmwolken. »Ich sagte *sofort,* Miss Winchester.«

Wir waren beide so was von tot.

Als Miss Fox uns aus dem Saal führte, brach ein Aufruhr los. Zuerst war es nur Geflüster, dann hörte ich unmissverständliches Aufstöhnen. »Sie hat ihr eine Ohrfeige gegeben!«

Du meine Güte, ich hatte Penny geohrfeigt. Warum hatte ich Penny geohrfeigt? Was hatte ich mir nur dabei gedacht?

Penny sagte kein Wort, allerdings hatte ihr Gesicht eine seltsame rote Färbung angenommen. Ich war mir nicht sicher, ob das von meinem Schlag herrührte oder ihr alles so peinlich war.

Miss Fox stieß uns in ihr Büro. Ich griff nach einem Stuhl, aber sie schlug meine Hand weg. »Sie verdienen keinen Stuhl«, fauchte sie. »Wenn Sie sich wie Tiere benehmen, wird man Sie auch so behandeln. Setzen Sie sich auf den Boden.«

Ich setzte mich und schlug die Beine unter. Die traurigen ausgestopften Hunde schauten von den Wänden auf mich herab. Ich betete, dass man mich nicht ebenfalls ausstopfen würde.

Penny schniefte. Auf ihrer Wange zeichneten sich rote Striemen ab. »Dann mache ich mir aber den Rock schmutzig«, sagte sie mit weinerlicher Stimme.

Miss Fox warf ihr nur einen Blick zu und sie ließ sich neben mir zu Boden sacken. »Igitt«, murmelte sie.

Du hast es nötig, dachte ich. Das ganze Vorderteil meines Kleides war feucht und klebte.

»RUHE!«, schrie Miss Fox so laut, dass ich hätte schwören können, der Chihuahua auf ihrem Schreibtisch bebte.

Wir saßen beide kerzengerade da.

»Also, Miss Winchester.« Miss Fox beugte sich vor, bis sich ihr Gesicht auf der gleichen Höhe mit Pennys befand. »Was hat Sie auf die Idee gebracht, es sei akzeptabel, nicht nur ihr Abendessen zu verschwenden, sondern es über eine Mitschülerin zu kippen?«

»Sie hat es verdient …«, fing Penny an, aber dann wurde ihr klar, dass dieser Satz eine wirklich schlechte Idee war. »Ich weiß es nicht, Miss.«

Miss Fox starrte sie an, bis Penny begann, mit den Zähnen zu klappern und ihre Nase zu tropfen drohte. Dann richtete Miss Fox den gleichen Todesblick auf mich.

»Und Sie, Miss Grey? Glauben Sie etwa, ich würde in MEINER Schule Gewalt dulden?«

Mir schossen mehrere Erwiderungen durch den Kopf wie Scarlet sie gemacht hätte.

Das ist nicht Ihre Schule, sondern Mr. Bartholomews. Wo auch immer er steckt.

Sie scheinen Gewalt ganz in Ordnung zu finden, solange Sie selbst sie ausüben.

Tatsächlich scheinen Sie sogar Spaß daran zu haben.

Aber ich hatte keinen Todeswunsch. Ich musste etwas sagen …

Ein Zischen durchschnitt die Luft, plötzlich zuckte ein scharfer Schmerz durch mein Gesicht. Aua! Miss Fox hatte mich gerade mit ihrem Stock geschlagen. Ich hielt mir die Wange.

»NUN?«

»Nein, Miss Fox.« Ich hatte die Zähne zusammengebissen und es kam wie ein leises Fauchen heraus.

Sie richtete sich auf. »Sie sind beide verabscheuungswürdig. Ich hätte gute Lust, Ihren Eltern zu schreiben und …« Ihr Blick fiel auf mich, und sie hielt inne, um schnell die Richtung zu ändern. »Nein, ich glaube, in diesem Fall brauchen wir eine strengere Bestrafung.«

Penny schluckte und wischte sich mit dem Ärmel die Nase ab.

Miss Fox fing an, auf und ab zu gehen. Ich hatte das Gefühl, dass sie Zeit schinden wollte, während sie versuchte, sich die schrecklichste Sache einfallen zu lassen, die sie uns antun konnte. Entweder das oder sie genoss es einfach, unsere Qualen zu verlängern. Was wahrscheinlicher war.

Mehrere Stunden schienen verstrichen zu sein, bevor sie mit den Fingern schnippte und sich mir zuwandte. »Offensichtlich gibt es zwischen Ihnen beiden ein Zerwürfnis?«

Ich hatte nicht vor, auch nur ein Wort dazu zu sagen, aber Penny hielt es für eine geeignetee Gelegenheit. »Oh ja, Miss. Sie führt nichts Gutes im Schilde. Ich glaube, das hat sie noch nie!«

Miss Fox nickte, dann breitete sich ein Grinsen auf ihrem Gesicht aus, das viel Ähnlichkeit mit dem von Wilhelmina hatte.

»Dann werden Sie es meiner Meinung nach sehr genießen, jeden Abend in dieser Woche nach dem Essen den Speisesaal aufzuräumen. GEMEINSAM, da Sie beide so viel Unordnung gemacht haben.«

»Oh nein«, flüsterte ich.

Penny schlug mit der Faust auf den Boden. »Aber Miss …«, fing sie an zu protestieren.

Miss Fox' Rohrstock fuhr in die Höhe und hielt keinen Fingerbreit vor Pennys entsetztem Gesicht an. »Kommen Sie mir nicht mit ›Aber Miss‹! Sie werden tun, was ich sage. Und was das angeht, Sie sitzen auch in jeder Unterrichtsstunde nebeneinander.«

Mir blieb der Mund offen stehen.

»Und wenn ich von Ihnen nur noch EINE EINZIGE

BESCHWERDE höre, räumen Sie auch nach dem Frühstück und dem Mittagessen auf. Habe ich mich deutlich ausgedrückt?«

Ich nickte ernst. Klugerweise folgte Penny meinem Beispiel.

»Es tut mir leid, wie war das?« In einer dramatischen Geste hielt sich Miss Fox eine Hand hinters Ohr.

»Ja, Miss Fox«, sagten wir beide.

»Gut.« Sie ging zurück zu ihrem Stuhl. Schwer ließ sie sich hineinfallen, zog einen Füllfederhalter aus der Schnauze des unglücklichen Hundes auf ihrem Tisch und fing an, etwas in ein Notizbuch zu schreiben.

Penny starrte mich böse an. In ihren Augen standen Tränen, ihr Gesicht sah schrecklich aus.

Du hast damit angefangen, formte ich mit den Lippen.

Sie biss die Zähne zusammen und rümpfte angewidert die Nase. Aber dann zeichnete sich Hoffnung auf ihrer Miene ab.

»Heißt das, wir bekommen keine ... Prügel?«

Miss Fox schaute nicht einmal auf. »Oh nein. Sie werden Schläge bekommen. Aber da Sie meine Zeit verschwendet haben, verschwende ich Ihre.«

»Was?«

»Die nächste Stunde muss ich Papierkram erledigen. So lange können Sie warten.«

Penny und ich wechselten einen entsetzten Blick und vergaßen unseren Hass für den Moment.

»Wo sollen wir warten?«

»Genau hier. Und zwar schweigend. Sonst ...«

22. KAPITEL

Am Ende dieses Abends hätte ich einen Eid geleistet, dass ich jeden Zoll von Miss Fox' Büro minutiös kannte. Ich hatte alle Hundefotos gezählt (neunzehn) und alle ausgestopften Hunde (es gab acht von den schrecklichen Dingern). Auf dem Schreibtisch lagen sieben Füllfederhalter und drei Bleistifte. Auf den Regalen standen dreißig Bücher. Ich könnte noch weitermachen.

Penny verbrachte die meiste Zeit damit, hin- und herzuschaukeln und unhörbar etwas zu murmeln. Zumindest hatte ich meine Zeit produktiv verbracht, oder nutzloses Wissen gesammelt – das kam darauf an, aus welchem Blickwinkel man es betrachtete. Nach einer Stunde sah Penny aus wie ein nervöses Wrack. Ich war davon ausgegangen, dass sie bereits Prügelstrafen kassiert hatte, aber vielleicht ja doch nicht. Miss Fox verabreichte ihr zwanzig Schläge auf die Fingerknöchel, und sie schluchzte und jammerte die ganze Zeit.

Ich sagte mir, wenn ich mich wie Scarlet benahm und stark blieb, dann würde mir nichts passieren. Also stand ich mit geballten Fäusten da, während sich der Rohrstock in meine Haut grub. Ich wusste, dass es noch tagelang brennen würde.

Und die ganze Zeit hatte ich nur einen Gedanken: *Steh es für Scarlet durch.*

Danach scheuchte uns die Füchsin mit einer herrischen Geste aus ihrem Büro, ohne uns nur noch einen Blick zu schenken. Sobald sich die Tür schloss, bereitete ich mich auf Pennys übliches Toben vor, aber sie rannte heulend zur Treppe und war Sekunden später verschwunden.

Während ich langsam zu Zimmer dreizehn ging, dachte ich über den Rest meiner Bestrafung nach. *Eine ganze Woche mit Penny – igitt.* Beide sollten wir uns der Gesellschaft der jeweils anderen erfreuen, und das würde uns zugleich von jeglichen Unternehmungen abhalten. Miss Fox war das personifizierte Böse.

Vorsichtig öffnete ich die Tür; meine Hände fühlten sich an, als stünden sie in Flammen. Dass sich Ariadne wenige Sekunden später auf mich stürzte, machte es auch kaum besser.

»DU MEINE GÜTE! Ich kann nicht glauben, dass du Penny *geohrfeigt* hast, du meine Güte, was ist passiert? Bist du bestraft worden? Ach, das war BRILLANT! Du hättest den Ausdruck auf ihrem *Gesicht* sehen sollen!«

Trotz allem musste ich lachen. Ich schob Ariadne sanft von mir. »Es war ganz nett«, krächzte ich.

Ariadne schien endlich zu kapieren, dass ich mich ein wenig angeschlagen fühlte. »Hat Miss Fox dich die ganze Zeit in ihrem Büro festgehalten?«

»Ja.« Ich hustete und zeigte ihr meine Hände. Sie holte ein Glas Wasser von ihrem Nachttisch und stellte es auf meinen. Mühsam ging ich zum Bett und ließ mich auf die Matratze sinken. »Danke.«

Das Wasser schmeckte himmlisch, mein Mund war so trocken. Ariadne wartete geduldig, bis ich das Glas fast leer getrunken hatte und wieder sprechen konnte.

»Miss Fox liebt grausame und ungewöhnliche Bestrafungen.«

Ariadne setzte sich auf ihr Bett und verzog das Gesicht. »Gab es Skorpione?«

Ich blinzelte. »Nein.« Ich hielt inne. »Vermutlich schlimmer. Man hat mich dazu verurteilt, Zeit mit Penny zu verbringen.«

Ariadnes Miene drückte ziemlich genau das aus, was ich fühlte. »Wie ekelhaft.«

»Allerdings.«

Es klopfte an der Tür, dann schaute die Hausmutter rein. »Licht aus, meine Damen«, sagte sie streng.

»Ja, Miss!«, quiekte Ariadne. Ich hatte das Gefühl, sie war wirklich darauf bedacht, nur keine Regel zu brechen, damit man ihr nicht auch den Befehl gab, Penny überallhin zu folgen.

Die Hausmutter nickte zufrieden. »Schlaft gut«, sagte sie und schloss die Tür.

Ariadne atmete aus. »Puh.« Dann stieg sie ins Bett und wandte sich mir zu. »Moment mal«, flüsterte sie. »Hast du die nächsten Tagebuchseiten gefunden?«

Ich stand auf, öffnete die Tür des Kleiderschranks und versperrte Ariadne die Sicht. »Ja«, sagte ich leise. Ich holte mein Nachthemd heraus und bereitete mich fürs Bett vor.

»Du meine Güte, was steht darin?«, fragte Ariadne hinter der Tür.

»Das hatte ich fast schon wieder vergessen«, sagte ich leise, während ich zu Bett ging.

Ariadne sah mich erwartungsvoll an. »Erzähl – wo hast du den Schlüssel für den Spind gefunden?«

»Mir ist eingefallen, was etwas schlucken kann, ohne lebendig zu sein.« Ich zuckte etwas zusammen, als ich mich auf die Seite drehte. »Er steckte in Wilhelmina, dem Skelett.«

»Oooh«, machte Ariadne.

»Ich musste meine Hand in ihren Schädel stecken. Dann bin ich zum Spind gegangen und habe die Seiten gefunden.«

»Ja, und …?« Ariadne hatte die Augen weit aufgerissen.

»Anscheinend hat diese Violet den Leuten nachspioniert. Sie hat sich immer verdächtig benommen, stöberte in Scarlets Sachen herum, machte sich Notizen und benahm sich geheimnisvoll. Der nächste Eintrag erzählt davon, wie Violet und Penny ein Bild von ihr an die Tafel zeichneten. Es war … es war grotesk.«

Plötzlich zeigte Ariadne mit dem Finger auf mich und keuchte auf. »Und wenn *sie* es waren? Wenn sie ihr etwas *Schreckliches* angetan haben? Glaubst du nicht …?«

»Immer langsam mit den jungen Pferden«, flüsterte ich. »Wir wissen noch immer nicht, was mit Scarlet passiert ist. Oder mit Violet. Aber ich traue ihnen durchaus zu, etwas Schlimmes zu tun.«

»Gab es denn wenigstens einen weiteren Hinweis?«

»Da steht etwas darüber, ›auf den Knien zu suchen‹.«

Ariadne seufzte. »Das könnte vieles bedeuten.«

Ich sagte nicht mehr viel. Meine Hände brachten mich um, und ich war erschöpft, aber mir war klar, dass ich nicht würde schlafen können.

Scarlet, das Tagebuch, Penny, Violet.

Irgendwie musste da eine Verbindung bestehen.

Als ich am nächsten Morgen erwachte, war es vor den dünnen Vorhängen hell, und ich verspürte eine angenehme Wärme. Dann überrollten mich die Ereignisse des Vortages wie eine Flutwelle. Plötzlich waren da Übelkeit und Entsetzen.

Wie benommen zog ich mich an und folgte Ariadne zum Frühstück.

»Ich hoffe, heute gibt es keinen Ärger, meine Damen«, sagte Mrs. Knight, während wir unsere üblichen Plätze einnahmen.

»Wir werden unser bestes Benehmen zeigen, Miss!«, versprach Ariadne eifrig.

Penny trat ein, und sie war in einem schrecklichen Zustand. Ihr kupferfarbenes Haar ähnelte einem Vogelnest, ihr Gesicht war totenbleich. Sie machte sich nicht einmal die Mühe, mir beim Vorbeigehen einen finsteren Blick zuzuwerfen.

In Geschichte setzte ich mich an das Pult mit dem Rosenduft, das meiner Zwillingsschwester gehört hatte, neben dem von Ariadne. Madame Lovelace blickte von dem Buch auf, in dem sie gelesen hatte. »Scarlet, Penelope. Man hat mir gesagt, dass ihr beiden nebeneinandersitzen sollt.« Ausdruckslos sah sie Ariadne an. »Sie, Missy, tauschen bitte die Plätze.«

Nervös fing Ariadne an, ihren Bücherstapel einzusammeln. Ich sah zu, wie sie zu Pennys Tisch schlurfte. Penny ließ sich neben mir schwer auf den Platz fallen.

Etwa zwanzig Minuten später landete ein Zettel auf meinem Pult. Ich runzelte die Stirn. Dann sah ich zu Penny hinüber. Sie starrte viel zu konzentriert in ihr Schulbuch.

Auf dem Zettel standen in fleckiger blauer Tinte die Worte:

Du bist tot

Auch in den nächsten Unterrichtsstunden sprach Penny nicht mit mir, wofür ich dankbar war. Aber ihr bedrohlicher Zettel ging mir nicht mehr aus dem Sinn.

Wenigstens kann sie nicht ins Ballett gehen, dachte ich, als ich auf mein Zimmer rannte, um mich umzuziehen. Dort angekommen entdeckte ich Ariadne, die auf ihrem Bett saß und die Hockeysocken überstreifte. »Ich will nicht gehen«, stöhnte sie.

»Was meinst du?«

Sie zeigte auf ihre Aufmachung. »Hockey. Das ist ein Albtraum. Warum konnten sie mich nicht einfach Krocket spielen lassen?«

»Kannst du denn nicht wechseln? Hast du gefragt?«

Traurig nickte sie. »Ich muss bis zum Ende des Halbjahres dortbleiben, hat man mir gesagt. Ich bin mir nicht sicher, ob ich dann noch Beine habe.«

Arme Ariadne! »Vielleicht wirst du ja besser?«

Ihre einzige Erwiderung bestand darin, mir die Zunge herauszustrecken, während sie ihre Schuhe anzog und die Bänder zuband.

Als ich das Ballettstudio betrat, fröstelte ich unwillkürlich. »Hier unten wird es kälter«, sagte Miss Finch. »Am besten beginnen Sie so schnell wie möglich mit dem Aufwärmen.«

Ich begab mich mit den anderen Mädchen zur Ballettstange und fing mit den Übungen an. Ich war gerade dabei, mein *développé* zu üben und hatte mein Bein hoch in die Luft gestreckt, als Miss Finch hinter mir im Spiegel auftauchte. Sie sah mich seltsam an. »Das ist perfekt«, sagte sie. Ich lächelte, und sie erwiderte das Lächeln, aber es war eine Spur Unsicherheit darin.

Am Ende des Unterrichts reihten wir uns auf und machten einen Knicks vor Miss Finch. Sie wartete, bis die meisten Schülerinnen den Raum verlassen hatten und ich ebenfalls in Richtung Treppe ging. Plötzlich sagte sie: »Können Sie noch eine Minute bleiben?« Dabei nickte sie mir zu.

Ich trat an das Klavier, vor dem sie auf ihrem Hocker saß. Sie schwieg, bis alle anderen gegangen waren, und ich hörte, wie oben die Tür geschlossen wurde.

»Das war gute Arbeit heute, Ivy.«

»Vielen Dank, Miss«, erwiderte ich.

Und dann klappte mir der Unterkiefer herunter.

»I-Ivy?«, stotterte ich. »Was? Ich ... Wer ist Ivy?«

Miss Finch winkte abschätzig. »Mein liebes Mädchen, ich weiß, dass Sie nicht Scarlet sind. Zum einen haben Sie ein viel besseres Benehmen. Ihnen gefällt das Ballett um des Balletts willen, und nicht, weil Sie sich nach Ruhm und Reichtum sehnen. Ihren *développé* können Sie perfekt und Scarlet hat ihn nie richtig hinbekommen. Sie hat mir von ihrer Zwillingsschwester erzählt, und die sind Sie, nicht wahr? Sie sind Ivy.«

Ich fiel vor ihr auf die Knie. »Bitte«, flehte ich sie an, »bitte verraten Sie das keinem. Es darf niemand wissen.«

Miss Finch legte den Kopf schief. »Was soll das Ganze? Wo ist Scarlet?«

Mir drohten die Tränen zu kommen. »Sie ist tot«, flüsterte ich.

Ihr Ausdruck wechselte von Verwirrung zu purem Schock. »Ist das Ihr Ernst?«

Ich nickte.

»Wie ist das passiert?«

»Ich weiß es nicht«, schluchzte ich. »Darum muss ich hierbleiben und es herausfinden. Und ich darf niemandem verraten, wer ich bin, oder sie wird mich …« Abrupt klappte ich den Mund zu.

»Ivy, zwingt Sie jemand, sich für Scarlet auszugeben? Denn wer auch immer das ist …«

Plötzlich stemmte sich Miss Finch auf die Füße und stützte sich schwer auf das Klavier. Sie ballte die Fäuste. »Sie brauchen es mir nicht zu sagen. Ich glaube, ich weiß *genau*, wer es ist.«

23. KAPITEL

Ich konnte kaum glauben, was gerade passiert war. Ich war davon überzeugt gewesen, Scarlet so genau imitiert zu haben, von der schlampigen Schuluniform angefangen bis zu allem anderen. Ich hatte sogar Penny geohrfeigt! Aber als ich nun loseilte, um mich zum Abendessen umzuziehen, las ich plötzlich in den Augen jeder Person, die mir begegnete, Misstrauen.

Wenn Miss Fox herausfand, dass ich die Katze aus dem Sack gelassen hatte, würde sie mich umbringen. Oder noch schlimmer: dafür sorgen, dass ich den Rest meines Lebens mit Penny verbringen musste.

Ich hatte zwar gespürt, dass Miss Finch noch mehr hatte sagen wollen, aber ich hatte Angst gehabt, noch länger bei ihr zu bleiben. *Sie wusste Bescheid.*

Am Essenstisch hatte ich das Gefühl, mein Gehirn hätte sich in hundert Knoten verheddert und ich hätte nicht die geringste Ahnung, wie ich sie wieder lösen sollte. Ich ließ meine Suppe so lange unberührt, bis sie kalt war.

Ariadne gab nicht nach, bis ich ein paar Löffel davon aß. »Du brauchst alle Kraft, die du kriegen kannst, um nachher mit Penny aufzuräumen.«

Ich stöhnte und hätte beinahe meinen Kopf in den Suppenteller getaucht. Das war wirklich das Letzte, was ich heute noch brauchte.

Ein Schatten fiel auf uns, und ich drehte mich um. Miss Fox stand hinter mir. »Ich hoffe, Sie haben nicht vergessen, welche Pflicht heute Abend auf Sie wartet.«

»Nein, Miss«, antwortete ich widerstrebend.

Sie tippte mir leicht mit dem Stock auf die Schulter. »Gut.«

»Ojemine«, flüsterte Ariadne.

Miss Fox ging weiter zu den Küchenhelferinnen, und auch wenn ich nicht hören konnte, was gesagt wurde, war ich mir doch ziemlich sicher, dass sie ihnen befahl, heute Abend nicht abzuräumen. Großartig.

Als alle fertig waren und den Saal verließen, blieb ich auf meinem Stuhl sitzen. »Bis gleich«, sagte Ariadne voller Mitgefühl, nahm ihren Teller und trug ihn zum Stapel.

Kurz darauf war der Saal leer, abgesehen von Miss Fox, Penny und mir. Die Küchenhelferinnen hatten sich in die Küche zurückgezogen und die Durchreiche geschlossen.

»Also, *Mädchen*«, sagte Miss Fox. »Ich will, dass diese Tische so sauber sind, dass ich mich darin spiegeln kann. Und der Boden auch.«

Penny murmelte etwas, aber ich nickte nur.

Miss Fox rammte ihren Rohrstock auf den Boden. Wir zuckten beide zusammen. »Worauf warten Sie? Fangen Sie an!«

»Ja, Miss«, sagten wir im Chor. Die Helferinnen hatten Besen, Dreckschaufeln, Bürsten und Putzlappen dagelassen. Allein ihr Anblick ließ Erschöpfung in mir aufsteigen. Der Speisesaal war *riesig*.

Miss Fox' Absätze trommelten durch die große Flügeltür, und ich nahm mir einen Lappen und fing an, den nächsten Tisch zu schrubben.

Augenblicke später tauchte Penny neben mir auf. »Ich fasse

es nicht, dass du uns diesen Schlamassel eingebrockt hast«, höhnte sie.

Mein Verstand befahl mir, sie zu ignorieren, aber der Teil von mir, der sich wie Scarlet verhielt, konnte das nicht so einfach durchgehen lassen. Ich warf den Lappen auf den Tisch und blickte ihr direkt in die Augen. »*Ich* habe uns das eingebrockt? *Du* warst diejenige, die ihren Teller über mich gekippt hat!«

Penny schnaubte wie ein Pferd. »Aber du hättest mich nicht schlagen müssen.« Sie zeigte auf ihre mitgenommene Nase. »Davon abgesehen wissen wir alle, dass du es verdient hast.«

Ach ja, die geheimnisvolle Sache, die ich offensichtlich getan hatte. Ich seufzte. Ich konnte nicht länger die Kämpfe, die Scarlet angefangen hatte, ausfechten.

»Hör zu, Penny, lass uns einfach mit dem Saubermachen fertig werden, einverstanden?«

Penny hatte offensichtlich mit Widerspruch gerechnet, aber da konnte sie lange warten.

Zu meiner Überraschung erwiderte sie nichts. Sie fing einfach an, mit dem Lappen Krümel vom Tisch zu wischen.

Sie sagte kein Wort, während wir uns durch die Tische arbeiteten. Meine Arme schmerzten etwas, aber das war nicht so schlimm, kein Vergleich mit meinen noch immer wunden Händen.

Ich nahm mir einen Besen und fing an, die ganzen kleinen Essensreste auf dem Boden zusammenzufegen. Plötzlich vertrat Penny mir den Weg.

»Das war mein Ernst, weißt du?«, sagte sie und starrte mich mit regloser Miene an.

»Was war dein Ernst?«

»Der Zettel.«

Ach. Den hatte ich fast schon wieder vergessen.

»Ich lasse nicht zu, dass du mit allem durchkommst.« Ihre Unterlippe zitterte.

Ich blickte sie mit zusammengekniffenen Augen an. »Entschuldige mich«, sagte ich und kehrte weiter.

Ich versuchte die Tatsache zu verbergen, dass Penny mich erschüttert hatte. Mit ihr allein zu sein, bereitete mir echtes Unbehagen, obwohl das Geklapper aus der Küche verriet, dass die Köchinnen und die Helferinnen mit dem Abwasch beschäftigt waren.

»Ach, um Himmels willen!«, rief Penny irgendwann aus und warf den Besen zu Boden. Doch als ich zu ihr hinübersah, starrte sie mich nur finster an, dann hob sie den Stiel wieder auf und machte weiter.

Ich hatte das Gefühl, es wären Stunden vergangen, als ich mich schließlich an die Wand lehnte und ausruhte. Mittlerweile waren die Tische schön sauber und wir hatten den Schmutz auf dem Boden zu ordentlichen Häufchen zusammengekehrt. Draußen vor den hohen Fenstern war es dunkel geworden. Ich wollte gerade mein Kehrblech leeren, als Miss Fox zurückkehrte.

Sie fuhr mit dem Finger über den erstbesten Tisch und musterte ihn. Ich erinnerte mich daran, wie sie in Tante Phoebes Küche genau das Gleiche getan hatte. Heimweh stieg in mir auf.

»Hm«, machte sie. »Das scheint wohl in Ordnung zu sein. Das nächste Mal werden Sie es mit Sicherheit besser machen.«

Ich starrte sie ausdruckslos an und verweigerte jede Reaktion. Der Saal war so gut wie makellos und das wusste sie auch.

Allerdings war Penny nicht so schnell von Begriff. »Wir

haben *ewig* gebraucht, Miss!«, sagte sie hinter mir. »Mir bluten fast schon die Hände!«

Miss Fox' Augen leuchteten auf. »Wunderbar! Harte Arbeit bildet den Charakter. Wenn Sie morgen doppelt so viel machen, haben Sie auch *doppelt* so viel Charakter. Ist das nicht schön?«

Penny ließ sich auf den nächsten Stuhl sinken und starrte auf ihre Füße.

»Dürfen wir jetzt gehen, Miss?«, fragte ich, nachdem ich den letzten Staub in den Eimer gekippt hatte.

»Ja«, fauchte Miss Fox und marschierte, ohne ein weiteres Wort zu verlieren, aus dem Raum.

Als ich gehen wollte, fiel mir auf, dass Penny noch immer dort hockte und sich mit beiden Händen den Kopf hielt. Ich musste das nicht tun, aber aus irgendeinem Grund fühlte ich mich verpflichtet, etwas zu sagen.

»Auf Wiedersehen?«

»Verschwinde«, erwiderte sie, ohne aufzusehen.

Ich sollte *verschwinden?* Dabei gab es mich doch fast schon nicht mehr.

An diesem Abend weichte ich meinen schmerzenden Körper beträchtliche Zeit in der Wanne ein. Schließlich klopfte die Hausmutter gegen die Tür und befahl mir, zu Bett zu gehen. Ich protestierte nicht.

Als ich unser Zimmer betrat, schlief Ariadne bereits, bei brennendem Licht. Ich lächelte auf sie herab. Sie sah immer so friedlich aus und sie schlief so schnell ein.

Auch ich hätte versuchen sollen, etwas Schlaf zu finden, doch stattdessen kroch ich unter die Matratze und holte Scarlets Tagebuch hervor. Ich setzte mich auf den Boden und breitete die Seiten in der richtigen Reihenfolge vor mir aus. Aber ganz egal, wie oft ich die Einträge las, ich konnte nichts Neues entdecken.

Ich stand auf und musterte mich im Spiegel. Das Gesicht, das zurückblickte, war ausdruckslos, die Lippen zu einem schmalen Strich verzogen. Es enthüllte nichts.

Mit einem Seufzer sammelte ich die Seiten wieder ein. Ich schob sie zurück in das in Leder gebundene Buch, strich über die oben aufgeprägten Buchstaben und legte das Tagebuch zurück in sein Versteck.

Die Vorhänge flatterten, mir wurde bewusst, dass das Fenster offen war und die Tür einen Spalt breit geöffnet stand, was für Durchzug sorgte. Ich schloss beides, bevor ich mein Nachthemd anzog, die Lampe löschte und endlich erschöpft ins Bett fiel.

Ich war kurz vor dem Einschlafen, als mir ein Gedanke durch den Kopf ging: *Wenn Miss Finch weiß, wer ich wirklich bin, gibt es keinen Grund, warum sie mir nicht mehr über die Dinge erzählt, die sich vor Scarlets Tod zugetragen haben.* Aber bevor ich dem Gedanken folgen konnte, wurde er davongetragen, und der Schlaf spülte mich fort.

Am nächsten Tag benahm sich Penny noch unerträglicher als für gewöhnlich. Ständig versuchte sie mit aller Kraft, mich in jeder Stunde in Schwierigkeiten zu bringen.

Im Englischunterricht ließ sie jedes Mal, wenn die Lehrerin uns den Rücken zuwandte, den Füllfederhalter fallen und spritzte Tinte in alle Richtungen. »Das war Scarlet, Miss!«, sagte sie, und ich erhielt einen Schlag auf meine wunden Knöchel.

In Biologie stieß sie mich unablässig mit dem Ellbogen an, was meine Schrift zu einer einzigen Krakelei machte. Mrs.

Caulfield befahl mir, nach dem Unterricht zehnmal »Ich muss ordentlich schreiben« zu schreiben.

In Hauswirtschaft stieß sie eine ganze Packung Mehl vom Tisch, kreischte dann auf und fuchtelte mit den Händen in der Luft herum. Ariadne musste sauber machen, und ich musste in den Waschraum, um mein Kleid zu schrubben.

Seltsam war nur, dass Penny nicht länger mit ihren Freundinnen zu scherzen schien. Als ich die Küche verließ, stieß Nadia sie an und sagte: »Ich hoffe, du steckst dich bei ihr nicht mit den Freakpocken an.«

Aber Penny stieg nicht auf die Beleidigung ein. »Halt die Klappe, Nadia«, sagte sie und vertrieb sie mit einem Schulterzucken.

Nadia wurde böse. »Was ist denn mit dir los?«, fauchte sie.

Ich überließ sie ihrem Streit. Auf mich wartete der Ballettunterricht.

Das war der Augenblick, in dem die Geschehnisse seltsam wurden – oder noch seltsamer, genauer gesagt. Miss Finch war wieder nicht da, nur dass dieses Mal nicht Miss Fox kam, um uns zum Schwimmunterricht zu schicken. Stattdessen lag lediglich ein Zettel auf dem Klavier, mit der Anweisung, allein zu üben.

Danach ging ich enttäuscht zurück zu unserem Zimmer. Ariadne war bereits da und hatte optimistisch den Versuch gestartet, gleichzeitig zu lesen und zu nähen. Sie schien weniger grün und blau vom Hockey zu sein als sonst.

»Ich habe einfach so oft wie möglich jeden Kontakt mit dem Ball vermieden«, sagte sie mit einem fröhlichen Grinsen, als ich sie fragte.

Ich lachte halbherzig und setzte mich aufs Bett.

»Ach ja.« Sie legte das Buch zur Seite. »Draußen auf dem Spielfeld hatte ich eine Idee! Du kennst doch die Kapelle?«

»Ja, was ist damit?«

»Scarlet hat doch davon gesprochen, auf die Knie zu gehen, richtig? Nun, ich konnte vom Spielfeld aus die Kapelle sehen, und da dachte ich: Beten! Knien! Vielleicht sollten wir die Bänke absuchen?«

Ich nickte, als die Idee zu mir durchgedrungen war. Das war wirklich so ziemlich der einzige Ort, den wir bis jetzt *noch nicht* abgesucht hatten. »Ariadne, ich glaube, du könntest ein noch unentdecktes Genie sein.«

»Vielleicht bin ich das!« Ariadne sprang vom Bett; dabei fiel ihre Stickarbeit zu Boden. Ich hob sie auf. Dort stand BESTE FREUNDINNEN, umgeben von im Kreuzstich aufgebrachten Blumen. Behutsam legte ich den Stoff zurück auf ihr Bett. In meinem Inneren breitete sich ein warmes Glühen aus und verdrängte die dort herrschende Düsternis. Ich hatte noch nie zuvor eine beste Freundin gehabt, es sei denn, man zählte Scarlet dazu.

Ariadne griff bereits nach ihrer Umhängetasche. »Sie können uns ja schlecht dafür bestrafen, dass wir zur Kirche gehen, oder?«

Die Kapelle befand sich auf der Ostseite der Schule, eingerahmt von einer Wiese auf der einen und dem Spielfeld auf der anderen Seite. Daneben lag ein kleiner Friedhof, der vermutlich aus der Zeit stammte, als das Schulgebäude in vergangenen Jahrhunderten ein Herrenhaus gewesen war. Ohne Vorwarnung bevölkerte meine Vorstellungskraft ihn mit toten Schülerinnen. Ich erschauderte, während wir durch das ungeschnittene Gras gingen.

Wie bei den meisten Kirchen war der Eingang nie verschlossen, allerdings gab es einen großen Eisenring an der Tür, mit dem sie sich nur mühsam bewegen ließ.

Ich trat zuerst ein und sah mich um. »Leer!«, flüsterte ich und bedeutete Ariadne, mir zu folgen.

Der geflieste Boden ließ unsere Schritte laut von den Wänden widerhallen. Licht flutete durch die Buntglasfenster und es war überraschend hell.

»Wo sollen wir anfangen?«, flüsterte Ariadne aufgeregt. Eigentlich bestand keine Notwendigkeit, mit gedämpften Stimmen zu sprechen, aber es erschien irgendwie richtig.

Ich betrachtete die Bänke. Jeder Sitz war mit einer kleinen Nummer versehen. »Vielleicht Nummer dreizehn? Das war Scarlets Lieblingszahl.«

Ariadne rannte hin und fing an, die Reihen abzuzählen. »Oh«, sagte sie dann. »Es gibt keine dreizehn. Es geht direkt von zwölf zu vierzehn. Man muss gedacht haben, die Zahl bringe Unglück.«

»Aber nicht so viel Unglück, dass man unser Zimmer damit verschont hätte!« Ich dachte nach. »Dann eben Nummer vier?« Die anderen Verstecke waren diesem Muster gefolgt. Aber der vierte Sitz befand sich ganz vorn; dort gab es nichts, wo man Seiten aus einem Tagebuch verstecken konnte. »Hm. Und da, wo wir sonntags sitzen? Scarlet hätte auf demselben Platz sitzen müssen, oder?«

Ich schob mich in unsere Reihe. Mit den Gesangbüchern und den bestickten Kniekissen, von denen jedes den Namen der Person trug, die es angefertigt hatte, unterschied sie sich durch nichts von den anderen in der Kapelle. »Lass uns darunter nachsehen.«

Beide ließen wir uns auf Hände und Knie herunter und

krochen die Bank ab. Es war überraschend staubig hier, und Ariadne konnte nicht aufhören zu niesen, weshalb ich kichern musste. Ich schlug mir die Hand vor den Mund, um mein Gelächter zu dämpfen und den Staub fernzuhalten.

Soweit ich es sehen konnte, war weder unter der hölzernen Sitzbank noch am Boden etwas festgeklebt. »Gibt es auf deiner Seite was?«

Ariadne richtete sich auf und hielt sich ihr Taschentuch unter die Nase. »Nicht, soweit ich sehen kann.«

Hm. Ich setzte mich auf die Bank. »Sehen wir uns die an.« Ich deutete auf die Gesangsbücher und die Kniekissen.

»Oh, ja«, erwiderte Ariadne. Ihre Stimme wurde von dem Taschentuch etwas gedämpft.

Ich befand mich an dem Platz, auf dem ich normalerweise saß. Sitz vierundzwanzig. »Ich nehme das Kissen, du das Buch.« Ich gab es ihr.

Auf dem Kniekissen war ein Schäfer mit seiner Herde dargestellt, offensichtlich die Arbeit einer nicht besonders sorgfältigen Schülerin. An einer Seite waren breite Nähte, die mehr als nur schlampig gemacht waren. Ich musterte sie genau.

»Das könnte es sein«, flüsterte ich. »Vielleicht ist dort etwas hineingesteckt worden.« Ich fing an, an den Nähten zu zupfen. Ariadne blätterte das Gesangbuch durch, das sie dann verkehrt herum hielt und schüttelte, um zu sehen, ob etwas herausfiel – aber da war nichts.

Ein Kniekissen kaputt zu machen, erfüllte mich mit Unbehagen, selbst wenn es für einen guten Zweck war. »Vergib mir, Vater, denn ich habe dein Kissen kaputt gemacht«, murmelte ich.

Ariadne lächelte. »Ich bringe am Sonntag Nadel und Faden mit, dann nähe ich es wieder zu.«

Als ich die Fäden schließlich gelöst hatte, konnte ich meine Hand in das Kissen stecken. Es war mit einer Füllung versehen und mit … Papier?

Ich zog es heraus. Aber es handelte sich nur um ganz gewöhnliches Packpapier, das für den Rest der Füllung sorgen sollte.

Ariadne sah enttäuscht aus. »Nichts Geschriebenes?«

»Nein, aber …« Ich steckte die Hand wieder hinein und zog weitere Papierkugeln heraus. Ich hatte ungefähr zehn davon auf den Boden geworfen, dann rief ich plötzlich: »Aha!« Die nächste zerknüllte Papierkugel war voller Tinte. Tagebuchseiten!

Ariadne quiekte auf und schlug die Fingerspitzen aneinander – so machte das Klatschen weniger Lärm.

Ich setzte mich zurück und entfaltete die Seiten. Dort stand:

Liebes Tagebuch,

Du wirst nicht glauben, was passiert ist. Alles fing damit an, dass ich meine Haarbürste holen wollte, die mit der silbernen Einlegearbeit mit den Initialen meiner Mutter. Sie war nicht da. Ich suchte im ganzen Zimmer danach, und irgendwann wurde es mir klar – ich hatte sie nicht verlegt. Violet hatte sie genommen. Ich wusste es einfach.

Dieses Mal würde ich sie nicht damit durchkommen lassen. Kochend vor Wut saß ich meine erste Unterrichtsstunde ab und konnte es kaum erwarten, sie in die Finger zu kriegen. Meine Gelegenheit kam in Hauswirtschaft. Zuerst wollte ich sie nur anbrüllen, aber dann zog sie Mutters Bürste aus der Tasche und fing an, sich damit zu kämmen. Die Buchstaben E. G. waren deutlich auf der Rückseite zu erkennen.

Als sie sich umblickte, warf ich ihr finstere Blicke zu, aber sie lachte nur und schleuderte ihre Locken zurück.

Mrs. Weaver stand im hinteren Teil der Klasse und half jemandem dabei, ein Stück Stoff zu schneiden, also nutzte ich den Moment. Ich ging auf direktem Weg zu ihr und verlangte die Bürste zurück. Violet stieß Penny an und kicherte, also packte ich ihren Arm.

»Gib sie sofort zurück«, sagte ich. Sie klimperte mich mit ihren blöden Wimpern an und sagte: »Scarlet, wovon sprichst du? Das ist meine Bürste.« Dann musste sich Penny einmischen. »Ja, Scarlet, sie gehört ihr. Lass uns in Ruhe, du Freak!«

Also schnappte ich mir Violets Umhängetasche und nahm mir die Bürste selbst. In dem Moment kreischte Violet auf. »Miss! Scarlet hat meine Haarbürste gestohlen!«

Ich verlor die Kontrolle. Ich nahm die Zackenschere von ihrem Tisch, griff nach einem Bündel von Violets hübschen Locken und schnitt sie einfach ab. In meiner Hand sahen sie wie tote, zusammengerollte Blätter aus. Violet fing an zu schreien, als hätte ich sie ermorden wollen.

Ich erhielt eine Prügelstrafe und musste ohne Essen zu Bett. Aber das war es wert.

Violet wird noch den Tag bereuen, an dem sie sich Scarlet Grey zur Feindin gemacht hat.

Ach du meine Güte.

Ariadne las über meine Schulter mit. Sie bedeutete mir, zum nächsten Blatt zu wechseln.

Liebes Tagebuch,

ich glaube, ich habe Violet endlich gebrochen. Sie hat endlich aufgehört, mich zu verhöhnen; tatsächlich spricht sie gar nicht mit mir. Ich habe sie auch nicht mehr in meiner Nähe lauern gesehen, und meine Sachen im Kleiderschrank und den Schubladen sehen unberührt aus, was schon seit Ewigkeiten nicht mehr der Fall war. Es ist fast schon unheimlich.

Ein paarmal ist sie abends nicht einmal in unser Zimmer gekommen, und als ich am Morgen erwachte, sah ihr Bett unbenutzt aus. Sollte die Füchsin sie erwischen, bekommt sie richtigen Ärger.

Ihre Frisur sieht immer noch übel aus. Die Haare sind jetzt so kurz, dass sie wie ein Junge aussieht. Geschieht ihr recht.

Penny andererseits ist völlig ausgerastet. Sie hört nicht auf, mich anzubrüllen, und beim Ballett hat sie mich letztens so hart getreten, dass ich einen blauen Fleck hatte. Heute hat sie mir beim Unterricht ständig ein Bein gestellt und versucht, mich in Schwierigkeiten zu bringen. Schließlich wurde Miss Finch wütend auf sie und ließ sie eine Strafarbeit schreiben, trotzdem ist sie noch nicht aus der Klasse geflogen. Das zahle ich ihr noch heim – das verspreche ich. Bald wird auch sie mich in Ruhe lassen.

Ariadne sah mich an. »Das klingt nicht gut.«

Ich runzelte die Stirn. »Ich frage mich, was Violet wirklich wollte? Warte, dort steht noch mehr.« Ich strich eine der Papierkugeln glatt.

Liebes Tagebuch,

ich habe etwas Schreckliches getan. Ich weiß, ich hätte es nicht tun sollen, aber ich war soooo wütend.

Ariadnes Finger gruben sich in meinen Arm.

»Was hast du dieses Mal getan, Scarlet?«, flüsterte ich.

Nach dem Ballettunterricht stieß mich Penny die Kellertreppe hinunter. Es hat niemand gesehen, weil ich die Letzte in der Reihe war und Miss Finch früher gegangen war, denn sie hatte einen Arzttermin. Als Penny fast oben war, drehte sie sich um und stieß mich vor die Brust. Ich stürzte in die Tiefe und kam dabei auf jeder Steinstufe auf.

Ich blieb eine Weile unten sitzen und weinte, denn ich wusste, dass niemand da war, der mich sehen konnte. Aber als ich nach oben ging, entdeckte ich Pennys hellblaues Haarband auf einer Stufe. Das brachte mich auf eine Idee.

Ich schäme mich so. Ich ging zur Abstellkammer des Hausmeisters und nahm mir dort einen Holzhammer. Dann zertrümmerte ich Miss Finchs Klavier. Dabei musste ich an alles denken, was Penny und Violet mir angetan hatten, und meine Wut steigerte sich. Als das Klavier ordentlich etwas abbekommen hatte, warf ich den Hammer auf den Boden und legte Pennys Haarband daneben. Dann ging ich in Tränen aufgelöst auf direktem Weg zu Miss Fox und behauptete, Penny sei dafür verantwortlich. Ich hätte sie dabei beobachtet, sie sei wohl auf Miss Finch böse gewesen, weil die sie bestraft hatte. Miss Fox war außer sich.

Und jetzt sitze ich an meinem geheimen Platz allein auf dem Dach. Ich stelle mir den Ausdruck auf Pennys Gesicht vor, wenn Miss Fox sie holt.

Aber dann muss ich an Miss Finch denken und daran, was sie empfinden wird, wenn sie das Klavier sieht. Und ich fühle mich furchtbar.

Ich hoffe, ich bin dieses Mal nicht zu weit gegangen.

Ariadne und ich saßen schweigend da und starrten die Seiten an. Ich hatte immer gewusst, dass Scarlet rücksichtslos sein konnte, aber das?

Trotzdem flüsterte eine winzige Stimme in meinem Hinterkopf: *Immerhin war es nichts Schlimmeres.*

»Kein Wunder, dass Penny dich so hasst«, meinte Ariadne.

Ich nickte. »Und jetzt ist sie vom Ballettunterricht verbannt. Obwohl … vielleicht weiß sie gar nicht, dass Scarlet dafür verantwortlich war. Vielleicht hat sie nur einen Verdacht.«

Bestimmt waren wir näher als je zuvor an der Wahrheit über meine Zwillingsschwester dran, das fühlte ich genau, dennoch türmten sich nur Rätsel über Rätsel vor uns.

Niedergeschlagen standen wir auf. Wie gewöhnlich verbarg ich die Seiten in meinem Kleid. Wir mussten zurück auf unser Zimmer, es war nicht mehr lang bis zum Abendessen.

Ich hängte das Kniekissen zurück an seinen Haken und hoffte, dass niemand den Schaden bemerken würde. Draußen hatte es zu regnen angefangen. Wir rannten zurück zur Schule, dabei knirschten unsere Schritte laut auf dem Kies. Ich betete darum, dass die Seiten trocken blieben, denn es war ein heimtückischer Regen, der einen schnell bis auf die Haut durchnässen konnte.

Ariadne zog eine kleine Hintertür auf und wir liefen mit bereits klatschnassen Haaren nach drinnen.

»Du meine Güte«, stieß sie hervor und wischte sich Wasser aus den Augen.

Wir eilten auf unser Zimmer, beide noch immer etwas von Scarlets letztem Tagebucheintrag erschüttert.

»Du meine Güte«, wiederholte Ariadne, während sie die Tür hinter uns schloss. Ich fragte mich, ob sie den Rest ihres Vokabulars wohl vergessen hatte, bis sie langsam weitersprach. »Deine Schwester war wirklich ein Original, was?«

Ich verdrehte die Augen. »Das kann man wohl sagen.« Ich setzte mich an den Ankleidetisch und zog die zerknitterten und etwas feuchten Seiten aus meinem Kleid.

Ariadne lächelte, aber sie schien abgelenkt. Ihre Welt war so einfach, doch nun drangen dunklere Dinge in sie ein. »Noch eine halbe Stunde bis zum Abendessen«, verkündete sie.

»Schon gut.« Ich seufzte, denn ich freute mich wirklich nicht auf das große Aufräumen danach. »Lass mich eben noch die Seiten verstecken.« Ich strich sie auf dem Tischchen glatt. Die Tinte war etwas verlaufen, aber man konnte noch alles lesen.

Ich ließ mich auf Hände und Knie nieder, kroch zum Bett und schob mich dann auf dem Rücken darunter. Ich stieß die Hand in die Matratze und tastete nach dem Lederbuch mit den Buchstaben ›SG‹ auf dem Umschlag.

Ich bewegte die Hand, kratzte mich an den Bettfedern und ließ noch mehr Füllung herausrieseln als sonst. Und ich ergriff … *nichts.*

Das Tagebuch war weg.

24. KAPITEL

»Ariadne! Hast du das Tagebuch genommen?«

»Nein«, erwiderte sie. Ihre Stimme schien von weit weg zu kommen. »Warum sollte ich?«

Mein Atem ging schneller. Ich zog mich unter dem Bett hervor; mein Haar war feucht und mein Kleid voller Matratzenfüllung. »Es ist weg!«

Ariadne sah entsetzt aus. »Bist du sicher? Vielleicht hast du es beim letzten Mal nicht richtig versteckt?«

Ich schnappte mir mein Kissen und zerrte es aus dem Bezug, aber es fiel nichts heraus. Ich riss alle Decken und Laken von meinem Bett. Ich riss die Kleiderschranktüren auf, dann zog ich jede einzelne Schublade heraus und ...

»Ivy, hör auf«, flüsterte Ariadne.

Aber ich hörte nicht auf sie. Ich musste das Tagebuch finden. Es musste da sein.

Ariadne gab es bald auf, mich zu beruhigen, und beteiligte sich an der Suche.

Es dauerte nicht lang, bis der Fußboden mit Kleidung, Büchern und Bettlaken übersät war. Völlig verzweifelt setzte ich mich.

Das Tagebuch war weg. *Gestohlen.* Das einzige bisschen von Scarlet, das ich noch hatte. Das Buch, das all ihre Geheimnisse enthielt. Alle *meine* Geheimnisse.

»Meine Schwester …« Wie betäubt starrte ich die Wand an. Ariadne setzte sich neben mich und versuchte den Arm um mich zu legen – in der nächsten Sekunde schluchzte ich. »Wer sollte so etwas tun? Wer sollte ihr Tagebuch nehmen?« Ich schüttelte den Kopf, Tränen liefen mir die Wangen hinunter. »Es wusste ja niemand, dass es dort war!«

Ariadne zog an ihren Haaren. »Ich weiß es nicht!« Sie schien kurz davor, selbst in Tränen auszubrechen. »Ich habe es niemandem verraten, ich schwöre es!«

Ich weiß nicht, was in dem Moment über mich kam, aber ich schnappte mir ihren Kragen und zog sie zu mir. »VERSPRICH ES MIR! Versprich mir, dass du keiner Menschenseele davon erzählt hast!«

»Das habe ich nicht!«, wimmerte sie. »Ivy, bitte!«

Ich ließ sie so schnell los, als hätte ich mir die Finger verbrannt. »Es tut mir leid, es tut mir leid«, murmelte ich. »Ach, Ariadne, was sollen wir nur tun?«

Meine Freundin zitterte am ganzen Leib. Sie lehnte sich gegen den eisernen Bettrahmen. Jetzt sah sie wieder wie eine Maus aus, wie bei unserer ersten Begegnung.

»Wer sollte so etwas tun?«, wiederholte ich. »Wenn Miss Fox es in die Finger bekommt, bin ich erledigt. Oder wenn …«

Mir war gerade noch eine andere Person eingefallen, die mich mehr als alles andere hasste. Die *Scarlet* mehr als alles andere hasste.

Ich sprang auf und wischte mir hastig die Tränen vom Gesicht. »Diese *Hexe*«, sagte ich leise.

Ariadne schlug die Hand vor den Mund. »Ivy, was ist?«

»Sie war es. *Sie* hat das Tagebuch gestohlen. Es muss so sein. Ich bringe sie um.« Ich ballte die Fäuste.

»Wer war es?«

»Penny«, spie ich hervor. Ich zitterte nun ebenfalls, aber vor Zorn. Damit würde ich sie nicht davonkommen lassen.

Ich ignorierte Ariadnes Versuch, mich zurückzuhalten, lief zur Tür, riss sie auf und marschierte durch den Korridor, dabei sah ich zweifellos wie eine Verrückte aus. Plötzlich wurde mir bewusst, dass ich keine Ahnung hatte, in welchem Zimmer Penny wohnte. Also ging ich einfach zurück und donnerte gegen jede einzelne Tür. Mädchen streckten den Kopf heraus und starrten mich an.

»Was in aller Welt soll das?«, fragte Anna Santos aus Zimmer acht, ihr braunes Haar zur Hälfte gekämmt. Ich ignorierte sie und machte weiter, bis Nadia Sayanis Gesicht vor mir erschien. »Ja?«, fragte sie hochmütig.

Ich packte sie, zerrte sie aus dem Zimmer und drückte sie gegen die Wand.

»Wo ist Penny?«, verlangte ich zu wissen.

Nadia wehrte sich, versuchte mich zu treten. »Woher soll ich das wissen? Sie redet nicht mal mit mir!«

In diesem Moment rief Anna: »Ich glaube, ich habe sie nach oben gehen sehen.«

Ich war noch nie in der obersten Etage gewesen und hatte angenommen, dass es dort nichts gab. »Bist du sicher?«

»Ja, ja!« Sie sah etwas verängstigt aus. »Sieh doch selbst nach.«

Ich warf Nadia einen letzten Blick zu und rannte zur Treppe. Meine Füße trommelten auf den hölzernen Stufen. Alles wurde niedriger, während ich nach oben ging, bis ich mit dem Kopf beinahe gegen die Decke stieß. Außerdem wurde es heller. Am oberen Treppenabsatz gab es eine schräge Fensterluke voller Regentropfen. Sie stand einen Spaltbreit geöffnet.

Ich nahm die letzten Stufen und stieß die Luke weit auf. Auf dem flachen Teil des Daches konnte ich eine Silhouette ausmachen. *Penny.*

Ich schob mich durch die Luke. Der Regen war schwächer geworden, hatte aber noch nicht ganz aufgehört. Dieser Teil des Daches war breit und lag zwischen Schornsteinkästen und steilen Schrägen. Ich versuchte, nicht nach unten zu sehen und war dankbar für meinen guten Gleichgewichtssinn. Die dunklen Dachschindeln waren nass vom Regen und glatt.

Penny wandte mir den Rücken zu und starrte auf die Felder und Bäume. Sie hielt etwas in den Händen. Ich konnte es nicht genau erkennen, aber das brauchte ich auch nicht.

Ich ballte die Fäuste. »PENNY!«, schrie ich, während ich mich ihr näherte.

Sie fuhr herum. Ihre drahtigen Haare wurden vom Wind gepeitscht, die blaue Schleife hing schlaff herunter. Sie hielt das Tagebuch wie eine Art Trophäe in die Höhe. »Suchst du das? Wer bist du überhaupt, *Ivy?*«

Ich streckte den Arm aus und versuchte, es ihr abzunehmen, denn ich befürchtete, die losen Seiten könnten jeden Augenblick über das Schulgelände flattern. Aber ihr Griff war wie ein Schraubstock; blitzschnell hielt sie sich das Buch hinter den Rücken.

»Ich wollte nur etwas finden«, sagte sie, »um dich zu demütigen. Oder vielleicht zu beweisen, dass man nicht mich aus dem Ballettunterricht hätte werfen sollen. Aber das?« Sie schüttelte den Kopf. »Das ist unbezahlbar!«

Ich versuchte mich zu beruhigen, atmete tief durch. »Wie hast du es gefunden, Penny? Hat es dir jemand verraten? Hast du sie dazu gezwungen?«

Sie starrte mich an. »Vielleicht solltest du deine Tür richtig schließen und dafür sorgen, dass keiner in dein Zimmer sehen kann.«

»Du hinterhältiges kleines …«

»Ha! Du glaubst, ich wäre schlimmer als du? Warte, bis ich Miss Fox erzähle, was du da treibst!«

Ich schob mir die regennassen Haare aus dem Gesicht. »Tatsächlich würdest du dann feststellen, dass sie es bereits weiß.«

In Pennys Augen flackerte Unsicherheit und sie machte einen Schritt zurück, auf den Schornstein hinter ihr zu. »Was? Sie weiß, dass du nicht Scarlet bist?«

»Oh ja«, sagte ich. »Miss Fox weiß alles. Du hast gar nichts. Scarlet ist nicht mehr da. Nur noch ich.« Mit ausgestreckter Hand ging ich auf sie zu, als würde ich mich einem wilden Tier nähern. »Gib mir das Tagebuch zurück, Penny. Das ist mein Ernst.«

Sie schaute von mir weg und schüttelte ihre nassen Haare. »Du bluffst«, sagte sie tonlos und starrte über das Dach.

Ich hielt den Blick auf ihre rechte Hand gerichtet, die Scarlets in Leder gebundenes Buch hielt. Ich betete darum, dass der Regen es nicht für immer zerstört hatte. »Penny, bitte. Du kannst mich damit nicht in Schwierigkeiten bringen, weil die ganze Sache die Idee von Miss Fox war. Und du kannst auch nicht beweisen, dass der Vorfall beim Ballett Scarlets Schuld war, oder?«

Natürlich konnte sie das nicht. Diese Seiten befanden sich noch in Zimmer dreizehn.

»Ich soll also glauben, dass die Füchsin über alles Bescheid weiß? Dann verrate mir doch, warum dort steht, dass sie nichts davon erfahren darf? Ich habe das ganze Ding gelesen!«

Da hörte ich eine Stimme meinen Namen durch den Regen und den Wind rufen.

Ariadne kletterte durch die Luke. »Ariadne, sei vorsichtig!«, rief ich ihr zu, aber ich war mir nicht sicher, ob sie mich hörte. Mit unsicheren Schritten kam sie zu mir.

Ich richtete meine Aufmerksamkeit wieder auf Penny.

»Deine erbärmliche kleine Maus von Freundin weiß auch darüber Bescheid? Das kann doch nur ein Scherz sein …«

»Hör zu, Penny.«

»NEIN, DU HÖRST ZU! Alle glauben, sie könnten mich für dumm verkaufen! Ich lasse mir das nicht länger gefallen!« Sie schrie die Worte in den Regen hinaus. »*Ich* habe es verdient, die Beste der Ballettklasse zu sein!«

Ich stand da, starrte ihr ins Gesicht und hörte, wie Ariadne hinter mir keuchte.

Penny stockte nach diesen Worten. »Du bist *neidisch*«, sagte ich und konnte es kaum fassen.

»Natürlich bin ich neidisch! Ich war immer die beste Ballerina, besser als Nadia, besser als du und deine schreckliche Schwester! Und das hat man mir alles genommen.«

Regentropfen hafteten auf ihrem Gesicht, aber dort waren auch Tränen, das konnte ich genau sehen. Pennys Augen waren rot und aufgequollen. Mein Zorn übermannte mich, und ich konnte ihn nicht zügeln, nicht einmal, als ich sie weinen sah. »Du bist eine gemeine und selbstsüchtige Göre! Du hast gar nichts verdient!«

Penny schleuderte das Tagebuch zu Boden und warf sich schreiend auf mich. Sie stieß mich auf die nassen Dachschindeln und versuchte, auf mich einzuschlagen. Mit zusammengebissenen Zähnen setzte ich meine ganze Kraft ein, um sie abzuwerfen.

Ariadne hechtete an mir vorbei und griff nach dem Tagebuch, rutschte aber aus und flog gegen den Schornstein.

Entsetzt musste ich zusehen, wie ihr Kopf gegen die schwarzen Steine krachte. Leblos landete sie auf den Dachschindeln. »Ariadne!«, rief ich.

Ich kroch auf sie zu, aber plötzlich stand Penny über mir und packte mich an den Haaren. »Wie gefällt dir das?«, brüllte sie. Sie trat nach mir. »Lügnerin! Genau wie deine Schwester!«

Meine Kopfhaut brannte, aber ich bemühte mich noch immer, von ihr loszukommen, um Ariadne zu erreichen. Blut rann ihre Schläfe hinunter.

»Oh nein«, flüsterte ich.

Pennys Griff lockerte sich. Sie hatte entdeckt, dass Ariadne dort lag und ihre ausgestreckte Hand direkt neben dem Tagebuch ruhte.

Die Zeit blieb stehen. Penny stolperte.

Und ich taumelte nach vorn.

25. KAPITEL

»Ariadne, wach auf!«, rief ich.

Sekunden später zitterten Ariadnes Lider und sie stöhnte.

Gott sei Dank, sie lebte!

»Ariadne, bist du in Ordnung?«

»Ja«, flüsterte sie.

Erleichterung strömte durch meine Adern. Ich schnappte mir das Tagebuch, drückte es so fest an meine Brust, wie ich konnte, und rollte mich herum. Dabei geriet ich gefährlich nahe an den Rand des flachen Dachteils. Schwindelerregend breitete sich weit unter mir der Boden aus.

Penny starrte mich finster an, während ich zurück in Sicherheit kroch. Ihr Atem ging stoßweise. »Also hast du dein dummes Tagebuch! Was nutzt es dir schon? Ich kenne jetzt sämtliche deiner jämmerlichen Geheimnisse.«

Ich kämpfte mich auf die Füße. Ich war völlig durchnässt. »Aber ich habe deine Beweise.«

»Das bedeutet gar nichts!«, kreischte sie. »Ich kann trotzdem jedem verraten, wer du wirklich bist!«

In diesem Augenblick hustete Ariadne und sagte etwas so leise, dass ich es wegen des Windes nicht verstehen konnte.

»Was? Was hat sie gesagt?«, verlangte Penny zu wissen.

»Tauscht«, wiederholte Ariadne lauter mit krächzender Stimme.

Ich behielt Penny im Auge, begab mich zu meiner Freundin und ging neben ihr in die Hocke. »Was sollen wir tauschen?«, flüsterte ich.

Ariadne legte eine Hand an den Schnitt auf ihrem Kopf, der sich schnell purpurrot verfärbte. Sie stöhnte lauter. »Den Beweis«, sagte sie dann. »Wir haben den Beweis, dass man Penny etwas angehängt hat. Du könntest es Miss Fox sagen.«

Penny spitzte die Ohren. »Was schlägst du vor, Maus?«

Ich verstand, was Ariadne meinte. Auch wenn ich Miss Fox unmöglich das Tagebuch zeigen konnte, konnte ich trotzdem enthüllen, was Scarlet getan hatte. Penny würde wieder tanzen können und ich … mich würde man vermutlich an ihrer Stelle aus der Klasse verbannen. Oh.

Ariadne wandte sich mir zu. »Ivy, wir haben keine Wahl«, flüsterte sie. »Sie wird es allen verraten.«

Frustriert schrie ich auf, dann wandte ich mich Penny zu. »Es stimmt«, sagte ich. »Wir haben eine Seite, auf der Scarlet zugibt, was sie dir angetan hat. Wenn du schwörst …«

Penny rollte mit den Augen. »Wenn du bei deinem Leben SCHWÖRST, dass du den Mund hältst, gebe ich es zu.«

Ich hielt den Atem an.

Penny ballte die Fäuste und setzte sich plötzlich aufs Dach. Sie starrte auf die graue Welt um uns herum, als hätten ihre Wut und ihre Verzweiflung die Regenwolken herbeibeschworen. »Alles, was ich je wollte, war Ballerina sein. Dass mich das Publikum liebt.«

»Nun, dann bist du und ich … und meine Schwester … wir sind gar nicht so verschieden, nicht wahr?«

»Ich bin nicht wie du«, knurrte Penny.

Aber dann schien sie, nach einer Pause, eine Entscheidung zu treffen. »Also gut. Du sagst ihnen, dass du – dass Scarlet –

das Klavier zertrümmert hat. Aber wenn man mich nicht wieder tanzen lässt, ist der Handel geplatzt.«

Ich sah Ariadne an, die sich noch immer den Kopf hielt. Der Regen spülte ihr weiter scharlachrotes Blut das Gesicht hinunter.

»Schön«, sagte ich. »Es ist so gut wie erledigt.«

Ich half Ariadne auf die Beine. Sie stolperte und legte ihr ganzes Gewicht auf meinen Arm. Vorsichtig suchten wir uns einen Weg über das Dach, während der Wind uns die Haare ins Gesicht peitschte. Das Tagebuch hielt ich fest in einer Hand. Penny rührte sich nicht, als wir an ihr vorbeikamen.

»Bist du in Ordnung?«, fragte ich Ariadne erneut.

»Oh, völlig in Ordnung«, erwiderte sie. Aber Sekunden später verdrehte sie die Augen und ihre Beine gaben nach. Ich zog sie in die Höhe und schleppte sie zur Fensterluke.

Unten an der Treppe hatten sich einige Mädchen versammelt, die aufgeregt miteinander sprachen. Sie rissen die Augen auf, als sie mich und die schwankende Ariadne entdeckten. Beide waren wir bis auf die Haut durchnässt und eine von uns blutete.

Nadia hatte die Hände in die Hüften gestemmt. »Was hattet ihr dort oben zu suchen?«, verlangte sie zu wissen. »Wo ist Penny?«

»Sieh doch selbst nach«, erwiderte ich ungeduldig.

»Bei diesem Wetter gehe ich doch nicht dort raus!«

Die anderen Mädchen nickten. »Wir würden uns den Tod holen!«, fauchte Ethel.

Für diesen Unsinn hatte ich keine Zeit. »Hört zu, ich muss Ariadne zur Schulschwester bringen! Lasst ihr uns bitte durch?«

»Um Himmels willen …«, fing Nadia an, aber ich drängte

mich an ihr vorbei. Ariadne stöhnte und stolperte mit mir weiter. Die Menge machte uns Platz.

»Ich helfe euch«, sagte ein kleines, schüchtern aussehendes Mädchen und legte sich Ariadnes anderen Arm um die Schultern.

»Danke, Dot«, murmelte Ariadne.

Ich ließ Dot führen: Es ging durch einen Korridor und dann eine kurze Treppe nach unten, wo es eine Tür mit einem diskreten Roten Kreuz gab. Dot klopfte behutsam, und als keine Antwort kam, hämmerte ich mit aller Kraft dagegen.

»Was ist denn?« Die Krankenschwester erschien hinter der Tür. »Was soll dieser Lärm?« Sie hatte dunkelbraune Haare, die sie zu einem Knoten zusammengebunden hatte, und – glücklicherweise – ein freundliches Gesicht. Sie trug eine Taschenuhr und ein Namensschild, auf dem »Schwester Gladys« stand.

»Meine Freundin ... ist die Treppe runtergefallen«, log ich. »Sie hat sich den Kopf aufgeschlagen.«

Schwester Gladys dachte schnell nach. »Legen wir sie hin. Wie heißen Sie, meine Liebe?«

»Ariad ... ne ... völlig ... in Ordnung«, stammelte Ariadne. Ihre Sprache wurde merklich undeutlicher. Wir halfen ihr auf das Bett mit dem Eisenrahmen. In dem großen Raum standen zwei weitere identische Betten; es gab einen Spülstein, einen Tisch voller Erste-Hilfe-Material und einen riesigen Medizinschrank aus Metall mit einem schweren Vorhängeschloss. Es roch durchdringend nach Desinfektionsmittel.

»Du meine Güte, ihr seid ja völlig durchnässt«, sagte die Krankenschwester.

»Wir sind gerade von draußen hereingekommen. Aber Ariadne hat etwas vergessen und wollte zurücklaufen. Dabei ist sie auf den Stufen ausgerutscht.« Zu lügen fiel mir immer leichter.

»Sieht so aus, als hätte sie eine Gehirnerschütterung.« Schwester Gladys holte ein feuchtes Tuch und tupfte den Schnitt auf Ariadnes Kopf ab, was sie zusammenzucken ließ. »Ist sie bei dem Sturz mit etwas Scharfem zusammengestoßen?«

»Äh … vielleicht die Kante der Fußbodenleiste?«, erwiderte ich.

Nachdenklich nickte die Krankenschwester. »Lasst mich diesen Schnitt säubern, meine Lieben. Dann wird sie viel Ruhe brauchen.«

Ich setzte mich neben Dot auf einen Metallstuhl. »Ariadne ist nett«, sagte sie und schniefte. »Sie hat mich beim Hockey dreimal davor bewahrt, vom Ball getroffen zu werden.«

»Beruhigt euch«, sagte Schwester Gladys. Sie wrang den Lappen aus und griff nach einem Stück Baumwolle. »Sie ist schon bald wieder auf den Beinen.«

Dot zog erneut die Nase hoch. Ich schenkte ihr ein beruhigendes Lächeln und nahm ihre Hand. »Du hast recht. Ariadne ist eine gute Freundin«, flüsterte ich. Sie erwiderte meinen Händedruck.

Wir blieben noch ungefähr zehn Minuten, während sich die Krankenschwester um Ariadne kümmerte und ihr etwas zum Schlafen gab. »Die jungen Damen können jetzt zurück in ihre Zimmer gehen. Sie können Ihre Freundin morgen besuchen. Ich notiere den Vorfall im Unfallbuch.«

Zögernd verließen wir das Krankenzimmer. Ich betete, dass Penny ihren Teil der Abmachung eingehalten hatte, seitdem wir sie auf dem Dach zurückgelassen hatten.

Im Wohntrakt hatte sich die Menge noch immer nicht zerstreut. Die anderen Mädchen standen dort herum und unterhielten sich. Anscheinend dachte niemand ans Abendessen. Ich eilte in unser Zimmer und versteckte das Tagebuch ganz unten im Kleiderschrank, damit es ganz sicher war, bis ich wusste, ob Penny ihr Angebot ernst nahm. Hoffentlich wurde es schnell wieder trocken.

Eine keifende Stimme übertönte das Gemurmel. »Was hat das zu bedeuten? Sie sollten alle im Speisesaal sein!«

Miss Fox. Die hatte mir noch gefehlt.

Ein ganzer Chor von »Entschuldigung, Miss!«, ertönte, während alle zur Treppe strömten. Miss Fox stand dort mit in die Hüften gestemmten Händen.

»Miss Grey!« Sie zeigte auf mich. »Haben Sie etwas angestellt?«

»Nein, Miss«, sagte ich. »Ariadne ist die Treppe hinuntergefallen, also haben Dot und ich sie zur Krankenschwester gebracht.«

»Hm.« Ihr Blick nahm meinen mitgenommenen Zustand auf. Sie sah skeptisch aus, und einen Augenblick lang hatte ich schreckliche Angst, dass sie von mir die Wahrheit verlangen würde. Aber sie sagte nur: »In den Speisesaal, sofort. Und keinen Ärger mehr.«

Ich schüttelte den Kopf, aber natürlich *würde* es weiteren Ärger geben. Ich würde zugeben müssen, was Scarlet mit Miss Finchs Klavier gemacht hatte, und mich den Konsequenzen stellen.

Wie um mich daran zu erinnern, erschien Penny. Sie war bis auf die Haut durchnässt – sogar noch mehr als ich.

»Miss Winchester, Sie sehen aus wie eine ertrunkene Ratte!«, sagte Miss Fox. »Ziehen Sie sich um. Sie auch, Miss Grey! In diesem Aufzug können Sie nicht zum Essen kommen!«

Ich warf Penny einen Blick zu, während wir zu unseren Zimmern gingen. Sie machte eine Geste – öffnete und schloss die Hände. Ein Buch. Ein *Tagebuch*.

Eine simple Erinnerung daran, dass sie meine Welt jeden Augenblick zum Einsturz bringen konnte.

26. KAPITEL

Es war seltsam, in Zimmer dreizehn ohne Ariadne zu schlafen. Es erinnerte mich an meinen Einzug bei Tante Phoebe, an das allererste Mal, dass ich eine Nacht ohne Scarlet verbracht hatte. Tränen schossen mir in die Augen.

Das Abendessen war nicht weniger schrecklich gewesen, erst recht, da ich danach mit Penny hatte sauber machen müssen. Allerdings hatte sie sich auf der anderen Seite des Saals aufgehalten und nicht ein Wort gesagt. Und sie hatte mir auch nicht ins Gesicht gesehen.

Am nächsten Tag erschienen mir die Dinge etwas positiver, obwohl das drohende Unheil über meinem Haupt schwebte: Ich hatte Scarlets Vergehen zu gestehen.

Ich besuchte Ariadne im Krankenzimmer. Sie war auf ein paar Kissen gebettet und trug einen weißen Verband um die Stirn, aber ihre Augen blickten klar.

»Wirst du es tun?«, flüsterte sie. »Das mit dem kaputten Klavier zugeben?«

Ich nickte. »Natürlich. Das muss ich.«

Während des ganzen Ballettunterrichts grübelte ich darüber nach, was Miss Finch sagen würde, sobald sie es herausfand. Jedes Mal, wenn sie meine Tanzschritte lobte, zuckte ich innerlich zusammen.

Lautlos verfluchte ich mein Spiegelbild. In meiner Vorstellung streckte mir Scarlet die Zunge heraus.

Als ich vor Miss Fox' Büro stand, zitterte ich am ganzen Leib. Ich fragte mich, ob sie mir überhaupt glauben würde. Ganz zu schweigen von der Frage, wie ich davon erfahren hatte …

Leise klopfte ich an der dunklen Holztür. Sekunden später schwang sie auf, und ich sah das unerfreuliche Gesicht der Füchsin vor mir.

»Ja?«, sagte sie ungeduldig und starrte über mich hinweg.

»Ich muss etwas gestehen«, sagte ich.

»Aha!«, rief sie triumphierend. »Warum überrascht mich das nicht? Eine durchtriebene Übeltäterin wie Sie …«

»Nicht ich.« Ich schüttelte den Kopf. *»Eine andere.«*

Miss Fox hob die Brauen und trat zur Seite. »Reinkommen«, befahl sie.

Ich setzte mich und war dankbar, dass ich noch nicht bestraft wurde.

»Gut.« Sie hatte die Tür geschlossen und stand nun über mich gebeugt. »Bitte sagen Sie mir, was *eine andere* angestellt hat.«

»Es geht um den … unglücklichen Zwischenfall mit Miss Finchs Klavier.«

Miss Fox richtete sich auf. »Ich erinnere mich. Miss Winchester wurde gebührend bestraft.«

»Aber es war gar nicht Penny, Miss. Es war meine Schwester.« Trotz der geschlossenen Tür hatte ich meine Stimme bei den letzten Worten gesenkt. »Sie war wütend auf Penny und wollte es ihr anhängen.«

»Das ist völlig absurd!« Miss Fox schlug mit der Hand auf den Tisch, die Hunde wackelten. »Woher wollen Sie das wissen? Sie waren damals nicht einmal auf der Schule.«

Glücklicherweise hatte ich die halbe Nacht damit verbracht, an meinen Antworten zu arbeiten, also wusste ich, was ich nun zu sagen hatte.

»Scarlet hat ein Geständnis verfasst.« Ich zog ein Blatt Papier aus der Tasche. Keine Tagebuchseite, sondern ein brandneues Geständnis, das ich sorgfältig zerknittert hatte. »Das habe ich in unserem Zimmer gefunden und … und ich dachte, dass Penny mich vielleicht in Ruhe lässt, wenn ich ehrlich bin und es Ihnen sage.«

Miss Fox blickte mich ungläubig an, streckte aber die Hand aus. »Lassen Sie sehen.«

Für das ungeübte Auge ähnelte meine Handschrift Scarlets sehr, und ich hatte mir große Mühe gegeben, das Geständnis wie das Werk meiner Schwester aussehen zu lassen. Ich hatte ihre verbissene Rivalität mit Penny beschrieben, ihr Verlangen, die Einzige im Rampenlicht zu sein. Ich hatte es so geschrieben, als wäre sie stolz auf sich und übernähme die ganze Verantwortung. Also genau das, was Miss Fox erwarten würde.

»Dummes Mädchen.« Miss Fox schüttelte den Kopf, während sie die Seite zusammenfaltete und in einer Schreibtischschublade verstaute. »Das ist genau die Art leichtsinniger Unsinn, die sich dieses Kind einfallen lassen würde.« Sie betrachtete ihren Chihuahua-Füllfederhalter und tippte gedankenverloren mit dem Fingernagel gegen seine Schnauze. »Hätte ich Miss Winchester nur nicht bereits dafür bestraft. Und ihren Eltern gesagt …« Plötzlich warf sie mir einen scharfen Blick zu. »Kein Wort darüber zu niemandem, verstanden?«

Ich stand auf. »Aber darf Penny wieder am Ballettunterricht teilnehmen? Werden Sie mich rauswerfen?«

Miss Fox deutete nur auf die Tür. »Raus mit Ihnen«, sagte sie. »Sie können beide Ihr *Tanzen* haben. Ich werde den Winchesters sagen, dass ihre kostbare Tochter doch unschuldig ist. Vielleicht lassen sie der Schule aus Dank dafür eine Spende zukommen.«

Am liebsten wäre ich vor Erleichterung zusammengebrochen, aber ich sorgte mich noch immer, was passieren würde, wenn Miss Finch informiert wurde. Ariadne hatte ich bereits um ein Haar verloren, ich wollte nicht die einzige andere Person verlieren, die mich anscheinend mochte. Ich hatte gesehen, wie sie an ihrem Klavier gesessen hatte, diese seltsame Traurigkeit, die sie umgab, wenn sie spielte. Was mit dem letzten Instrument passiert war, musste sie wirklich verletzt haben.

An der Tür zögerte ich. »Ich … ich bin froh, die Wahrheit gesagt zu haben.«

Miss Fox warf mir einen finsteren Blick zu. »Ich kann immer noch meine Meinung ändern und Ihnen eine Prügelstrafe verpassen«, fauchte sie. »Und falls das der Angelegenheit endlich ein Ende bereitet – ich will kein Wort mehr von Ihnen oder Miss Winchester hören. Ich erlasse Ihnen beiden Ihre Strafe. Dauernd nach Ihnen sehen zu müssen, verschwendet nur meine Zeit. Haben Sie verstanden, *Scarlet?*«

»Sicher doch, ja, Miss.«

Ich schoss aus der Tür, stützte mich gegen die Wand und holte tief Luft. Ich hatte es geschafft. Ich hatte die Füchsin hereingelegt und meinen Teil der Abmachung mit Penny gehalten.

Nun konnte ich nur noch beten, dass sie sich ebenfalls daran hielt.

Als ich an diesem Abend allein in meinem Zimmer saß, hörte ich, wie jemand draußen im Korridor laut an eine Tür klopfte. Ich schaute hinaus. Ein Mädchen aus einem Jahrgang unter uns war geschickt worden, um Penny zu holen. Zweifellos sollte sie zu Miss Fox.

Penny warf mir auf dem Weg zur Treppe einen Blick zu, dann schaute sie weg. Ich glaube, sie wusste, oder hoffte zumindest, dass ich mein Versprechen gehalten hatte.

Ich legte mich ins Bett und las *Dracula,* ein Buch, das ich hinter Tante Phoebes Bücherregal versteckt gefunden hatte (sie war zu dem Schluss gekommen, es sei »zu anzüglich«). Scarlet hatte immer den Film mit Bela Lugosi sehen wollen, aber schon das Plakat hatte mir eine Höllenangst eingejagt.

Ich war so in meine Lektüre vertieft, dass ich zusammenzuckte, als es an der Tür klopfte. Ich hoffte, dass es Ariadne war, die man aus dem Krankenzimmer entlassen hatte.

Es war Penny. Sie fixierte mich mit einem trotzigen Blick. »Du hast es getan.«

»Ja?«

»Ich hätte nicht geglaubt, dass du es tun würdest.«

Ich starrte sie nur an. Sie starrte zurück, dann wandte sie sich ab und ging.

»Gern geschehen«, rief ich ihr hinterher.

Auf dem halben Weg zu ihrem Zimmer drehte sie sich um. »Ich halte mein Wort. Geh mir einfach nur aus dem Weg, hast du verstanden?«

»Aber gern«, murmelte ich.

Ariadne kehrte am nächsten Tag zurück. Ihr Kopf war noch immer blau und verbunden, aber sie schien wieder sie selbst zu sein. »Wir haben Pennys schurkischen Plan vereitelt!«, flüsterte sie mir beim Mittagessen zu. »Jetzt können wir alles aufklären!« Sie war so aufgeregt, dass sie ihre Gabel voll Dosenschinken quer über den Tisch schleuderte.

Ich seufzte. »Wenn es doch nur so einfach wäre. Wir haben immer noch keine Ahnung, wo wir als Nächstes suchen sollen.« Ich nahm einen Schluck von meinem zu heißen Tee und stieß versehentlich das Milchkännchen um. Clara und Josephine zuckten zurück und warfen mir wütende Blicke zu. Es dauerte nicht lange, bis das Kichern und das Tuscheln losging. Ich war beinahe erleichtert zu sehen, dass Penny damit angefangen hatte. Solange sie meine Geheimnisse nicht enthüllte, konnte sie sagen, wozu sie Lust hatte.

Eine Weile später gingen Ariadne und ich zum Mathematikunterricht, bogen um eine Ecke und begegneten Miss Finch. Statt der üblichen Ballettkleidung trug sie ein blaues Kleid mit langen Ärmeln. Sie blieb stehen. »Miss Grey, ich habe gerade mit Miss Fox gesprochen.«

Falls es je einen Augenblick gab, um zu schlucken, dann war es dieser. »Das haben Sie?«, sagte ich leise.

Sie deutete auf einen kleinen Alkoven im Korridor neben einem der hohen Glasfenster. Ariadne warf mir einen verdrossenen Blick zu, aber ich bedeutete ihr weiterzugehen. Ich wollte nicht, dass sie zu spät kam.

Miss Finch senkte die Stimme, damit nur ich sie hören konnte. »Sie sagte … sie sagte, Sie hätten zugegeben, für die Zerstörung meines Klaviers verantwortlich zu sein.« Sie hielt inne. »Nun, wir wissen beide, dass das nicht stimmen kann. War es *Scarlet?*«

Ich atmete tief aus und schaute zu Boden. »Es ist wahr. Sie hat es getan.«

Miss Finchs Augen weiteten sich, aber sie sagte nichts.

»Sie war wütend. Penny quälte sie, und sie wollte sich rächen, indem sie ihr ein Vergehen unterschob. Ich weiß, das ist keine Entschuldigung. Es tut mir leid.«

Der Blick der Ballettlehrerin glitt von mir, als wäre ich mit dem Hintergrund verschmolzen. »Ich kann nicht glauben, dass sie so etwas getan hat«, sagte sie schließlich. Noch nie zuvor hatte sie so traurig geklungen.

»Es tut mir leid, Miss«, wiederholte ich. »Es tut mir leid, dass ich mich für sie entschuldigen muss. Diese ganze Situation tut mir leid. Das alles.« Ich schniefte schwer, um die Tränen zurückzuhalten.

Miss Finch tippte mir sanft auf die Schulter. »Es ist nicht Ihre Schuld«, sagte sie leise und ernst.

Ich lächelte zaghaft.

Miss Finch lehnte sich an das große Fenster; sie sah so zerbrechlich aus. »Ich kann es nicht glauben«, wiederholte sie. »Und Penny ... sie wurde fälschlicherweise beschuldigt. Du meine Güte, ich fühle mich schrecklich.«

»Wegen Penny müssen Sie sich nicht schlecht fühlen, Miss. Sie hat genug falsch gemacht. Nur nicht das, was Sie glaubten.«

Um ein Haar hätte ich ihr erzählt, was Penny auf dem Dach gemacht hatte, aber ich hatte Angst, dass es zufällig jemand mitbekommen würde. »Ich muss in den Unterricht.«

Sie stieß sich vom Fenster ab und verzog dabei unwillkürlich das Gesicht. Aber als ich mich umdrehte und ging, rief sie mir nach. »Scarlet?«

Ich drehte mich um. Es war überraschend, wie schnell ich mittlerweile auf diesen Namen reagierte.

»Ich werde eine Möglichkeit finden, Ihnen zu helfen.«

Ich war mir nicht sicher, ob mir jetzt überhaupt noch jemand helfen konnte.

27. KAPITEL

Immer wenn ich an diesem Wochenende an Pennys Zimmer vorbeikam, summte sie Melodien und übte. Ich entschied mich ebenfalls zu ein paar Ballettübungen. Ariadne sah mir zu und klatschte jedes Mal, selbst als ich auf einer Socke ausrutschte.

Als ich zum hundertsten Mal mein *fouetté en tournant* übte, tauchte Penny in der Tür auf. Ich verlor das Gleichgewicht und sie klatschte sarkastisch. »Du passt gut auf den Jahrmarkt«, sagte sie. »Dort sucht man gerade nach einem neuen Tanzfreak.«

Also war sie wieder sie selbst. »Du hattest deinen Sieg, Penny. Genieße ihn und lass mich in Ruhe.«

»Ich habe nichts vergessen. Ich wollte mich nur vergewissern, dass du das weißt.« Sie rümpfte die sommersprossige Nase.

Zu meiner Überraschung meldete sich Ariadne zu Wort. »Natürlich wissen wir das. Ich habe einen *Verband* um den Kopf, der mich daran erinnert, nicht wahr?«

Ich blickte sie mit offenem Mund an.

Penny erstarrte kurz, dann verzogen sich ihre Lippen zu einem grimmigen Lächeln. »Vergnügt euch«, sagte sie ausdruckslos.

Ich hob meinen Schuh auf und warf ihn nach ihr, aber sie zog die Tür rechtzeitig zu.

In der nächsten Ballettstunde wurde Penny wiederaufgenommen. »Ihr alle kennt Penelope Winchester.« Miss Finch deutete auf sie. »Anscheinend wurde sie irrtümlich vom Unterricht ausgeschlossen.« Das schuf einen ziemlichen Aufruhr und unsere Lehrerin sorgte mit ein paar Gesten für Ruhe. »Vergessen wir die Vergangenheit, in Ordnung? Ich hoffe, Miss Winchester, Sie zeigen uns von nun an Ihr bestes Benehmen?«

»Ja, Miss«, erwiderte sie.

Penny stand zu ihrem Wort und ich konnte in Frieden üben. Es war auf eine seltsame Weise befreiend, und ich hatte das Gefühl, an diesem Tag so gut wie nie zuvor zu tanzen. Selbst Nadia schien in besserer Stimmung als sonst zu sein.

Nachdem die Glocke ertönt war und alle den Raum verlassen hatten, rief Miss Finch mich zu sich. Sie spielte eine leise, traurige Melodie auf dem Klavier, beinahe so etwas wie einen Trauermarsch.

»Gefällt Ihnen dieses Klavier?«, fragte ich und kam näher.

»Oh ja. Es ist nicht ganz wie das letzte, aber es ist nahe dran.« Sie spielte weiter. »Immerhin singt es.«

Das brachte mich zum Lächeln. »Sie wollten mit mir sprechen?«

»Ja. Tatsächlich geht es um genau dieses Klavier. Ich habe es am Wochenende stimmen lassen, dabei hat sich etwas Interessantes gefunden.«

Sie bückte sich und hob eine Stofftasche mit Blumenmuster vom Boden auf. Sie kramte darin herum, gab einen zufriedenen Laut von sich und zog etwas hervor.

Papier. Ach du meine Güte, ist das etwa das, wofür ich es halte?

Ich setzte eine angemessen ausdruckslose Miene auf, in der Hoffnung, meine Aufregung zu verschleiern.

Sie hielt mir die Seiten entgegen. »Ich glaube, die sind für Sie bestimmt.«

Zaghaft nahm ich sie und faltete sie auf. Das war zweifellos Scarlets Handschrift. Aber wie …?

Moment mal. Auf den letzten Seiten hatten wir gar nicht nach Hinweisen gesucht, oder? Nach dem ganzen Chaos auf dem Dach hatte ich einfach nicht daran gedacht. Wie auch immer Scarlets Hinweis ausgesehen hatte, ich hatte ihn übersehen, und jetzt hatte Miss Finch die Seiten. Ich hätte mich treten können, weil ich so dumm war.

»Sie waren unter dem Deckel versteckt. Ich musste sofort an Scarlet denken, nachdem Sie mir erzählt haben, dass sie das alte Klavier zerstört hat.«

Ich nickte und wusste noch immer nicht, was ich sagen sollte. »Haben Sie sie gelesen?« Ich fürchtete mich vor dem, was da möglicherweise stand.

»Zuerst glaubte ich, es könnte eine Entschuldigung von ihr sein. Aber als ich erkannt habe, dass es sich um einen Tagebucheintrag handelt, habe ich nicht weitergelesen. Ich wusste, dass das nicht für meine Augen bestimmt ist.«

»Ach, vielen Dank, Miss.« Ich seufzte vor Erleichterung. »Aber wie konnten Sie wissen, dass Scarlet das geschrieben hat?«

»Manchmal hat sie mir Zettel zukommen lassen, wussten Sie das nicht?«

Ich war überrascht. »Nein.«

»Sie hinterließ mir kleine Briefchen, dass sie sich auf den Unterricht freute, oder sie erkundigte sich nach meiner Zeit als professionelle Tänzerin. Eben solche Dinge.« Sie lächelte matt. »Ich glaubte die Handschrift zu erkennen, und wenn jemand etwas in dem neuen Klavier verstecken würde, dann sie.«

Ich nickte und faltete die Seiten fest zusammen.

»Ich hoffe, Sie werden mir eines Tages erzählen, worum es bei der ganzen Sache eigentlich geht.«

»Ich hoffe, dass ich dazu in der Lage sein werde«, erwiderte ich ehrlich. »Vielen Dank. Sie haben ja keine Ahnung, wie viel mir das bedeutet.«

Ich schaffte es zurück in die Sicherheit unseres Zimmers, ohne wegen Rennens im Flur gerügt zu werden. Dieses Mal vergewisserte ich mich, dass die Tür fest verschlossen war – ich wollte keine weitere Episode wie die mit Penny erleben. Hätte man die Tür doch nur abschließen können.

In dem Zimmer war es so kühl wie gewöhnlich, also zog ich einen Pullover über meine Ballettsachen und schlüpfte zusammen mit den Tagebuchseiten unter die Decke.

Liebes Tagebuch,

gerade ist etwas geschehen, und zwar etwas so Unglaubliches, dass ich mir nicht sicher bin, ob ich es überhaupt niederschreiben kann. In meinem Inneren ist alles wie erfroren.

Beim Lesen dieser Zeilen zitterte ich. Was würde ich gleich erfahren?

Ich bin wirklich zu weit gegangen. Violet und Penny rasten vor Wut und machten Jagd auf mich. Ich schlief in meinem Bett, als sie mich holten, sie und ihre schrecklichen Freundinnen. Ich gab alles, um sie abzuwehren, biss und trat, aber sie zerrten mich aufs Dach. Sie haben sogar meinen geheimen Ort gefunden. Jetzt gibt es keinen sicheren Platz mehr.

Es war eiskalt und dunkel, nur der Mond und die Sterne sorgten für Licht. Violet drückte mich zu Boden, und Penny spuckte mir ins Gesicht. Ich wischte mir die Augen frei, dann hörte ich einen Riegel zuschnappen. Im ersten Moment glaubte ich, sie wären gegangen und hätten mich hier draußen zurückgelassen, aber es war noch viel schlimmer – sie hatten mich mit Violet zurückgelassen.

Sie stand einfach da, der Wind blies ihr die Haare ins Gesicht. »Du hast geglaubt, du würdest damit durchkommen, nicht wahr?« Ihre Stimme war so kalt wie die Nacht.

Ich sagte nichts.

»Ich weiß alles über dich, Scarlet Grey. Ich weiß alles über dein erbärmliches kleines Leben. Ich weiß, was du getan hast, um auf diese Schule zu kommen.«

»Du lügst.« Ich warf mich auf sie, aber sie wich mir aus, und ich verlor sie aus dem Blick.

Dann erschien sie wieder, ein Schatten zwischen den hohen Schornsteinen. Auf und ab marschierte sie, mit auf dem Rücken verschränkten Händen wie ein General. »Du magst dir ja alle Mühe gegeben haben, den Beweis in deinem kostbaren Tagebuch zu verstecken, aber ich habe es gefunden. Und ich weiß ganz genau, was ich damit tun muss. Ich sorge dafür, dass man dich von dieser Schule wirft. Du hättest niemals herkommen sollen!«

»Du hinterhältiges Miststück!«, rief ich. »Du, du …«

Sie kam auf mich zu, als würden meine Worte einfach von ihr abprallen. »Ich sorge dafür, dass man dich von der Schule wirft. Und ich werde deiner Zwillingsschwester die Wahrheit sagen. Wie wird sie sich dann wohl fühlen, was meinst du?«

Ich schlug sie ins Gesicht, richtig hart, dann versuchte

ich sie zu Boden zu ringen. Aber sie überwältigte mich und zerkratzte mein Gesicht, bis ich zurücktaumelte und aufschrie.

Das war der Augenblick, in dem die Luke aufgestoßen wurde und Miss Fox erschien.

Sie brüllte uns an, aber ich war viel zu sehr damit beschäftigt, Violet zu packen, als dass ich ihre Worte verstanden hätte. Und dann verschwand Violets Gewicht von mir, als Miss Fox sie am Ohr packte und zum Dachrand zerrte.

»WAS HAT DAS ZU BEDEUTEN?«, kreischte sie. Ich war gerade damit beschäftigt, nach Luft zu schnappen, also bekam ich kein Wort hervor.

Violet riss sich von ihr los. »Scarlet hat angefangen, Miss, ich habe herausgefunden …« Aber bevor sie zu Ende sprechen konnte, hatte Miss Fox sie erneut gepackt.

»Sie verwechseln mich mit jemandem, den Ihre Entschuldigungen interessieren«, stieß Miss Fox durch zusammengebissene Zähne hervor. »Sie WAGEN es, in meiner Schule die Regeln zu brechen? Ich werde dafür sorgen, dass Sie den Tag Ihrer Geburt bereuen, denken Sie an meine Worte!«

Dann brüllte Violet plötzlich zurück. Ich konnte einfach nicht glauben, dass jemand es wagen würde, sich gegen Miss Fox zu wehren, aber sie tat es. »Wenn Sie auch nur einen Finger gegen mich erheben, werden Sie es bereuen! Ich beobachte die Leute, ich weiß Dinge.«

»Was wollen Sie damit …«, fauchte Miss Fox, aber Violet unterbrach sie.

»Ich sage es allen. Das schwöre ich. Ich verrate ihnen, was in Ihrer Schreibtischschublade ist …«

Und das waren die letzten Worte, die ich Violet sprechen

hörte. Miss Fox wirbelte sie herum und hielt ihr den Mund zu. Ich lag neben der offenen Dachluke auf den Schindeln und sah zu, wie der Zorn in Violets Augen zu einem stummen Flehen wurde. Sie befanden sich gefährlich nahe am Rand des Daches.

Dann kam Miss Fox auf mich zu; sie schleifte Violet in ihrem festen Griff einfach mit. Ich kam auf die Beine, und sie schlug mich so hart in den Magen, dass ich zusammenklappte und durch die Luke auf den Treppenabsatz darunter stürzte. Dann knallte die Füchsin die Luke über mir zu und verschloss sie irgendwie von außen. Ich drückte so kräftig dagegen, wie ich konnte, und trommelte so laut mit den Fäusten dagegen, dass ich Tote hätte wecken können. Zumindest glaubte ich das. Aber von der anderen Seite kam keine Reaktion und es kam auch niemand angelaufen. Vor dem Lukenfenster sah ich nichts als Dunkelheit.

Ich wartete dort so lange, dass es mir wie Stunden vorkam.

Jetzt bin ich in mein Zimmer zurückgekehrt, und ich weiß einfach nicht, was ich machen soll. Was gerade passiert ist, erscheint mir nicht real. Eher wie ein Traum.

Oder ein Albtraum.

Mir wurde bewusst, dass ich die ganze Zeit die Luft angehalten hatte. Die Worte schlugen über mir zusammen und drohten mich in die Tiefe zu reißen. Miss Fox hatte ein Geheimnis. Ein so schreckliches Geheimnis, dass sie alles tun würde, damit es auch geheim blieb. Das war eine so gewaltige Entdeckung, dass sich mir der Magen hob.

Ich glaubte, die Seiten wären zu Ende, aber da war noch mehr.

Liebes Tagebuch,

Violet ist heute Nacht nicht zurückgekehrt. Ich ging wie gewöhnlich zum Unterricht, und als ich wieder in mein Zimmer kam, waren alle ihre Sachen verschwunden. Selbst ihr Bett war perfekt gemacht. Es ist beinahe so, als hätte sie nie existiert.

Ich hatte sie immer loswerden wollen, aber nicht so! Was ist … was ist, wenn Miss Fox sie vom Dach gestoßen hat?

Penny klopfte an meiner Tür und fragte mich beharrlich, wo Violet steckte. Ich behauptete, nicht die geringste Ahnung zu haben, aber sie schien mir nicht zu glauben. »Wenn du ihr etwas angetan hast, dann finde ich das heraus. Und ich bringe dich um«, drohte sie. Ich schlug ihr die Tür vor der Nase zu.

Also muss ich jetzt Miss Fox konfrontieren. Ich kann sie nicht damit durchkommen lassen.

Wenn sie Violet verschwinden lassen kann, was könnte sie mir dann alles antun?

28. KAPITEL

Ich erschauderte. Miss Fox war offensichtlich fest entschlossen, jeden zum Schweigen zu bringen, der ihren Geheimnissen auf die Schliche kam.

Voller Panik und Unbehagen wechselte ich zur letzten Seite. Dort stand nur:

Das Ende ...

Ich runzelte die Stirn. Es musste noch mehr geben!

Wollte Scarlet doppeldeutig sein? Wollte sie mir damit sagen, dass das eben längst nicht das Ende war? Dass ich das Ende woanders finden würde?

Das muss ich Ariadne erzählen.

Und wie durch Magie betrat sie das Zimmer. Sie sah etwas mitgenommen, aber glücklich aus. »Ich wurde vom Hockey freigestellt«, sagte sie. »Mit einem Zettel von der Krankenschwester. Stattdessen musste ich einen Aufsatz über den Nutzen von frischer Luft und Bewegung schreiben.«

Dass man über so etwas glücklich sein konnte, erschien merkwürdig, aber Ariadne war von Haus aus merkwürdig. Zufrieden hüpfte sie aufs Bett.

Ich fuchtelte mit den neuen Seiten herum. »Sieh nur, was Miss Finch gefunden hat. Ich kann es nicht glauben.«

Sofort setzte sie sich auf. »Du. Meine. GÜTE. Ist es das, wofür ich es halte?«

»Sie hat sie im Klavier gefunden, aber sie schwört, sie nicht gelesen zu haben.«

Ich glaubte nicht, ihr alles erklären zu können, was ich gerade gelesen hatte, also drückte ich Ariadne die Seiten einfach in die Hand. Ich sah zu, wie ihre Augen beim Lesen immer größer wurden und sich ihre Lippen bei jedem Wort bewegten.

Als sie fertig war, legte sie die Seiten behutsam vor sich ab. Ihr Gesicht hatte die Farbe des allmorgendlichen Porridges angenommen. Vermutlich sah ich ähnlich aus. »Miss Fox hat Violet verschwinden lassen? Hat sie irgendwohin gebracht ... oder Schlimmeres?«

Ich schüttelte den Kopf. »Woher sollen wir das wissen? Scarlet hat nicht gesehen, was passiert ist.«

In Ariadnes Augen leuchtete es auf. »Betrachten wir, was wir wissen«, sagte sie. »Keine von ihnen kam durch die Luke zurück. Aber auch wenn Miss Fox Violet vom Dach gestoßen hat, kann sie selbst ja nicht hinterhergesprungen sein, oder?«

»Jedenfalls nicht, wenn sie sich nicht in eine Fledermaus verwandelt hat und in die Nacht geflogen ist.« Die Lektüre von *Dracula* hatte offensichtlich Nachwirkungen bei mir.

»Exakt.«

Ich dachte einen Augenblick lang darüber nach, dann fiel mir die Lösung ein. »Es gibt noch eine Luke! Einen anderen Weg vom Dach!«

Ariadne fuchtelte wild mit den Armen herum. »Wir müssen nachsehen!«

Automatisch schauten wir zum Fenster in die Welt dort draußen. Der Himmel war eisengrau und es stürmte, die

Bäume bogen sich durch die Kraft des Windes und des prasselnden Regens.

»Morgen?«

»Morgen.«

Wach lag ich da und dachte über alles nach, was wir herausgefunden hatten. Hinter alldem steckte Miss Fox, sie zog an den Strippen. Das wusste ich einfach.

»Ivy?«, flüsterte Ariadne von der anderen Zimmerseite.

»Ja?«

»Wir sind nahe dran. Das spüre ich.«

Ich grinste in der Dunkelheit. »Hast du jetzt übersinnliche Kräfte?«

Sie warf mit ihrem Teddybären nach mir. »Nein, du dummes Ding. Aber ich habe ein Gefühl. Wir finden das fehlende Puzzleteil. Diese Dinge sind immer dort, wo man zuletzt nachsieht, nicht wahr? Genau wie damals, als ich mein Pony verloren habe.«

Ich stützte mich auf einen Ellbogen. »Du hast dein Pony verloren?«

»Ich durfte zwei Tage nicht aus dem Haus, und der Stalljunge hat vergessen, Oswald zu füttern, also hat er das Tor eingetreten und ist ins Dorf getrabt. Ich habe ihn im Garten der Thompsons gefunden. Die Jungs der Thompsons haben ihn mit Süßigkeiten gefüttert.«

Ich musste leise lachen. »Willst du damit sagen, dass der letzte Teil von Scarlets Tagebuch irgendwo in jemandes Hintergarten ist?«

Ariadne versuchte beleidigt zu blicken, aber ihr Ausdruck verwandelte sich schnell in ein Lächeln. »Nein, aber die Thompsons waren der letzte Ort, an den ich dachte.« Dann wurde ihre Miene traurig und sie zog die Decke höher. »Natürlich hat diese Sache den Ausschlag gegeben, dass Vater behauptete, Oswald würde zu viel Arbeit machen. Ich musste ihn verkaufen.«

»Das tut mir leid, wirklich.«

»Schon in Ordnung.« Sie seufzte. »Er war sowieso sehr frech.«

»Hoffentlich kannst du dir nach deinem Schulabschluss ein anderes Pony besorgen. Oder ein ganzes Pferd!«

»Ich würde bestimmt kein *halbes* Pferd wollen«, erwiderte sie.

Kurze Zeit später schlief Ariadne fest, aber vor meinem inneren Auge blitzten immer wieder Bilder von meiner Schwester, Miss Fox oder Violet auf. Stumm betete ich darum, dass der Himmel am nächsten Tag klar sein würde, damit wir das Dach untersuchen konnten.

Ich kämpfte mit den Worten »Das Ende …«. Was konnten sie bedeuten? Waren wir nahe an den letzten Einträgen dran, sollten wir darüber nachdenken, wo die Geschichte enden konnte? Oder war es buchstäblich gemeint? Vielleicht waren die letzten Seiten ja in einem Buch versteckt?

Diese Gedanken verfolgten mich durch die Nacht, bis ich schließlich einschlief.

Als ich am nächsten Tag erwachte, eilte ich sofort zum Fenster. Der Himmel war so grau wie altes Leinen, die Sonne war nirgendwo in Sicht. Aber weder regnete noch stürmte es, also konnten wir unbeschadet aufs Dach. Ich schüttelte Ariadne sanft wach und überbrachte ihr die gute Neuigkeit.

Vorher mussten wir allerdings zum Unterricht gehen, und ich war dermaßen abgelenkt, dass ich Scarlet vermutlich so gut darstellte wie noch nie. Mathematik nahm ich nur schemenhaft war, Geografie war ein Ärgernis. Ich wollte nichts, als die Glocke schrillen hören, damit der Schultag vorbei war.

In der Mittagspause ging ich in die Bibliothek und blätterte voller Hoffnung die letzten Seiten der Bücher durch, von denen ich wusste, dass Scarlet sie gelesen hatte, was mir ein paar seltsame Blicke von der Bibliothekarin einbrachte. Aber wo auch immer sich das Ende befand, hier jedenfalls nicht.

Endlich war es drei Uhr, und ich beeilte mich, Ariadne am Fuß der Treppe zu treffen, die aufs Dach führte. Als ich dort eintraf, hüpfte sie bereits auf und ab.

»Sehr unauffällig«, zog ich sie auf.

Sie drehte sich um. »Oh, ich … Scarlet!« Ihre Stimme senkte sich zu einem Flüstern. »Ich bin ja so aufgeregt. Ich weiß, es ist seltsam, aber das könnte unsere Chance sein, etwas zu finden. Alles zu finden! Ich habe darüber nachgedacht. Dieser Ort war Scarlets geheime Zuflucht, und was Violet passiert ist, ist dort oben geschehen. Und wenn sie *das* damit gemeint hat? Wenn das das Ende ist?«

Ich wusste, was sie meinte, konnte mich aber nicht dazu bringen, ihre Aufregung zu teilen. Möglicherweise würde ich gleich herausfinden, wie meine Schwester gestorben war. Ich wollte – nein, ich *musste* es wissen, sowohl für mich selbst als auch ihretwegen, aber der Gedanke betäubte alles in mir. Dann würde es *real* sein und ich wäre noch mehr allein als je zuvor.

Irgendwie drückte meine Miene das alles ohne Worte aus. Ariadne legte mitfühlend eine Hand auf meine Schulter und wir stiegen zusammen die Treppe empor. Aber als wir zur Dachluke kamen, erwartete uns ein schrecklicher Anblick.

Jemand hatte ein brandneues Vorhängeschloss angebracht – es war groß, golden und sah teuer aus. Jeder hätte dafür verantwortlich sein können: der Hausmeister, Miss Fox, vielleicht sogar Penny, obwohl ich ihre Fähigkeiten als Schlosser anzweifelte. Und jetzt war unsere letzte Hoffnung verschwunden.

Ich ließ mich an der kalten Wand heruntergleiten. Ariadne lief zu dem Schloss und murmelte: »Nein, nein.« Sie zog eine Haarnadel aus dem Haar und versuchte vergeblich ihre alten Tricks.

Die Haarnadel zerbrach mit einem deutlich hörbaren Knacken. Ariadne stieß einen frustrierten Schrei aus.

»Lass gut sein, Ariadne«, sagte ich. »Wir können nicht dort raus.«

Zu meiner Überraschung fing sie an zu weinen. Tränen liefen ihr die Wangen hinunter. »Es tut mir so leid!«

Das reichte, um mich aus meiner Betäubung zu reißen. »Warum tut es dir leid? Es ist nicht deine Schuld, dass jemand ein Schloss an der Luke angebracht hat. Wir können nichts tun.«

Mit dem Ärmel wischte sie sich die Augen und setzte sich schniefend neben mich. »Ich hätte nicht sagen sollen, dass wir die Lösung finden. Ich habe dir nur«, *schnief,* »falsche Hoffnungen gemacht. Ach, Ivy, und wenn wir nie dort rauskommen? Die Wahrheit könnte für alle Zeiten verloren sein!«

Ich legte den Arm um sie und ließ sie weinen. »Wir könnten versuchen, die andere Luke zu finden.« Aber da hatte ich wenig Hoffnung. Mühsam standen wir auf und durchsuchten den oberen Korridor. Es gab mehrere Türen, die aber entweder fest verschlossen waren oder in staubige Besenkammern führten. Vermutlich waren das die Dienstbotenquartiere gewesen, als Rookwood noch ein Herrenhaus gewesen war.

Bald war ich selbst den Tränen nahe. Ariadne hatte sich wieder etwas beruhigt, aber sie sah immer noch aufgebracht aus.

»Es ist hoffnungslos«, sagte sie. »Völlig hoffnungslos.« Kurz trat Stille ein. »Es sei denn …«

Ich packte ihren Arm. »Es sei denn, was?«

Wenn Ariadnes Verstand arbeitete, sollte man sie nicht unterbrechen. Sie schüttelte den Kopf, als wollte sie ihn von ihren Gedanken klären, aber ihr Blick blieb glasig. »Es könnte sein … es könnte möglich sein.«

Sanft schüttelte ich sie. »Ariadne, sag mir, was du denkst.«

»Wenn es ein Schloss gibt, gibt es auch einen Schlüssel. Wo steht geschrieben, dass wir ihn nicht finden können?«

Sie hatte recht. »Ja! Oh ja.« Ich starrte die Wand an und versuchte das vollständige Bild zu sehen, das sich in meinem Kopf zusammensetzte. »Und wer trägt sämtliche Schulschlüssel in ihren vielen Taschen mit sich herum?« Ich erinnerte mich an den Tag vor scheinbar so langer Zeit, als Miss Fox klirrend die Stufen hinaufgegangen war, die Tür von Zimmer dreizehn aufgeschlossen und mich mit meinem Gepäck allein zurückgelassen hatte. Den silbernen Schlüssel mit seinem braunen Papieranhänger hatte sie eingesteckt. »Auch noch mit Beschriftung! Miss Fox wird ihn haben, da bin ich mir sicher.«

Ariadne sah am Boden zerstört aus. »Aber haben wir denn überhaupt eine Chance, ihn von ihr zu bekommen?«

»Vielleicht, wenn wir sie ablenken.« Meine Miene hellte sich auf. »Oder wenn wir ihr einen Grund geben, ihr Kleid zu wechseln.«

»Ja, es einreißen, oder … oder etwas darauf verschütten!«

»Was uns die Gelegenheit verschafft, den Schlüssel zu stehlen!«

Atemlos von der Ideenflut standen wir dort im Korridor. Und ich sah zu, wie sich Ariadnes maushafte Züge langsam zu einem breiten Grinsen verzogen. Wie ihre Haarmähne so vom Licht aus der Luke hinter ihr beleuchtet wurde, war sie plötzlich keine Maus mehr, sondern eine Löwin.

»Ich habe einen Plan!«, verkündete sie.

29. KAPITEL

Es war verrückt. Es war lächerlich. Es würde uns mit Sicherheit viel Ärger einbringen. Und es gab nur eine vage, winzige, absurd kleine Chance, dass Ariadnes Plan überhaupt funktionierte.

Als Erstes mussten wir eine Tüte Mehl finden. Ich dachte sofort an den Lagerraum im Weinkeller. Aber Ariadne hatte eine andere, weniger riskante Idee, die keinen weiteren nächtlichen Küchenbesuch erforderte. In Hauswirtschaftslehre versteckte sie eine Tüte in ihrer Umhängetasche, dazu gesellte sich eine Flasche mit hellroter Lebensmittelfarbe.

Beim Abendessen saß ich allein an unserem gewohnten Platz. *Ich hoffe wirklich, du weißt, was du tust, Ariadne.*

Die Essenszeit war die einzige Gelegenheit, bei der wir mit Sicherheit wussten, wo Miss Fox sein würde. Sie war immer im Saal und tippte mit diesem infernalischen Rohrstock gegen ihr Bein, während sie potentiellen Übeltätern bedrohliche Blicke zuwarf.

Ich starrte auf die Uhr und fühlte ihr Ticken in den Knochen, obwohl ich es in dem Lärm gar nicht hören konnte. Als Ariadne mit der Schüssel voll Pampe endlich eintrat, wäre ich fast an meinem Eintopf erstickt.

Sie suchte meinen Blick, und ich nickte ihr zu – kaum merklich, wie ich hoffte.

Dann wich ihr entschlossener Ausdruck ihrer üblichen, leicht geistesabwesenden Miene. Sie ging in Richtung Küche, dabei schwappte etwas von der roten, klebrigen Masse über den Schüsselrand.

Miss Fox entging nichts. Ihre Stirn legte sich in Falten und sie stellte sich Ariadne in den Weg. Dabei klirrten ihre Taschen und der Rohrstock zischte an ihrer Seite. »Miss Flitworth, was glauben Sie eigentlich ...«

Und in dem Moment stolperte Ariadne. Und kippte die ganze Masse auf Miss Fox' makelloses schwarzes Kleid.

Miss Fox schrie auf. Als wären ein Knurren, ein Kreischen und ein schrilles Brüllen untrennbar vermischt.

Schlagartig verstummte der ganze Saal. Ich bekam kaum Luft, aber Ariadne beherrschte ihre Rolle perfekt. Sie brach in Tränen aus. »Oh, Miss, es tut mir so leid, Miss, ich wollte doch nur Wackelpudding zubereiten, aber es hat nicht geklappt, und ich wollte einfach die Köchin fragen, was passiert ist, ich wollte es wirklich nicht verschütten und ...«

Zu meiner Überraschung brüllte Miss Fox sie nicht an. Sie drohte auch nicht sofort mit einer Prügelstrafe. Dafür nahm ihr Gesicht eine interessante puterrote Färbung an. *Sie ist verlegen,* erkannte ich. *Die Füchsin ist verlegen!*

Die Stille hielt an. Dann sagte Miss Fox ganz leise: »Gehen Sie auf Ihr Zimmer, Miss Flitworth. Sparen Sie sich Ihre Kochkünste für den Unterricht auf.«

»Oh, Miss, natürlich, was immer Sie sagen, Miss«, schluchzte Ariadne. Aber Miss Fox hielt lediglich einen Finger in die Höhe und sie verstummte. Alle Blicke waren auf Miss Fox gerichtet, die versuchte, den Saal auf würdevolle Weise zu verlassen. Auf dem Weg tropften matschige Klumpen von ihrem Kleid.

Als ein paar Minuten später alle sicher sein konnten, dass sie außer Hörweite war, brach im Saal das Chaos aus. Mädchen lachten, kicherten und riefen sich »Hast du das gesehen?« zu. Die Lehrerinnen versuchten hektisch, alle zu beruhigen und fuchtelten vergeblich mit den Armen herum.

Und jetzt war ich dran. Ich stand auf.

»Wo wollen Sie hin, Scarlet?«, fragte Mrs. Knight entnervt. »Sie haben Ihren Eintopf kaum angerührt und es gibt noch Pudding.«

»Darf ich gehen und nach Ariadne sehen, Miss?«

Nachdenklich nickte sie. »Ich schätze, das geht in Ordnung. Aber beeilen Sie sich.«

Ich schlüpfte hinaus auf den Korridor und rannte zu Miss Fox' Büro. Ich hielt das Ohr an die Tür und konnte hören, wie sie dort herumfuhrwerkte. *Ariadne sollte besser recht behalten, dass sie sich umzieht,* dachte ich, *sonst fangen wir wieder von vorn an.*

Aber dann hörte ich ein lauteres Geräusch neben der Tür und als sie sich plötzlich öffnete, musste ich mich an die Wand drücken. Miss Fox eilte aus dem Zimmer direkt zu der Tür mit der Aufschrift »Lehrertoilette«. Über dem Arm hielt sie ein schwarzes Kleid, das genauso aussah wie das, das sie immer trug und von dem jetzt rote Pampe tropfte. Sie musste einen ganzen Satz gleicher Kleider haben.

Der Eingang zur Toilette hatte ein großes Schlüsselloch. Perfekt. Auf Zehenspitzen huschte ich hin und ging auf die Knie. Da alle anderen beim Essen waren, konnte niemand mein seltsames Verhalten bemerken. Ich warf ein paar flüchtige Blicke über die Schulter, dann spähte ich durch das Schlüsselloch.

Miss Fox lehnte über dem Spülstein und rieb wild an ihrem

Kleid herum. Ariadnes Masse würde ziemlich leicht aus so grobem Stoff gehen, aber das ganze Kleid war damit bedeckt. Einen Augenblick lang fürchtete ich, sie würde es einfach abwischen und wieder herauskommen, aber dann ließ sie frustriert die Arme sinken.

Sie zog die verschiedenen Schlüssel aus ihren Taschen und häufte sie neben dem Spülstein auf. Da waren ein riesiger Schlüsselbund und ein paar kleinere mit den vertrauten braunen Papieranhängern. Als sie sich nach vorn beugte, entdeckte ich noch einen weiteren Schlüssel, den sie aber nicht abnahm – er hing an einem schwarzen Samtband um ihren Hals. *Es wurde immer seltsamer.*

Zufrieden, dass die Taschen leer waren, betrat sie eine Toilettenkabine, um sich umzuziehen. Das war mein Augenblick. Ich hielt die Luft an und drückte die Türklinke so behutsam ich konnte nach unten. Auf Zehenspitzen huschte ich über die Fliesen. Miss Fox war nur einen Katzensprung entfernt.

Der Haufen an Schlüsseln auf dem Spülstein – sie schimmerten messingfarben, kupferfarben und silbern – erschien endlos. Mein Blick huschte von einem zum anderen. Wo war der, den ich brauchte? Verzweifelt überflog ich die Anhänger. *Küche, Bibliothek, Keller.*

Und dann entdeckte ich ihn, er baumelte beinahe an der Seite herunter. *Dach.*

Mit den Fingerspitzen griff ich zu. Aus der Kabine kamen raschelnde Geräusche – Miss Fox musste fast fertig mit dem Umziehen sein.

Der Schlüssel verursachte ein kaum hörbares Klimpern, als ich ihn ergriff, nur in meinem Kopf dröhnte es so laut wie eine Alarmglocke.

Doch die Kabinentür blieb geschlossen und ich schlich – noch immer auf Zehenspitzen und ohne zu atmen – zurück zur Tür und hinaus auf den Korridor.

Ich hatte es getan. Ich hatte den Schlüssel! Ich lehnte mich gegen die Wand, denn meine Lungen verlangten verzweifelt nach der Luft, die ich ihnen verweigert hatte.

Und dann rannte ich zu Ariadne, zum Dach, zu meiner Schwester.

Ariadne wartete in unserem Zimmer. Als ich eintrat, sprang sie auf und grinste. »Hast du das gesehen? Du meine Güte, Ivy, der Ausdruck auf dem Gesicht von Miss Fox, als ich diese Pampe über sie geschüttet habe! Ich würde es jederzeit wieder tun!« Sie hielt inne. »Hat es funktioniert? Hast du ihn?«

Langsam zog ich den Schlüssel an seinem Anhänger heraus und ließ ihn vor Ariadne baumeln.

Ihre Miene wurde todernst. »Lass uns gehen.«

Der Schlüssel passte ins Schloss. Ich drehte ihn um und es sprang auf. Ich schaute zurück zu meiner Freundin – meiner besten Freundin. Ihre Augen waren weit aufgerissen vor Furcht.

Ich nahm ihre Hand und drückte sie. »Dieses Mal wird dir nichts passieren. Auf dem Dach regnet es weder noch ist Penny da. Halte dich einfach hinter mir.«

Ariadne nickte und wir stiegen gemeinsam aufs Dach.

Der Himmel war in einen Sonnenuntergang getaucht. Pink, Rot, Purpurn – all diese entzückenden Farben, die ich ganz vergessen hatte, an einem Ort, an dem es nur Schwarz, Weiß und Grautöne zu geben schien. Am Horizont hingen die letzten Wolkenfetzen, die Sonne versank dahinter und schickte ihr sterbendes Licht über die Landschaft.

Im Regen und bei dem Entsetzen über Pennys Diebstahl des Tagebuchs hatte ich keine Zeit gehabt, das alles zu genießen. Die Felder waren wie eine Picknickdecke über der Welt ausgebreitet, im Abendlicht leuchtete alles grün und gelb. Dazwischen betteten sich das Dorf, die Kirche und der schimmernde See. Man konnte winzige Silhouetten erkennen, wo Leute ihr Tagwerk beendeten.

»Das ist es«, sagte ich. Irgendwie war ich mir sicher, dass Ariadne recht hatte. Das hier war Scarlets Platz. Sie war in der Luft und den Vögeln und dem Himmel um uns.

Ariadne sagte nichts. Sie starrte mit leicht offen stehendem Mund den Sonnenuntergang an. Manchmal vergaß ich, dass sie an diesem Ort genauso eine Gefangene war wie ich. Aber wir hatten keine Zeit, unsere Freiheit auf dem Dach zu genießen. Wir mussten einen Tagebucheintrag finden.

Ich nahm meine Freundin wieder bei der Hand und half ihr über die Schindeln. Wir gingen über das Flachdach und hielten nach allem Ausschau, das wie ein Versteck aussah.

»Dort drüben!«, sagte Ariadne plötzlich und zeigte auf etwas. Hinter einer Wölbung des Daches (die bis auf Augenhöhe reichte) befand sich eine weitere Fläche, und dort war ein aus Holzbohlen gefertigtes Rechteck in die Schindeln eingelassen. *Eine Falltür?*

»So muss Miss Fox in dieser Nacht hier weggekommen sein«, sagte ich. »Lass uns rüberklettern und nachsehen.« Ariadne zuckte zusammen. »Also gut«, korrigierte ich mich, »*ich* klettere rüber und sehe es mir an.«

Die Schindeln waren recht leicht zu erklimmen, allerdings riss ich mir an einer scharfen Kante eine Laufmasche. Von oben rutschte ich einfach auf die andere Seite runter. Es war mit Sicherheit nicht unmöglich, dass Miss Fox mit oder ohne

Violet auf diesem Weg entkommen war – schließlich war sie größer und stärker als ich. Mich schauderte. Für einen Abend war es ungewöhnlich warm und sonnig, aber eine kühle Brise hing in der Luft. Gänsehaut überzog mich, während ich zur Falltür ging.

Sie war verschlossen, was aber keine große Überraschung war. In der Mitte lag ein Ring aus Eisen, an dem ich mit aller Kraft zog. Vergeblich.

»Versuch draufzuspringen«, rief Ariadne von der anderen Dachseite. Ich warf ihr einen Blick zu. Das Letzte, was ich jetzt brauchte, war, durch die Decke zu brechen.

Und schließlich musste ich das Tagebuch finden. »Wenn Scarlet die Seiten hier oben gelassen hat, müssen sie irgendwo stecken. Wie in einem Behälter oder Topf.«

Ariadne blickte sich um. »In einem Schornstein?«

Ich fing an zu lachen, aber dann dämmerte es mir. Das war Ariadnes Ernst. Scarlet konnte sie wirklich oben in einem Schornstein versteckt haben, falls dieser Schornstein nicht länger mit einem Kamin verbunden war.

Als ich wieder zu ihr hinübergeklettert war, hatte sie bereits den Gebäudeplan der Schule aus der Tasche gezogen. »Der da.« Sie zeigte auf einen der Schornsteinkästen. »Der ist über den Bädern und einigen Klassenzimmern. Dort hat bestimmt schon seit Jahren kein Feuer mehr gebrannt.«

Ich folgte dem Weg ihres Fingers auf dem Plan. »Du hast recht, Ariadne! Du hast recht!« Beinahe hätte ich sie umarmt und umhergewirbelt, aber ich hatte das Gefühl, dass das für jemanden, der vor Kurzem eine Gehirnerschütterung erlitten hatte, nicht ratsam war.

Ich kletterte zu dem Schornstein. Er konnte es wirklich sein.

Die Aufsätze auf dem Kasten waren alt und wie Kronen geformt. Ich stellte mich auf die Zehenspitzen und griff in den ersten davon hinein, dabei schürfte ich mir die Haut an den Ziegeln auf. Nichts. Ich drehte mich zu Ariadne um, die aufmunternd nickte.

Meine Hand zitterte, als ich es beim nächsten Schornsteinaufsatz versuchte, aber auch er schien leer zu sein. Ich geriet in Panik. Und wenn wir uns irrten? Wenn das hier doch nicht das letzte Versteck war? Wenn …

Und dann fühlte ich etwas. Kein Papier, sondern einen kalten Gegenstand aus Metall.

Ich schaffte es, ihn mit den Fingern zu packen und herauszuziehen. Es war ein kleines Kästchen, das mit einem Gummiband verschlossen war. Auf den Deckel waren krakelig die Worte DAS ENDE eingeritzt.

»Ach, Scarlet«, flüsterte ich.

Ich hielt das Kästchen andächtig vor mir ausgestreckt und trug es zurück zu Ariadne.

Sie starrte es an. »Sollen wir … sollen wir es öffnen?«

Ariadne und ich setzten uns auf die Dachschindeln und betrachteten die Felder, während das wilde Glühen des Sonnenuntergangs verblich und die Welt dunkler wurde.

Es war Zeit herauszufinden, wie meine Schwester gestorben war.

30. KAPITEL

Dieses kleine Kästchen bedeutete alles für mich. Deshalb war ich hier, deshalb war ich nach meiner Ankunft an diesem schrecklichen Ort nicht sofort um mein Leben gerannt. Alle meine Hoffnungen und Ängste ruhten darauf.

Ich zog das Gummiband ab, das es verschlossen hielt, und öffnete den Deckel. Das Kästchen war vollgestopft mit gefalteten und beschriebenen Seiten. *Wir hatten es gefunden.*

Tränen schossen mir in die Augen. »Ach, Ariadne«, sagte ich, »soll ich das lesen? Ich meine, Scarlets Tod, ich weiß nicht, ob ich …«

Meine beste Freundin legte mir sanft die Hand auf die Schulter. »Ivy Grey, wenn du dieses Kästchen nicht sofort leerst, werfe ich dich eigenhändig vom Dach.« Sie grinste.

Ich entfaltete die Seiten und strich sie auf meinem Rock glatt. Im schwindenden Licht fingen Ariadne und ich gemeinsam an zu lesen.

Liebes Tagebuch,

Violet ist nie zurückgekehrt. Auf der Schulversammlung hat Miss Fox bei den Bekanntmachungen teilnahmslos erwähnt, Violets Vormund, ein Rechtsanwalt namens Mister Roberts, hätte sie auf eine exklusive Privatschule in Frankreich fortgeschickt. Mir ist der Mund offen gestanden. Ich blickte mich um – erkannte denn niemand, dass sie log? Dass sie die ganze Schule anlog?

Penny war die Einzige, die es allem Anschein nach ebenfalls nicht glaubte. Als sich unsere Blicke trafen, starrte sie mich wütend an, bis ich wegschauen musste. Sie ist davon überzeugt, dass ich etwas damit zu tun hatte. Und warum auch nicht? Soweit sie weiß, war ich die letzte Person, die Violet gesehen hat.

Später packte mich Penny im Korridor am Kragen und brüllte mich an, verlangte Antworten. Es war feige von mir, das weiß ich, aber ich sagte ihr nichts. Einerseits, weil ich Angst davor hatte, was Miss Fox sonst mit mir machen würde, andererseits, weil sie noch immer glaubte, mich wie Dreck behandeln zu können. Ich trat ihr auf den Fuß und machte mich von ihr frei.

Zu meiner Überraschung fing sie an zu weinen. So richtig und hässlich zu weinen. Erst hab ich geglaubt, ich hätte sie verletzt, aber dann ist es mir klar geworden: Sie war wirklich aufgebracht. Sie konnte nicht verstehen, warum Violet sie im Stich gelassen hatte.

Dann trat das neue Mädchen zu uns, das aus Indien. Nadia Sayani. Sie legte den Arm um Penny und starrte mich böse an, flüsterte ihr etwas zu. »Du lässt sie in Ruhe«, fauchte sie mich dann wild an. »Ich weiß nicht, was du getan hast, aber ich finde es heraus.« Dann führte sie die noch immer schluchzende Penny weg.

Ich wollte zurück aufs Dach, konnte es dort aber nicht aushalten. Zu meiner Überraschung war die Luke wieder geöffnet. Es war, als wäre nichts von alldem jemals geschehen.

Also bleibt mir keine andere Wahl. Ich muss Miss Fox

zur Rede stellen. Ich weiß bereits zu viel, und ich bin mir sicher, dass es nur eine Frage der Zeit ist, bis sie eine Möglichkeit findet, auch mich loszuwerden. Vielleicht kann ich ihr ja mit dem drohen, was ich gesehen und gehört habe.

Davon abgesehen sagt mir etwas tief in meinem Inneren, dass es der richtige Weg ist. Vielleicht sollte ich mich von ihr fernhalten und mich selbst retten. Aber was würde Ivy tun? Sie würde die Wahrheit ans Licht bringen. Sie würde versuchen, Violet zu helfen, ganz egal, was für ein schrecklicher Mensch dieses Mädchen ist.

Ich hoffe, Miss Fox ist für mich bereit.

Ariadne und ich tauschten einen angsterfüllten Blick.

Liebes Tagebuch,

ich habe das Schlimmste befürchtet, aber das ... das kam unerwartet. Ich bin mir nicht sicher, wie viel Zeit mir noch bleibt.

Ich betrat Miss Fox' Büro wie ein Verbrecher das Schafott. Ich rechnete damit, von ihr herausgeworfen zu werden, aber sie schloss nur die Tür und verlangte zu wissen, was ich wollte.

Ich legte sofort mit allem los, was ich hatte. Ich gab vor, genau zu wissen, was Violet gemeint hatte. »Sie können Ihre Geheimnisse nicht für alle Ewigkeit bewahren!«, brüllte ich sie an. »Sie können Ihre Probleme nicht einfach verschwinden lassen! Warum zeigen Sie mir nicht, was sich in Ihrer Schublade befindet?« Nur einen Augenblick lang glitt ihr Blick zur obersten Schublade, und da wusste ich, dass Violet recht gehabt hatte. »Ja, genau die«, sagte ich und zeigte darauf.

Ihr Gesicht wurde ausdruckslos. »Scarlet Grey, ich kann Ihnen das Leben sehr unangenehm machen«, sagte sie.

Ich schluckte.

»Ich glaube, Ihr Verstand funktioniert nicht richtig. Vielleicht brauchen Sie einen Arzt.«

»Ich habe gesehen, was Sie mit Violet gemacht haben, Miss«, knurrte ich. »Ich habe gesehen, wie Sie sie mitgeschleift haben, vielleicht haben Sie sie sogar umgebracht. Damit kommen Sie nicht durch, und Sie werden mich auch nicht davon überzeugen, dass ich nicht gesehen habe, was ich gesehen habe.«

Sie packte mich am Vorderteil meines Kleides. Ich versuchte zurückzuweichen, aber ihr Griff war eisern. »Ach, glauben Sie das wirklich?« So bösartig hatte sie noch nie geklungen.

Mein Magen tat einen Satz; mein ganzer Körper verkrampfte sich vor Angst. »Sie … Sie können mir nichts tun«, war alles, was ich herausbekam.

Sie lächelte. Es war das Unangenehmste, was ich je gesehen hatte. »Wenn Sie das glauben, Miss Grey, dann haben Sie mich grob unterschätzt.«

Ich stieß sie von mir und glaubte, sie so überrascht zu haben, aber als ich zur Tür lief, stolperte ich über ihren Stock. Mein Knöchel verdrehte sich; ein scharfer Schmerz durchfuhr mich und ich krachte zu Boden.

Miss Fox stand über mir. »Miss Grey, ich setze Ihnen ein Ultimatum. Ich will, dass keine einzige Seele hiervon erfährt. Wenn Sie gehen, irgendwohin weit weg, und Rookwood nie wieder auch nur mit einer Silbe erwähnen, können wir diese Angelegenheit vergessen.«

Ungläubig starrte ich zu ihr hoch. »Ich kann nicht gehen. Jeder wird wissen wollen, wohin ich gegangen bin! Was ist mit der Schule? Was ist mit meinem Vater? Sie können mich nicht einfach ersetzen!«

Da setzte sie sich an ihren Schreibtisch. Nach einer langen Pause zog sie eine Akte aus einem Stapel und blätterte sie durch. »Wie ich sehe, haben Sie eine Zwillingsschwester. Hatte nicht das beste Ergebnis bei der Aufnahmeprüfung. Es sieht ganz so aus, als wären Sie sogar leicht zu ersetzen.«

Ersetzen. Sie will mich ersetzen. Durch Ivy.

Ich versuchte wegzukriechen, Schmerz durchfuhr meinen Knöchel. Ich würde weglaufen. Sobald sie mich hier rausließ, würde ich einfach von der Schule weglaufen, und ich würde jemanden finden, den ich bitten konnte, die Polizei zu verständigen.

Da blinzelte Miss Fox, als hätte sie mir die Gedanken direkt aus dem Kopf gepflückt. »Falls Sie daran denken, wegzulaufen, Miss Grey, versichere ich Ihnen, dass Sie nicht weit kommen. Ich habe Leute, die das Tor beobachten und das Gelände nach Schülern durchkämmen, die sich nicht an die Regeln halten können. Ich habe Lehrerinnen, die alles tun, was ich Ihnen befehle.«

War das ein Bluff? Ich vermochte es nicht zu sagen.

Miss Fox hatte gewonnen.

Die letzten beiden Seiten waren anders. Aus einem anderen Papier. Es war ein weiterer Brief, der mit den Worten »Der Anfang« an mich adressiert war. Ich sah Ariadne an und sie wich meinem Blick aus.

Liebste Ivy, Du bist meine einzige Hoffnung.

Wir sind immer zusammengewesen, und ich weiß, dass ich eigentlich nie etwas für Dich getan habe, aber jetzt muss ich mich völlig auf Dich verlassen.

Ich werde meine Tagebucheinträge an geheimen Orten verstecken, sodass Du hoffentlich die Einzige bist, die sie findet. Genau so, wie als wir noch klein waren. Und sollten andere ein paar Seiten finden, bete ich, dass ihnen nicht klar sein wird, was sie da gefunden haben. Sonst ist alles verloren.

Jemand muss die Wahrheit erfahren. Die ganze Wahrheit über mich und Violet.

Und da wir gerade von der Wahrheit sprechen – Ivy, es tut mir so leid. Ich habe unsere Aufnahmeprüfungen vertauscht. Ich habe eine Gelegenheit gesehen, besser zu sein, und sie ergriffen. Also bin ich für diesen ganzen Schlamassel verantwortlich. Für alles davon.

Ich hoffe nur, dass Du mir eines Tages verzeihen kannst. Wenn irgendjemand das aufdecken kann, dann Du.

Dein Zwilling,

Scarlet

Ich glaubte, ich müsste weinen. So lange weinen, bis meine Augen leer wären.

Ach, Scarlet, natürlich verzeihe ich dir. Sie hatte für ihren Fehler wirklich genug bezahlt. Ich würde ihr alles verzeihen und noch viel mehr, wenn ich sie nur wiederhätte.

Unerwarteterweise überkam mich in diesem Augenblick eine seltsame Ruhe. Es war nicht die friedliche Ruhe eines faulen Sonntags bei Tante Phoebe. Es war die Ruhe vor dem Sturm.

Miss Fox glaubte, sie könnte mir meine Schwester wegnehmen? Sie glaubte, sie könnte alles kontrollieren und jeden ersetzen, der ihr in die Quere kam?

Mit geballten Fäusten stand ich auf. Dort oben auf dem Dach wurde es umso kälter, je dunkler es wurde, aber ich zitterte nicht länger.

»Ariadne«, sagte ich mit ruhiger Stimme. »Ich weiß, was wir zu tun haben.«

31. KAPITEL

Ich eilte vom Dach, das kleine Metallkästchen fest umklammert. »Denk darüber nach, Ariadne. Welchen Fehler hat Scarlet gemacht?«

Ariadne lief hinter mir her. »Ich weiß es nicht. Welchen?«

»Sie ist allein losgegangen.« So war Scarlet, sie wollte immer alles allein machen. »Sie hat niemandem gesagt, dass sie die Füchsin konfrontieren will. Sie hat es nur in ihr Tagebuch geschrieben.«

»Weil sie niemandem vertraut hat! Sie …« Die Worte ließen mich Ariadne ansehen. »Sie hat nur dir vertraut«, führte sie ihren Satz zu Ende.

Ich biss mir auf die Lippe und nickte. Wir gingen zu unserem Zimmer. Das Abendessen war vorbei und noch immer wurde über den Zwischenfall mit Miss Fox und Ariadnes Pampe gekichert. Ein paar Mädchen zeigten auf uns und lachten. In einer unerwarteten Geste verbeugte sich Ariadne vor ihnen und sie applaudierten ihr.

Als wir in Zimmer dreizehn waren, nahm ich die Seiten aus dem Kästchen. »Ich muss zu Ende bringen, was Scarlet begonnen hat. Ich muss Miss Fox zur Rede stellen, aber ich werde nicht allein sein. Ich habe dich.«

Ich sah Ariadne erwartungsvoll an. Sie grinste. »Immer.«

Da konnte ich nicht anders. Ich musste auch lächeln.

Nichts konnte den Verlust einer Zwillingsschwester wettmachen, aber eine Freundin wie Ariadne zu finden hatte einiges für mich verbessert.

Ich ging neben meinem Bett in die Hocke und stopfte den kleinen Kasten zusammen mit dem Rest des Tagebuchs in die Matratze. Die letzten Seiten, Scarlets Brief, steckte ich in meinen Rocksaum.

»Was wirst du tun?«, fragte Ariadne. »Müssen wir das nicht Miss Fox zeigen? Damit sie gesteht?«

Ich rieb mir die Hände am Rock sauber, während ich aufstand. »Nein, das ist zu riskant. Sollte sie das Kästchen und das Tagebuch in die Hände bekommen, wird es keinerlei Beweis mehr geben, dass je etwas davon geschehen ist.« Ich starrte auf meine Matratze. »Und es gibt bereits jemanden, der von dem Tagebuch und meinem Versteck weiß und der uns etwas schuldet …«

Ariadne hob die Brauen, was sie wie eine verblüffte Eule aussehen ließ.

»Bist du bereit?«, fragte ich.

»So bereit, wie ich jemals sein werde.« Sie holte tief Luft. »Sollten wir dabei sterben, versprich mir, dass wir Miss Fox als Geister gemeinsam heimsuchen?«

»Ich verspreche es. Mit klirrenden Ketten und allem anderen.«

Ich klopfte an Pennys Tür und Nadia öffnete. Sie sah ungewohnt fröhlich aus.

»Scarlet«, sagte sie. »Ich wollte dir danken.«

Ich wäre beinahe nach hinten umgekippt. »Wofür?«

»Dafür.« Sie öffnete die Tür weiter und zeigte auf ein Bett. Dort lag Penny. Sie schlief und schnarchte zufrieden. »Ich weiß nicht, was du gemacht hast, aber sie ist wie ausgewechselt. Sie hat mir erzählt, dass sie wegen *dir* wieder tanzen darf.«

Nadia wandte sich Ariadne zu. »Und du … Scarlets Freundin. Was du eben gemacht hast, war köstlich. Ich weiß nicht, ob es Absicht war oder nicht, aber ich habe in meinem ganzen Leben noch nie so viel gelacht.«

Ich hoffte, dass Nadia in dieser Stimmung bereit war, das zu tun, worum ich sie bitten wollte. »Nadia, hör zu. Wir müssen dich um einen Gefallen bitten.«

Sie nickte. »Sprich.«

»Wenn Schlafenszeit ist, kannst du dann an unsere Tür klopfen? Wenn wir nicht dort sind, musst du Penny für mich wecken. Sag ihr … sag ihr, es geht um das, was sie gefunden hat, davon gibt es noch mehr. Sie weiß, wo sie suchen muss. Sag ihr, wir sind aufgebrochen, um die Dinge in Ordnung zu bringen.«

Nadia runzelte die Stirn. »Also gut«, sagte sie nach einer Pause. »Und sie wird wissen, was das zu bedeuten hat?«

»Ja. Falls wir wieder da sind, mach dir deswegen keine Gedanken. Dann können wir es ihr selbst erzählen.«

»Schön.« Sie grinste zum Abschied und schloss die Tür.

»Was sollte das?«, wollte Ariadne wissen.

»Eine Versicherung«, erwiderte ich. »Falls wir nicht zurückkommen, wird Nadia die Nachricht weiterleiten und Penny wird das Tagebuch lesen. Sie wird wissen, was passiert ist.«

Ariadnes Mund klappte auf. »Brillant«, flüsterte sie.

Ich konnte nicht fassen, was wir gleich tun würden. Der Korridor schien kein Ende nehmen zu wollen, und als wir zur

Treppe kamen, hatte ich das Gefühl, jeder Schritt würde eine Erschütterung durch meinen Körper schicken.

Auf dem halben Weg nach unten packte Ariadne meinen Arm und griff so fest zu, dass sich ihre Knöchel weiß verfärbten. »Das geschieht wirklich, nicht wahr?«, sagte sie kaum hörbar.

Ich legte meine Hand auf die ihre. »Weißt du, es könnte auch ein Albtraum sein. Da bin ich mir noch nicht sicher.«

Wir erreichten das Erdgeschoss und betraten den Korridor. Mrs. Knight entdeckte uns und rief etwas, aber ich ignorierte sie. Sie war nur ein kleiner Fisch – Miss Fox war der Hai.

Die Bürotür ragte vor uns auf, und meine Angst wuchs bei dem Gedanken, sie zu durchschreiten. Die Angst vor dem, was dort möglicherweise geschehen würde, vor diesen leblosen Hunden, die uns von den Wänden anstarren würden.

Ich klopfte. Ich hielt den Atem an.

Die Tür öffnete sich. »Ja?«, sagte Miss Fox.

Ich starrte zu ihr hoch. »Wir müssen mit Ihnen reden.«

Sie sah beleidigt aus. »Wo sind Ihre Manieren geblieben, Miss Grey?«

»Vermutlich an demselben Ort, an dem Sie Ihre gelassen haben.« Ich marschierte in ihr Büro und ließ sie mit offenem Mund auf der Schwelle stehen. Ariadne folgte mir. Entsetzt starrte sie einen ausgestopften Mops mit einem Miniatursattel an.

Ich bin mir nicht sicher, was über mich kam, aber ich wusste, dass ich mir die Verwirrung der Füchsin zum Vorteil machen konnte. Ich entriss ihr den Rohrstock und setzte mich auf ihren Stuhl.

»Was in aller Welt glauben Sie, dass Sie da tun?«, verlangte sie zu wissen und knallte die Bürotür zu.

Ariadne stand mit verschränkten Armen hinter mir. Das war ganz offensichtlich nicht länger das maushafte Mädchen, das ich einst kennengelernt hatte.

»Ich nehme ein paar Veränderungen vor«, sagte ich und legte den Stock hinter mich. »Wir sind der Meinung, dass Sie hier nicht länger die Leitung haben sollten.«

Miss Fox' Gesicht färbte sich in einem wütenden Rot. »Scarlet Grey, stehen Sie sofort von diesem Stuhl auf, oder ich ...«

»Oder Sie tun was?«, wollte ich wissen. »Werden mich los, so wie Sie es mit meiner Schwester und Violet Adams gemacht haben? Außerdem heiße ich IVY.«

»Wovon sprechen Sie?«, sagte sie tonlos.

»Fangen wir doch am besten mit dem an, was wir wissen, nicht wahr?« Ich sprach weiter, denn hätte ich jetzt aufgehört, würde ich nie wieder weitermachen können. So viel stand fest. »Wir wissen, dass Sie so sehr darauf bedacht waren, Ihre Geheimnisse zu hüten, dass Sie Violet loswurden. Als meine Schwester dann nicht stillhalten wollte, mussten Sie auch sie loswerden. Denn niemand sollte herausfinden, was Sie in dieser Schublade verstecken.« Blitzartig streckte ich meine zitternde Hand aus und zeigte auf die abgeschlossene, oberste Schublade ihres Schreibtisches.

Hinter mir atmete Ariadne scharf ein.

Miss Fox schüttelte den Kopf. »Sie haben keine Ahnung, worauf Sie sich da einlassen.«

»Ach, das glaube ich doch«, erwiderte ich und klang dabei wie Scarlet. »Ich glaube, wir legen uns mit jemandem an, der sehr große Angst hat. Ihre größte Furcht besteht darin, man könnte herausfinden, dass Sie nicht alles unter Kontrolle haben.«

Sie schnaubte nur, aber ich sah, dass ich ins Schwarze getroffen hatte. »Ich werde nicht hier stehen und mir anhören, wie Kinder …«

Ariadne schlug mit beiden Händen auf die Stuhllehne und ließ mich zusammenzucken. »WAS IST IN DIESER SCHUBLADE, MISS?«

Miss Fox' Augen waren vor Zorn weit aufgerissen. »Raus hier«, kreischte sie. »Ich sage es nicht noch einmal.«

Und dann sah ich ein Funkeln an ihrem Hals. Die Gelegenheit.

Ich schoss vom Sitz hoch, war mit einem Satz bei ihr und riss ihr das Samtband vom Hals, an dessen Ende der Schlüssel für die Schreibtischschublade baumelte. Ich warf ihn Ariadne zu.

»Warum sehen wir nicht selbst nach, was sich dort befindet, Miss? Was werden wir finden?«

Miss Fox knirschte mit den Zähnen und wollte mich gerade wieder anschreien, als jemand die Bürotür öffnete und dabei sprach.

»Mutter, das ist lächerlich. Ich mache diese Scharade nicht länger mit!«

Es war Miss Finch.

32. KAPITEL

Nein, das konnte nicht sein.

Als Miss Finch sah, wie fassungslos ich dort stand, schlug sie die Hand vor den Mund und taumelte gegen die Tür.

Ich musste das Schweigen brechen. »Sie ist Ihre *Mutter?*«

Meine Ballettlehrerin sah mich mit Tränen in den Augen an.

»Sind Sie Ihre Komplizin?«, verlangte ich zu wissen. »Ich habe Ihnen vertraut!«

»Nein, Ivy, bitte … so ist das nicht.« Sie streckte die Hand nach mir aus. »Sie ist … Wir …«

Miss Fox warf ihr einen mörderischen Blick zu, ihre Hände waren zu bebenden Fäusten geballt. »Sag kein Wort mehr, Rebecca«, stieß sie durch die zusammengebissenen Zähne hervor. »Du konntest einfach den Mund nicht halten, oder?«

Ich starrte eine nach der anderen an. »Bitte sagen Sie mir, dass das nicht wahr ist. Sagen Sie mir, dass Sie ihr nichts erzählt haben. Nichts über …«

Aber sie ignorierten mich beide.

»Ich hatte keine Ahnung, dass noch jemand hier ist«, sagte Miss Finch flehentlich. »Ich wollte dir nur sagen, dass meiner Meinung nach die Zeit gekommen ist, mit allem offen umzugehen.«

Irgendwo hinter mir ertönte das Klicken von einem Schubladenschloss, das geöffnet wurde.

Miss Fox hatte sämtliche anderen Personen im Raum vergessen und trat wütend auf Miss Finch zu. »Es wird niemals die Zeit kommen, um das öffentlich zu machen. Ich habe dir gesagt, es muss streng vertraulich bleiben, oder es wird Konsequenzen geben! Habe ich das nicht gesagt?«

»Ich kann nicht für alle Ewigkeit verbergen, wer ich bin.«

»Das kannst du, und du wirst tun, was ich dir sage!«

Obwohl ich von Verzweiflung geschüttelt wurde, wusste ich, dass ich die beiden weiter ablenken musste. »Miss Finch, wie ist das möglich? Warum arbeiten Sie hier?«

Sie sah mich an. »Ich habe keine Wahl. Ich kann nirgendwo anders hin.«

»Schweig! SCHWEIG!«, schrie Miss Fox. Sie sprang vor, hob ihren Rohrstock auf und schwenkte ihn wie eine Waffe. Es fehlte nicht viel, und sie hätte ihn zerbrochen, so fest hielt sie ihn umklammert. »Ihr hört beide sofort damit auf.«

Miss Fox wandte sich mir zu. Der Stock zitterte in ihren Händen. »Du unverschämtes Kind! Ich hätte wissen müssen, dass du genauso viel Ärger machen würdest wie deine Schwester. Du wirst sie niemals finden!«

Mein Blut wurde glühend heiß, als würde ein Feuer in mir brennen, und ich fühlte mich sehr weit enfernt von der kleinen Ivy, die niemals Fragen gestellt hatte. »Was haben Sie mit ihr gemacht? Wenn Sie sie auch nur angerührt haben, dann schwöre ich Ihnen, bringe ich Sie um!«

Ich wollte mich gerade auf sie stürzen, als sich Ariadne laut räusperte. Wir drehten uns alle zu ihr um.

Sie hielt zwei Dinge hoch. Das eine war eine Akte, die vor Papieren überquoll, das andere eine Glasschatulle für Erinnerungsstücke. Sie stellte die Schatulle ab und blätterte die Akte durch. »Miss Fox«, sagte sie, »ich bin die Tochter eines Buchhalters. Solche Dinge werden nicht grundlos in einer verschlossenen Schublade aufbewahrt. Haben Sie die Zahlen manipuliert? Geld unterschlagen?«

»LEG DAS WEG!«, brüllte Miss Fox. »Das ist nicht …«

Ariadne ignorierte sie. »Große Transaktionen wie die hier?« Sie zeigte auf ein paar Stellen in einer Spalte. »Für mich sieht das aus wie Bestechungsgelder.«

Das war garantiert nur ein Schuss ins Blaue gewesen, aber Miss Fox wurde knallrot und brüllte dann etwas. Dann brüllte auch Miss Finch, und ich versuchte, beide zu übertönen, während Ariadne mit der Akte herumwedelte und …

… das Telefon klingelte.

Alle erstarrten. Der schrille Laut durchzuckte mich, und ohne nachzudenken, beugte ich mich vor und nahm den Hörer ab. »Hallo?«

»Hallo?«, knarzte eine schroffe, männliche Stimme am anderen Ende. »Guinevere? Sind Sie das?«

Ich runzelte die Stirn. Miss Fox' Vorname war *Guinevere?* »Ich bin eine Schülerin. Wer spricht dort?«

»Edgar …« Der Mann schien einen schlimmen Hustenanfall zu haben, und ich hielt den Hörer vom Ohr weg, bis er sich gelegt hatte. »Edgar Bartholomew. Ich bin der Schuldirektor. Würden Sie mir freundlicherweise sagen, was in aller Welt dort vorgeht und warum Sie an Miss Fox' Telefon gehen?«

Ich ergriff die Gelegenheit. »Miss Fox ist etwas indisponiert«, sagte ich, »weil sie Schüler körperlich misshandelt und Geld der Schule unterschlägt …«

»WIE KANNST DU ES WAGEN?« Miss Fox schlug mit dem Rohrstock nach mir, aber darauf war ich vorbereitet. Ich duckte mich, und statt mich zu treffen, fegte der Stock eine

Reihe Hundefotos von der Wand und ließ sie auf den Schreibtisch regnen. Mit pochendem Herzen sprang ich zurück, hielt das Telefon aber fest.

»WAS?«, brüllte Direktor Bartholomew. »Soll das ein Streich sein? Geben Sie mir sofort Miss Fox!«

»Es ist für *Sie,* Miss.« Ich hielt ihr den Hörer hin. Sie schnappte ihn sich.

»Ich muss mich setzen«, sagte Miss Finch. Sie zog einen Stuhl aus einer Ecke und ließ sich zitternd darauf nieder. Ich warf Ariadne einen Blick zu – sie stand noch immer mit der Akte da, auf ihrem Gesicht zeichnete sich eine seltsame Mischung aus Entsetzen und Aufregung ab.

Aus dem Hörer drang weiteres Gebrüll. Miss Fox protestierte. »Nein, Sir, das habe ich mit Sicherheit nicht … Sie ist nicht … Nein … Nicht …«

Aus ihrem Gesicht wich jegliche Farbe.

»Das können Sie nicht …«

Und bevor ich wusste, wie mir geschah, stieß Miss Fox mich zur Seite. Ich krachte gegen Ariadne. Wir stürzten beide zu Boden und verfehlten nur knapp einen ausgestopften Jack Russell Terrier.

Miss Fox eilte an Miss Finch vorbei, riss die Tür auf und lief davon.

33. KAPITEL

Der Telefonhörer baumelte stumm an der Tischkante hin und her.

Ich rappelte mich vom Boden auf und rannte gerade noch rechtzeitig zur Tür, um zu sehen, wie Miss Fox' schwarzes Kleid hinter einer Ecke verschwand. Ich jagte ihr nach, lief schneller, als ich es je für möglich gehalten hätte, aber es war sinnlos.

Als hätte sie sich in Luft aufgelöst. Hektisch durchsuchte ich die Zimmer in der Nähe, dann begab ich mich zur Eingangshalle. Ich öffnete einen der riesigen Türflügel und schaute hinaus, aber es war dunkel, und ich konnte nur wenig sehen. Ich rannte die Stufen hinunter und spähte Rookwoods lange Auffahrt entlang.

Nichts. Miss Fox war verschwunden.

Als ich in ihr Büro zurückkehrte, befand es sich in einem schlimmen Zustand. Der Stuhl war umgestürzt, ihr Schreibtisch mit Fotos übersät, Schubladen waren geöffnet und ihr Inhalt sichtbar. In der Mitte von alldem saß Miss Finch und wurde von Ariadne getröstet.

»Ich konnte sie nicht erwischen.« Ich schüttelte den Kopf. »Sie ist weg.« Ich war so enttäuscht.

Ariadne kam zu mir und legte den Arm um mich. »Schon

gut. Sie mag weg sein, aber so leicht wird sie sich da nicht wieder rauswinden können.« Sie deutete auf die aufgeschlagene Akte auf dem Tisch. »Ich glaube, das allein reicht schon, um sie zu verhaften.«

»Wenn man sie erwischt«, sagte ich seufzend.

Miss Finch nickte. »In diese Schule wird sie keinen Fuß mehr setzen, Ivy. Nachdem Sie hinausgelaufen sind, habe ich mit Mr. Bartholomew gesprochen und ihm von den Akten erzählt, die wir gefunden haben. Und davon, dass Mutter – Miss Fox – geflohen ist. Er hat außer sich geklungen. Ich weiß, dass er sich von einer schweren Krankheit erholt, aber nach all diesen Ereignissen wird er herkommen müssen, um alles zu klären. In der Zwischenzeit wird Mrs. Knight die Leitung übernehmen.«

Ich hob Miss Fox' Stuhl vom Boden auf, setzte mich und legte den Kopf in die Hände. Wie sollte ich jetzt jemals die Wahrheit über Scarlets Tod herausfinden?

Ariadne kniete neben mir am Boden, aber ihre Aufmerksamkeit war auf Miss Finch gerichtet. »Miss, wie können Sie Miss Fox' Tochter sein? Sie könnten nicht unterschiedlicher sein ...«

Miss Finch seufzte. Sie sah so erschöpft aus. »Vermutlich fange ich da wohl am Anfang an, oder?« Sie machte es sich auf ihrem Stuhl bequem. »Ich wurde als Baby adoptiert. Bei meinen Eltern verbrachte ich eine glückliche Kindheit in London. Das Ballett war meine erste Liebe. Ich trainierte schon von frühester Kindheit an und es wurde zu meinem Beruf. Ich tanzte auf der ganzen Welt, und dann ...« Sie hielt inne und schaute zu Boden. »Ich hatte diesen Unfall, eines Abends auf der Bühne in Russland. Mein Bein war schlimm gebrochen. Der Arzt meinte, ich würde wieder laufen können, aber meine Karriere war vorbei. Als es mir wieder gut genug ging, reiste ich zurück nach Hause. Aber die Nachricht hatte mich nicht erreicht. Mein Vater hatte einen Herzinfarkt gehabt. Und es dauerte nicht lang, da starb auch meine Mutter.

Mehr Angehörige hatte ich nicht, es gab niemanden, an den ich mich wenden konnte. Mir ging das Geld aus. Also machte ich mich auf die Suche – ich hatte die Hoffnung, meine leibliche Mutter könnte mir helfen, wenn ich sie finde …«

»Und Sie haben Miss Fox gefunden«, vollendete Ariadne ihren Satz.

Von allen Menschen, an die sich Miss Finch Hilfe suchend hätte wenden können, hatte sie das Pech, ausgerechnet an eine Person zu geraten, die für Grausamkeit und Kontrolle über andere lebte.

»Ja«, bestätigte Miss Finch traurig. »Wie sich herausstellte, war sie in jungen Jahren schwanger geworden und hatte nicht heiraten können. Man hatte sie in eine Anstalt gesteckt. Ich fand heraus, dass sie Lehrerin war, und kam her, um sie kennenzulernen und sie zu fragen, ob sie etwas für mich tun konnte. Zuerst wollte sie alles abstreiten, aber ich hatte einen Beweis. Meine Geburtsurkunde.«

»Es überrascht mich, dass sie Ihnen helfen wollte«, meinte Ariadne.

Miss Finch runzelte die Stirn und fuhr mit den Fingern durch das rötlich schimmernde Haar. »Ich bin nicht davon überzeugt, dass sie das wirklich wollte. Aber sie ist so stolz und so stur. Sie hat geglaubt, niemand würde sie jemals wieder respektieren, sollte es herauskommen. Ich glaube, sie wollte mich unter ihre Kontrolle bringen, damit ich niemandem verraten konnte, wer ich wirklich bin. Also verschaffte sie mir diese Stellung und ließ mich in der Schule bleiben, aber es gab Bedingungen. Ich durfte keiner Menschenseele verraten, dass sie meine Mutter ist. Das war zwar nicht ideal, aber ich war verzweifelt.« Die Augen meiner Ballettlehrerin füllten sich mit Tränen. »Wenn man bedenkt, dass ich sie doch nur finden wollte.«

Sie finden.

Das hatte Miss Fox gesagt.

»Du wirst sie niemals finden.« Das waren ihre Worte gewesen.

Ach du meine Güte.

Konnte es sein? Nein, ich wagte es nicht, zu hoffen. Aber ich musste die Frage stellen.

»Miss Finch«, unterbrach ich sie. »Ist meine Schwester … ist Scarlet noch am Leben?«

34. KAPITEL

Miss Finch beugte sich vor und schwieg einen Augenblick lang.

»Ivy, es tut mir leid. Ich habe versucht, meine Mutter danach zu fragen. Dafür habe ich mir nur ein paar blaue Flecken eingefangen; sie hat mir gedroht, mich auf die Straße zu werfen, falls ich weiterhin ›unangemessene Fragen‹ stelle. Ich wünschte, ich hätte eine Antwort für Sie.«

Am Boden zerstört zog ich die Knie an meine Brust.

»Miss Fox hat *irgendetwas* mit ihr gemacht, Miss, wir wissen nur nicht, was«, sagte Ariadne. »Fällt Ihnen denn bestimmt nichts ein, was uns helfen könnte?«

Miss Finch schüttelte den Kopf. »Ich weiß es wirklich nicht. Es sei denn … Es sei denn, dort ist irgendwo etwas, das es uns verraten könnte.« Sie deutete auf die Gegenstände auf dem Schreibtisch, die belastende Akte und die Glasschatulle.

Moment mal! Wir hatten uns die Schatulle noch nicht angesehen. Mit einem Keuchen griff ich danach. Ariadne erhob sich und schaute mir über die Schulter. Ich öffnete den Riegel und klappte den Deckel hoch.

Darin lag eine winzige Haarlocke in rötlicher Farbe, die an einem Zettel mit dem Buchstaben »R« befestigt war. Ich hielt sie Miss Finch hin. »Ich glaube, die gehört Ihnen.« Sie nahm sie entgegen und dankte mir mit einem schwachen Lächeln.

Aber da war noch etwas anderes. Ein zusammengefalteter Zettel. Nein – eine Fotografie.

Sie zeigte ein Mädchen, und der finstere Gesichtsausdruck in Schwarz-Weiß verriet mir, dass es die junge Miss Fox war. Sie stand neben einem Kinderwagen mit einer großen Haube und Rädern wie bei einem Fahrrad. Vermutlich lag Rebecca darin. Interessanter war aber der Hintergrund – ein riesiges Eisentor, hohe Mauern und ein Schild.

Auf dem Schild stand »Rosemoor Anstalt für junge Frauen«.

Meine Gedanken rasten.

Miss Fox ließ Mädchen verschwinden. *Violet. Scarlet.* Vielleicht auch andere. Vielleicht hatte sie sie umgebracht. Vielleicht hatte sie sie im Keller versteckt und den Schlüssel weggeworfen.

Oder vielleicht, nur vielleicht, hatte sie sie in eine Anstalt sperren lassen.

»Sie könnte Scarlet dorthin gebracht haben«, flüsterte ich. Dann wandte ich mich lauter an Ariadne und Miss Finch. »Sie könnte Scarlet in die Anstalt gebracht haben!« Ich hielt das Foto hoch und tippte auf das Schild. »Wir müssen dort nachsehen! Bitte, Miss!«

Miss Finch nahm mir das Foto ab und hielt es in den zitternden Händen. »Du meine Güte«, sagte sie. »Ivy, Sie könnten recht haben.«

War ich eben noch wie betäubt dagesessen, so brannte plötzlich ein Feuer in mir. Der Raum um mich herum erwachte zum Leben, und ich erkannte, was das war: Hoffnung.

Meine Hoffnung war zurückgekehrt.

Ich sprang auf. »Bitte, falls es auch nur eine Möglichkeit gibt, dass Scarlet dort ist, muss ich dahin, Miss. Ich muss sie rausholen.«

Miss Finch stützte sich auf die Stuhllehnen und stemmte sich auf die Füße. Sie holte tief Luft. »Eines nach dem anderen – ich muss die Polizei über meine Mutter informieren.«

»Bitte«, flüsterte ich.

Miss Finch nahm meine Hände. »Ivy. Sie waren so mutig, aber ich muss wirklich zuerst einen Teil dieses schrecklichen Schlamassels in Ordnung bringen. Die Polizei wird mit mir sprechen wollen, vielleicht auch mit Ihnen. Ich verspreche Ihnen, wir kümmern uns morgen darum. Ich werde die Adresse heraussuchen, ich werde nachsehen, ob Miss Fox' Chauffeur noch da ist, und wir werden uns von ihm zum Bahnhof bringen lassen. Können Sie noch eine Nacht lang tapfer sein?«

Ich biss so hart auf meine Lippe, dass sie zu bluten begann. Morgen. Wenn Scarlet noch lebte, würde ich sie finden.

»Ja, Miss.«

Es war schon spät, als Ariadne und ich zurück in unser Zimmer kamen. Zu meiner Überraschung war der Raum bevölkert.

Penny und Nadia saßen auf meinem Bett und hatten Scarlets Tagebuch.

»Was macht ihr hier?«, fragte ich und rieb mir die müden Augen. Ariadne atmete scharf ein, als sie hinter mir eintrat.

»Ihr seid nicht zurückgekommen«, sagte Nadia. »Also habe ich Penny gesagt, worum du mich gebeten hast. Und wir haben das hier gerade gelesen.« Sie wedelte mit dem Tagebuch herum. »Ist das alles wahr?«

Vorsichtig nickte ich. Keine von ihnen sah wütend oder bedrohlich aus. Tatsächlich waren Pennys Augen ganz rot und ihre Wangen tränenverschmiert.

»Also war es die ganze Zeit Miss Fox«, sagte sie. Ihre Stimme klang unnatürlich ruhig. »Wisst ihr, was mit Violet geschehen ist?« Sie hielt inne. »Oder mit deiner Schwester?«

»Nein, aber wir glauben, Miss Fox könnte eine von ihnen, oder auch beide, in eine Anstalt gebracht haben. Morgen fahre ich dorthin.« Mir wurde klar, dass sie eine wichtige Einzelheit noch nicht wussten. »Äh, und sie könnte vielleicht verhaftet werden. Sie ist geflohen und die Polizei ist hinter ihr her.«

»Was!«, rief Nadia. »Meinst du das ernst?«

»Sie meint das sogar *todernst*«, sagte Ariadne mit großen Augen.

»Aber es ist noch nicht vorbei«, flüsterte Penny. »Nicht, bis wir sie finden.«

Ich fühlte, wie mein Hass auf Penny zu verblassen begann. Ich war nur ein Mädchen, das seine Zwillingsschwester verloren hatte, und sie war nur ein Mädchen, das seine Freundin verloren hatte.

Ich setzte mich neben Penny und Nadia auf mein Bett, während sich Ariadne auf ihres hockte. »Wenn sie noch am Leben sind, dann finden wir sie«, sagte ich. »Ich verspreche es.«

Penny gab mir das Tagebuch zurück, und ich wog es in meinen Händen und fuhr mit dem Finger über den rissigen Ledereinband und die darauf geprägten Buchstaben. Damit hatte alles begonnen, und jetzt betete ich nur darum, dass wir das Ende bekommen würden, das ich mir wünschte.

»Und was machen wir jetzt?«, fragte Nadia, während Penny schniefte und sich die Augen wischte.

»Ich weiß es nicht«, sagte ich.

»Ich habe da eine Idee«, meinte Ariadne schüchtern. Sie

kroch unters Bett, zog einen Karton hervor und öffnete ihn. Er war mit Süßigkeiten gefüllt.

»Ariadne!«, rief ich aus. »Wo hast du das denn her?«

Meine Freundin grinste nur. »Hat jemand Lust auf ein Fast-Mitternacht-Fest?«

Und so kam es, dass Ariadne und ich mit unseren einstigen Feindinnen Drops und Buttertoffee aßen, bis uns schlecht war.

Und einen süßen Augenblick nach dem anderen wurde das Leben ein kleines bisschen besser.

35. KAPITEL

Der Wind fegte durch den Bahnhof, riss Hüte herunter und wirbelte Zeitungen und abgefallene Blätter um uns herum. Ich hielt meine Tasche und mein Kleid fest. Miss Finch griff nach einer Säule, um sich zu stützen, und summte leise.

Der Zug wartete bereits auf dem Bahnsteig und erfüllte die Luft mit Dampf. Als die starke Brise vorbei war, schien wieder trotzig die Sonne und der Himmel blieb hell. Wir stiegen in unseren Wagen und suchten uns unsere Sitze.

Das war er. Das war der Tag, an dem ich die Wahrheit über meine Schwester herausfinden würde.

Wir setzten uns in die dicken roten Polster direkt am Fenster und ich hievte meine Tasche auf die Gepäckablage. Miss Finch zog am Fenster bis es nach unten sauste. Ich steckte den Kopf nach draußen und sah, wie der Schaffner in seine Pfeife blies und dem Zug ein Zeichen gab.

Als wir den Bahnhof verließen und die herbstliche Landschaft vorbeirollte, lehnte ich mich zurück und verlor mich in meinen Gedanken.

Mrs. Knight hatte mich Tante Phoebe anrufen lassen – genauer gesagt, Tante Phoebes Nachbarn Mr. Philips, da sie selbst kein Telefon besaß. Er lief zu ihr, um sie zu holen, während ich dasaß und die Schnur um meine Finger wickelte.

Mein Anruf schien sie völlig zu verblüffen. Ich wollte sie

nicht zu sehr erschrecken, also erklärte ich ihr, dass unglaublicherweise die Möglichkeit bestand, dass Scarlet noch lebte. Von Erleichterung überwältigt, endlich mit meiner Tante sprechen zu können, erzählte ich ihr, dass meine ersten Monate auf der Rookwood School nicht unbedingt glücklich gewesen waren.

Meine Tante machte sich Vorwürfe, weil sie mich nicht besucht hatte, aber sie hatte geglaubt, mit mir sei alles in Ordnung, da ich ihr doch einen so schönen Brief geschrieben hatte. *Seufz.*

Dann hatte ich ihr vorsichtig erklärt, dass man eine Lehrerin krimineller Aktivitäten schuldig befunden hatte und Scarlet ihr möglicherweise zum Opfer gefallen war, dass ich das heute aber mit Sicherheit herausfinden würde. Tante Phoebe hatte scharf Luft geholt. Einen Moment später hatte sie dann zu meiner Überraschung gesagt: »Das ist meine Ivy. Du wirst herausfinden, was passiert ist, davon bin ich überzeugt. Tief in deinem Inneren bist du eine kleine Kämpferin.«

Ich hatte auch versucht, Vater zu erreichen, aber dort meldete sich niemand. Das überraschte mich nicht. Vater war wie eine Mauer des Schweigens, ich hatte mich schon oft gefragt, ob ich sie wohl jemals durchbrechen würde.

Da Miss Finch nur wenig Geld hatte, konnte sie nur für meine Fahrkarte bezahlen. Penny hatte uns gebeten, uns auch nach Violet zu erkundigen, was ich ihr versprochen hatte.

Ich hatte mich bei Ariadne für alles bedankt. Noch nie hatte ich jemanden so strahlen gesehen.

»Du wirst schon bald wieder da sein«, hatte sie gesagt. »Und du weißt, dass ich immer deine Freundin sein werde, ob es nun eine oder zwei von dir gibt.«

Da war ich an der Reihe gewesen zu strahlen.

»Die Fahrkarten, bitte.« Der Schaffner war in unserem Abteil erschienen. »Wo geht es denn heute hin, Ladies?«

»Wir suchen nach meiner verschollenen Zwillingsschwester«, erwiderte ich, während Miss Finch ihm die Fahrkarten reichte.

»Nun, Ma'am, dann hoffe ich, Sie finden sie.« Er tippte sich an die Mütze.

»Das hoffe ich auch.«

Der Zug gab einen schrillen Pfiff von sich, als er in einen Tunnel einfuhr, und alles wurde schwarz.

Rosemoor Anstalt für junge Frauen.

Die Worte auf dem Schild hatten sich von dem Foto in meinen Verstand eingebrannt und jetzt stand ich davor. Zu einem späteren Zeitpunkt hatte jemand ein kleineres Holzschild darunter angebracht. Darauf war zu lesen: *Nervenklinik.*

Ich stand vor dem hohen Eisentor, die Hände in die Hüften gestemmt.

»Sind Sie bereit?«, fragte Miss Finch.

Ich nahm einen tiefen Atemzug, als würde die Luft mich mit Mut füllen. »Gehen wir.«

Eine unheimliche Stille umgab die Anstalt. Sie war in einem wuchtigen Ziegelgebäude aus viktorianischen Zeiten mit hohen Fenstern, von denen einige vergittert waren, untergebracht.

Wir mussten eine Glocke betätigen, um die Aufmerksamkeit des Pförtners zu erringen, eines Mannes mittleren Alters, der sich aus einem Fenster lehnte und uns heranwinkte. »Wollen Sie eine Verwandte besuchen, Ladies?«

»Ja«, rief Miss Finch. »Nun, zumindest hoffen wir das.«

Als der Mann das Torhaus verließ, um uns einzulassen, fragte er Miss Finch: »Ma'am, kenne ich Sie nicht? Roberta, nicht wahr?«

»Rebecca.« Kleine Fältchen bildeten sich um Miss Finchs Augen. »Ich war vor einiger Zeit auf der Suche nach meiner Mutter hier.«

»Ich erinnere mich!«, sagte der Mann. »Haben Sie sie gefunden?«

»Ja«, erwiderte Miss Finch. »Leider.«

Er verzog das Gesicht. »Da frage ich besser nicht weiter. Bitte folgen Sie dem Weg.« Er deutete auf den Vordereingang der Anstalt und begab sich zurück in sein Torhaus.

Mein Körper wollte sich umdrehen und wegrennen, aber mein Verstand sagte mir, jetzt oder nie. Ob die Wahrheit gut oder schlecht sein würde, es war meine Wahrheit, und es war Scarlets Wahrheit. Ich musste sie herausfinden.

Die Eingangshalle war klein, hatte krankenhausgrüne Wände und diesen seltsamen Krankenhausgeruch. Miss Finch und ich traten an die Empfangstheke. Dahinter saß eine Frau, deren blondes Haar ganz kurz geschnitten war. Sie hämmerte wild auf eine Schreibmaschine ein und nahm alle paar Sekunden einen Schluck aus ihrem Kaffeebecher.

»Entschuldigung«, sagte Miss Finch und stützte sich auf die Theke.

Die Rezeptionistin ignorierte sie komplett.

Miss Finch hob die Brauen und zuckte mit den Schultern. Sie versuchte es erneut, diesmal etwas lauter. »Entschuldigung!«

Die Frau blickte noch immer nicht auf. »Willkommeninrosemoorwiekannichhelfen«, leierte sie desinteressiert.

»Äh«, sagte Miss Finch. »Wir suchen nach jemandem, der möglicherweise hier Patient ist, eine Verwandte. Möglicherweise wurde sie unter Vorspiegelung falscher Tatsachen hier festgehalten.«

»Name?«

»Scarlet Grey«, sagte ich. »Oder vielleicht Violet Adams.«

Knall. Die Rezeptionistin stellte den Kaffeebecher ab und holte ein großes Buch hervor. Sie öffnete es bei »G« und knallte es auf den Tisch. Mit dem Finger strich sie über eine Spalte nach der anderen und eine kalte Angst stieg in mir auf. *Sie findet nichts.* Mit nervösen Fingern packte ich den Thekenrand. Sie blätterte zu »A« und tat das Gleiche.

»Hier ist keiner dieser Namen verzeichnet«, sagte sie.

Ich sackte zusammen. Der Raum drehte sich. Ich glaubte, mich übergeben zu müssen.

Der ganze Weg war umsonst gewesen. *Alles war umsonst gewesen.* Wir mussten uns geirrt haben, Scarlet war tot. Und ich war allein.

»Nein!«, rief ich. Das Wort sprang förmlich aus meinem Mund. »Nein, nein, bitte, sie muss hier sein.«

Ein Quieken ertönte, dann spritzte etwas – die Rezeptionistin hatte sich Kaffee über den Pullover geschüttet. Aber sie machte keinerlei Anstalten, ihn abzutupfen. Sie schien ihn nicht einmal zu bemerken.

Denn sie starrte mir ins Gesicht, als hätte sie einen Geist gesehen.

»Sie«, sagte sie und zeigte mit einem langen, zitternden Fingernagel auf mich. »Sie sind …«

Miss Finch sah so verwirrt aus, wie ich mich fühlte.

Die Rezeptionistin riss sich zusammen. »Sie sind ein Zwilling, nicht wahr?«

Ich nickte, mit den Augen voller Tränen.

»Kommen Sie mit.« Sie stand auf, klappte ein Stück der Theke zurück und kam heraus. Dann bedeutete sie mir schnell, ihr zu folgen.

Meine Beine trugen mich durch eine grüne Tür, hinaus in einen Korridor. Hinter mir ertönten die sanften Schritte von Miss Finch, die mir folgte. Mir war schwindelig, ich wagte kaum zu vermuten, was hier gerade geschah.

Der Korridor führte zu einer Tür, die, sobald sie entriegelt war, nach draußen führte. Die Frau brachte uns über einen steinernen Pfad zur Rückseite des Gebäudes. »So geht es schneller«, sagte sie, ohne sich umzublicken.

»Gehen Sie voraus«, keuchte Miss Finch. Ich drehte mich um und sah, dass sie sich schwer auf ihr gutes Bein stützte. »Ich komme nach.«

Die Rezeptionistin verschwand vor uns um eine Ecke.

»Sind Sie sicher?«, fragte ich.

»In einer Minute bin ich wieder in Ordnung«, sagte Miss Finch. »Und Sie werden es schon schaffen. Das tun Sie immer.«

Ich weiß nicht, warum ich es tat, aber ich machte einen Knicks. Ich bin mir nicht sicher, ob es die Nerven waren oder etwas anderes, aber Miss Finch lächelte aufmunternd. »Gehen Sie.«

Ich lief den Pfad entlang. Hinter dem Gebäude befand sich ein Hof. Die Sonne beleuchtete hohe Hecken, sterbende Rosen und Herbstblätter, ließ das Wasser eines Springbrunnens in der Mitte funkeln. Er ragte aus einem erhöhten, rechteckigen Teich, der ziemlich seicht zu sein schien. Aber als ich einen Blick hineinwarf, blitzte etwas Orangefarbenes darin auf – ein Goldfisch. Scarlets *Lieblingstier.*

Die Hinterseite der Anstalt hatte riesige Fenster, die vom Boden bis zur Decke reichten. In der Mitte befand sich eine Glastür. Vermutlich war die Rezeptionistin dort hineingegangen.

Ich hielt auf die Tür zu. Doch etwas brachte mich abrupt zum Stehen.

Mein Spiegelbild.

Da war es im Fenster. Dasselbe lange, dunkle Haar, dieselbe blasse Haut, dasselbe winzige Muttermal.

Ich trat vor und mein Spiegelbild trat vor. Ich hob die Hand …

Und das Spiegelbild bewegte sich nicht.

Es starrte mich an.

Sie starrte mich an.

Und dann bewegte sich auch Scarlets Hand und begegnete der meinen auf dem kühlen Glas.

Dies ist die Geschichte, wie ich meine Schwester fand.

DANKSAGUNG

Ich möchte so vielen Menschen danken, dass ich sie hier unmöglich alle aufführen kann. Aber wenn sie etwas zusammenrücken, hoffe ich, dass Platz für möglichst viele sein wird. Also, ohne weitere Vorrede, geht mein Dank an:

Meine wunderbaren Lektorinnen Lizzie Clifford und Lauren Buckland sowie dem Team von HarperCollins für die viele Arbeit, die sie in dieses Buch gesteckt haben, das Sie in Händen halten. An meine genauso wundervolle und mutige Agentin Jenny Savill, die das Risiko mit mir und meiner Arbeit eingegangen ist, und allen bei Andrew Nurnberg Associates. An die wunderbaren Schüler und Lehrer im Fach Kreatives Schreiben auf der Bath Spa University – vor allem jenen in MA Writing For Young People von Julia Green – ihr habt das alles ermöglicht, und ihr wart ausgezeichnete Beta-Leser! Ganz besonders möchte ich Janine Amos erwähnen, deren Unterricht Scarlet und Ivy zum Leben erwachen ließ.

Es gibt noch andere, die diesem Buch auf die eine oder andere Weise bei seiner Reise geholfen haben, die für Liebe und Unterstützung sorgten oder auch einfach nur da waren, um die Nervenzusammenbrüche zu verhindern, die das Schreiben so mit sich bringt. Um nur ein paar zu nennen: meine

Familie und meine Schwiegereltern, Ed, die Bousfelds, Charlie, Dominic, Erin, Sarah und die ganze Gang. Einen Dank auch an jene, die mir im Cyberspace gefolgt sind, und an die Gang bei r/YA Writers, die stets mit nützlichen Ratschlägen bei der Hand sind. Und für ihre grenzenlose Inspiration stehe ich für immer in der Schuld von Terry, Neil und Tuomas.

Und schließlich danke ich Ihnen fürs Lesen. Die Rookwood School wird ihre Tore geöffnet halten …

Der erste Fall für Agentin Abby

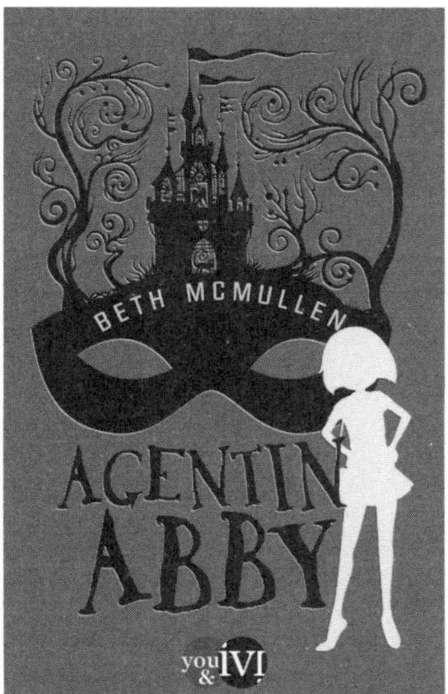

*Cover- und Preisänderungen vorbehalten

Beth McMullen

Agentin Abby

Roman

Aus dem Amerikanischen von
Henriette Zeltner
ivi, 256 Seiten
€ 12,99 [D], € 13,40 [A]*
ISBN 978-3-492-70447-2

Abby hat überhaupt keine Lust, auf die neue Schule zu gehen, die ihre Mutter für sie ausgesucht hat. Doch schnell fällt Abby auf, dass hier so einiges merkwürdig läuft. Warum trifft sich die strenge Schulleiterin Mrs. Smith mitten in der Nacht mit unheimlichen Gestalten? Abby und ihre Freundinnen finden heraus, dass die Smith School eine geheime Ausbildungsstätte für Nachwuchsagenten ist. Und Abby soll als neue Spionin rekrutiert werden. Kann sie ihren ersten Fall lösen?

Leseproben, E-Books und mehr unter www.piper.de/youandivi